霊長類 南へ

筒井康隆

角川文庫
20996

目次

銀座四丁目

その夜も銀座四丁目の空には、あいかわらず星がなかった。

そのかわり透光看板、ガラス行灯《あんどん》、ショーケース、アクリル行灯、ウィンドウ、照明入りビーチテント、ネオンなどの七色《なないろ》の明りが裏通りを照らし出していた。

シャッターのおりた三越《みつこし》の裏口で、初老の易者が『易断』の行灯に火をいれた。マッチの火で手を焼き、小さく熱いと叫んで舌打ちした。

毎晩同じところで占いをやるのだが、その夜に限って彼はなぜか、やってきた時からそわそわしていた。落ちつかぬ様子で、度の強そうな眼鏡ごしに、あたりをうわ眼《め》づかいできょろきょろと見まわし続けた。

風がなく、少しむし暑いほどの夜なのに、彼は小きざみに膝《ひざ》をふるわせていた。色も姿もとりどりの男や女が、彼の前を通り過ぎて行った。この時間の彼の客は、まだ、ひやかし半分の酔っぱらいではなく、会社が終ってからウィンドウ・ショッピングにやってくる若い娘たちである。最初の客も、二人づれの上品な娘だった。

「お願いしますわ」

易者はうなずき、掌《て》を上に向けてさし出した。この上に手をのせなさいという意味である。

「わたしの専門は手相だからね」と、彼はいった。

「あら。易者さんにも専門があるの」手をさし出した方の娘が、面白そうに訊《たず》ねた。

「もちろんです。最近では何ごとにつけてもそうだ。専門のない易者などは、かえって藤四郎《とうしろう》だといわれます。手相人相なんでもやる易者は、客から信用してもらえない。分業化というのは、これは一種の社会現象でしょうなあ。あなたがたの会社でもそうだろうが、われわれの世界でも……」

へらず口をたたいていた易者は、急に絶句した。眼を見ひらき、娘の白い掌を食いいるように眺めた。また、膝をゆすりはじめた。

「どうかしたの」と、もうひとりの娘が易者の表情を見て首をかしげ、横からいった。

易者は、はげしくかぶりを振った。彼は娘の手をはなし、そっぽを向いた。

「まことに悪いが」やがて彼は、申しわけなさそうにつぶやいた。「わしは今日、まだ店を出したばかりで精神統一ができておらん。見ても当らんと思う」

「あら。当らぬも八卦《はっけ》じゃなかったの」

「それはそうだが」易者はことばをにごし、口の中でもぐもぐと何やら言いわけめいたことをひとりごちた。

「ねえ。気になるわ」と、まだ手をさし出したままの娘が訊ねた。「何か、悪い相でも浮かんでるんですか」

「そんなことはない」易者は背をしゃんとそらせ、不必要なほどの大声で答えた。「そんなことはありません」また、かぶりを振った。

「そう。じゃ、しかたがないわね」

娘たちはうなずきあい、肩を並べて交叉《こうさ》点《てん》の方へ歩き出した。

「易者に断わられたのって、はじめてだわ。あれがほんとの易断ね」

「でも、良心的な易者じゃない。あれで商売になるのかしら」

易者はほっとしたように、ハンカチを出して額の汗を拭《ぬぐ》った。

二十分ほどして、バーのマダムかホステスと思える、和服の中年女が彼の前に立った。

「お願いするわ。今夜お金が入るかどうか、見てくださいな」少し疳高《かんだか》い声だった。

彼女のやわらかな手をとり、ひと眼手相を見て、易者はまた顔色を変えた。しばらくは穴のあくほど女の掌を見つめていた。彼の額を、透明のあぶら汗がひと筋、たらたらと流れた。

「どうしたっていうの」女は心配そうに、易者の顔をのぞきこんだ。

易者は顔をそむけた。「けけけ、見料はいりません」と、彼はいった。「この手相は、見たくない」

「なんだっていうのさ。縁起の悪い」女は癇癪《かんしゃく》を起し、ヒステリックに叫んだ。「わたしの手相が、どうしたっていうのよ」

「わたしは今日はだめだ」易者は台の両隅を握りしめ、がたがた顫《ふる》えながら叫ぶようにいった。「ほかの易者に見てもらって……」

ぴしゃり、と、易者の頬《ほお》が鳴った。

「インチキ易者」

捨てぜりふを投げつけ、女は足早やに去っていった。

さらに数人の客を、易者は断わった。

最後に有閑マダムらしい三人づれがやってきて、いっせいに手をさし出した時、易者はとうとう立ちあがってわめきはじめた。

「わたしは何も知らん」彼は泣き出した。「わたしにはわからない。何もわからない。手相なんか知らん」

三人の女はあっけにとられ、しばらくはよだれを流して泣きわめく易者を、茫然《ぼうぜん》と眺め続けた。

「気ちがいだわ」

「行きましょう」

女たちが去ると、易者はぐったりして腰をおろし、手で顔を覆った。しばらくは女のようにすすり泣き、肩をふるわせていた。

酔っぱらいがやってきて、易者のすぐ傍《そば》で立ち小便をはじめた。アルコールの匂《にお》いがする黄色い小便のしぶきが、易者の服の裾《すそ》を濡《ぬ》らした。

「火難、女難、水難、ぜんぶ的中しとる」易者は自分の手相を見てうなずいた。

それから息をのんだ。

眼を見ひらいた。「そんなはずはない」

掌がぶるぶるとふるえた。「これは……これは……」

あんぐりと口を開き、弱よわしくかぶりを振った。「こんなものは、さっきまで出ていなかった。まさか。そんな馬鹿《ばか》な。そんな……」ぜいぜいと咽喉《のど》を鳴らした。

自分の手相を眺めてかぶりを振り続けている易者の様子のおかしさに、彼の前を行く人間たちはくすくす笑いながら通り過ぎて行った。

やがて易者は立ちあがり、店をたたみはじめた。

「わしはもう帰る」彼は瘧《おこ》りのように痙攣《けいれん》していた。「帰って寝る」

彼はそそくさと、有楽町の駅の方へ去っていった。

瀋陽《シエンヤン》ミサイル基地

レーダー・スクリーンには、大きく毛沢東《もうたくとう》の写真が出ていた。

このスクリーンは、未確認飛行物体《UFO》がやってきた時だけ、自動的に地図に切り換えられるようになっていて、その他の、いわば暇な時はずっと、毛主席の馬鹿でかいポートレートが映し出されているのである。

と、いうわけで、ここ瀋陽《シエンヤン》にある中国人民解放軍技術部ミサイル係の劉早晨《リユウソウシン》は、この迎撃指令室兼ミサイル発射室で、ほとんどの時間、毛主席とさし向かいだった。劉はつまり、押しボタン将校ということになる。

彼の前には鈕釦《ボタン》の並んだ、貧弱な薄鋼鈑製のコントロール・パネルがあって、その鈕釦を押すと地上のミサイル基地にある中間射程弾道弾《I・R・B・M》が、それぞれの方向に発射されるという仕掛けである。

この発射室には劉の他に、邱白天《キュウハクテン》という、やはりミサイル係の男がいて、今は劉の隣りのコントロール・パネルに向かって腰をおろしている。邱白天は、魚油の匂いのする髪膏《ポマード》をぷんぷんさせて『実践論』に読みふけっていた。

劉は今朝の解放軍報瀋陽版を読みながら、邱の方を横眼でちらちらとうかがった。彼はこの邱という高級技術学校出の若い男が大嫌いだった。むこうも同様、国家技術委員会から横すべりしてきたミサイル専門家の劉が気にくわないらしい。

劉はもともと、この地方の大地主の息子で、大学を卒業後、一九五五年に設置された原子力専門委員会に招かれたほどの秀才。一方、邱という男は、貧農の息子だが、頭が良かったので歩兵技術学校を卒業後、高級技術兵になることができたのである。

さらにいうなら劉の方は、貴族然とした色白の二枚目で、言葉や挙動のはしばしにいたるまでインテリ臭をぷんぷんさせているし、邱はといえば、ずんぐりむっくりで色の黒い醜男《ぶおとこ》、これではふたりが互いに敵視しあうのも、まず当然だったといえるかもしれない。

劉が今読んでいる解放軍報には、瀋陽軍内部の一部高級技術兵を批判する文章が出ていた。

ふん、どうやら邱の投書らしいな――劉はそう思った。邱が日ごろ、解放軍報瀋陽支局の政治部記者、杜傍晩《トボウバン》と仲良くしているのを、劉は知っていた。

記事の内容を要約すると、こうである。

『知識階級・地主階級出身の高級技術兵の中には、自分たちは、各自の専門分野の研究だけに打ちこみ、純学術的な討論だけを行なうことが、すなわち社会主義建設に向かって奮闘することになるのだという、あきらかに誤りであり、かつ有害な右翼的日和見主義、資本家《ブルジョア》的権威主義、修正主義的象牙《ぞうげ》の塔的思想を持っている者がいて、彼らは毛主席の著作の学習を怠り、その活用を拒否している。また、研究方法についても、農民出身技術兵が毛主席の著作を実践に結びつけて学ぶことを、科学の俗流化だ単純化だ実用主義だとわめきちらして反対し、禁止しようとし、そして自分たちはといえば、美国《アメリカ》帝国主義的技術理論だけを後生大事に守り続けている。〈純学術的な討論〉などというものはブルジョアジーが常に宣伝しているだまし文句で、階級社会に〈純粋の学術〉などというものはあるわけがない。新聞も見なければ学習もしない、大衆から浮きあがった彼らは、あきらかに党内の、そして軍内部の学閥なのだ。プロレタリアは学閥とは縁もゆかりもない馬鹿にするな。ぜいたくは敵だ。われわれは今こそ彼らに対し、大がかりな討伐を行なわなければならない。二枚目のインテリくたばれ。社会主義万歳』

文脈は乱れ、用語は不適当、その上論理的矛盾だらけの論文だったので、劉は読み終えるのにひと苦労だった。

劉は、ひと昔前のルイセンコ騒動のことを思い出した。その時期には、ルイセンコの学説は批判してはならないものとされ、ある生物学者が小麦のポリプロイド培養の実験をしたが、その方法がルイセンコの方法でなかったという理由で、彼の栽培した小麦はぜんぶ引っこ抜かれた。伝統的な漢方医学が、封建的医学だというので、弾圧されたこともあった。

知識人を嫌う党の幹部が、学術研究に干渉した時代は、もう昔のことだと思っていたのに――劉は嘆息した――やはりインテリへの反感は根強いらしい。

邱は党員だった。しかしこの記事の場合は、あきらかに劉に対する個人的反感と私怨《しえん》に発したいやがらせである。

馬鹿ばかしい――と、劉は思った。だが、ただそういってすましてはいられなかった。最近この新聞は、軍内部や党の権力争いの道具として使われている傾向があって、ここで批判されたために、失脚したり地位を失ったりした者が数多いのである。

これは、なんとかしなければ――劉は考えこんだ。

「你看着報嗎《おまえもうけさしんぶんよんだか?》」

だしぬけに背後で太い声が響いたので劉はびくっとしてふり返った。

解放軍報記者の杜傍晩だった。小《こ》肥《ぶと》りで、精力家タイプの男である。この男は党の信任があつく、だからどこへでも平気で出入りしていた。彼は意味ありげなにたにた笑いをして、劉にうなずきかけた。

劉もうなずき返し、読んでいた新聞を彼に見せた。「是、這是今天的朝報《わたしよんだこれけさきたしんぶん》」

「那記事不有趣児嗎《そのきじおもしろかったか?》」

劉はしかたなく答えた。「很好《なかなか》。有趣児《おもしろかった》」

杜はあいかわらずにやにや笑いながらうなずき、ゆっくりと隣席の邱の方へ歩いていった。杜が邱に話しかけ、ふたりは声をひそめて話しあい、劉の方にちらちらと流し目を送りながらくすくす笑った。

やっぱりこれは、邱の書いた文章だ——劉はそう確信した。

「你已経看報嗎《あなたもうしんぶんみたか?》」

高級技術兵の銭雪紅《センセッコウ》が泡をくって室内へとびこんでくると、黄色い声で劉にそう叫んだ。彼女は劉と同じく、技術委員会から軍に配属された女流物理学者である。彼女も、手に新聞を持っていた。

銭は怒りのために白い頬を紅潮させ、劉のからだにぴったりと身を寄せると、問題の記事を指さしていった。「這記事是不是我們《わたしこのきじよんだけれど》……」

劉はあわてて彼女に眼くばせし、邱たちがいることを眼の隅で教えた。銭はうわ眼づかいに邱と杜を見て、いったん口を閉ざした。だが、彼らを見たために、また新たな怒りが湧《わ》き起ってきたらしく、彼女は口もとにちらと嘲笑《ちょうしょう》を浮かべると、わざと大声で記事の悪口をいいはじめた。

「這文章《あなた》、你看得明白嗎《これよんでわかるか》。我不了解《わたしわからない》看那精神病患者的《これきちがいのかいたきじだ》LSD的文章。這不是文章《これむちゃくちゃやだ》」

さらに銭は、毛主席の著作を研究に役立たせるとはいったいどういうことなのかと哄《こう》笑《しょう》し、外国製の科学理論を使わずにどうやって研究するのか、蟻《あり》の如《ごと》き何億かの農民の手でウランの原子をひとつひとつ選《よ》りわけてプルトニウムを作ればいいのかと茶化し、修正主義者によって作られたミサイルは、その軌道を勝手に修正して同志たちの方へ飛ぶのかと皮肉った。彼女はあきらかに、ヒステリックになっている——劉はそう思った。

ついに邱が、顔色を変えて立ちあがった。彼は憎悪をむき出しにして、劉と銭の方へやってきた。

いわんこっちゃない——劉はこころもち首をすくめた——こいつは、厄介なことになりそうだぞ。

「哼《ふん》。你們《ここな》原来是資産階級《ぶるじょあ》出身的文化人《ぶんかじんめ》」と、邱が銭の前に立ちはだかって罵《のの》しった。「你現軽侮毛主席和社会主義《おまえいまもうしゆせきとしやかいしゆぎをばかにしたな》。這事我可不能原諒《かんべんならないよ》」

「到底這篇記載是《やつぱりこのきじかいたのは》你所写的是嗎《あんたなのね》」銭は、美しい唇の端を歪《ゆが》めて、きっと邱を睨《にら》みつけながらいった。

邱はちょっとたじろいだが、すぐ不必要に馬鹿でかい声をはりあげて、ごまかそうとした。

「無論這篇記載《そんなこと》是不是《いま》我所写的也好《どうでもよい》、総元你是個《おまえたち》反対社会主義的《しやかいしゆぎにはんたいした》」邱はさらに、劉を指さして叫んだ。「我現在一定要把你們《わたしいまおまえたち》所談的事情《はなしていたこと》、全部報告給党知道《のこらずとうにほうこくしてやる》」

あることないこと、出たらめに党へ報告されたのではたまらないから、劉はあわてて立ちあがった。なんとか邱を、やりこめてしまわなければならない。

彼は邱に大声で、お前こそ現代修正主義者だ、お前は恋愛讃美者《さんびしゃ》ではないかと決めつけた。

杜も傍らにやってきて、いがみあいに加わった。彼は邱に味方して、なぜそんなことがいえるのかと、劉につっかかってきた。

劉は、一週間ほど前、邱が銭にラブレターを送ったことを暴露した。

邱は、どす黒い顔を紫色にし、あわてて、あれはラブレターではないと弁解しはじめた。

銭は、邱のうろたえた機会を逃がさず、追い打ちをかけた。この人はいつもわたしの尻《しり》に手をかけるし、色眼《いろめ》を使うし、その前などはいちど乳房にさえさわろうとしたと詰《なじ》った。

劉と銭の両方から交代でやりこめられた邱は、かっとのぼせあがったあまり、ものがいえなくなってしまった。

その時、杜が助太刀《すけだち》に出た。

杜は横から、この邱君が修正主義者である筈《はず》はない、彼は熱烈な毛主席の讃美者であって、その証拠に彼は、毛主席の似顔絵とサイン入りのシャツを、肌身はなさず身につけていると証言した。

邱はうなずいて軍服を脱ぎ、その垢《あか》じみた自慢のシャツを、劉と銭に見せびらかした。汗の匂いがむっと、劉の鼻をついた。

　これは今までに、何度も彼から見せられたことがあり、劉も銭もよく承知していたし、高級技術兵たちの間では笑い話のタネになっているくらい有名だった。それどころか邱は、毛主席の似顔絵入りのパンツまで穿《は》いているという噂《うわさ》だった。

　銭は、シャツなら肌身はなさないのがあたりまえだと鼻で笑ってから、一歩邱に近づき、見くだすように彼の顔を眺めていった。「你一定事事都《そのようすでは》以毛主席而《あなたはきっと》自傲、你穿的短《もうしゅせき》褌一定是画上《のにがおえをかいた》毛主席的《ぱんつも》像、才会有這种派頭《はいているんでしょう》」

　このことばにまんまとひっかかった邱は、また大きくうなずいて、もちろん穿いていると答えてしまった。

　劉と銭は、ここぞとばかり邱の鼻さきに指をつきつけ、ここな不敬の輩《やから》め、お前は毛主席の似顔絵を股《また》ぐらに貼《は》りつけて、不潔な部分をわれらが指導者に押しあて、侮辱しているではないか、このことはきっと党にいいつけて、お前を軍からも党からも追い出してしまってやるぞと罵《ののし》った。

　邱は蒼白《そうはく》になった。

　やがて全員が逆上し、口論は次第に支離滅裂になり、最後には四人が互いに指をつきつけあったまま、修正主義者はお前だお前だとわめきあい続けた。

「我脳袋来了《わたしあたまきたよ》」ついに邱が、口のよくまわる銭に向かって握りこぶしを振りあげた。

「哼《ふん》」銭はうすら笑いを浮かべ、邱の方へ自分の頭をつき出した。「你打《なぐりなさいよ》。你打《さあ》。你打《さあ》」

一瞬、手のやり場に困った邱が、やがて意を決して拳固《げんこ》を銭に振りおろそうとした時――。

劉が邱をつきとばした。

邱は、荒塗りされたセメントの床にひっくり返って後頭部を打ち、噯呀《あいや》と叫んだ。

杜が劉におどりかかってきた。「小畜生《こんちくしょう》」

「你配罵我小畜生嗎《おまえわたしのことこんちくしょうといえるか》」

ふたりが殴りあっていると、立ちあがった邱がわめきながらつかみかかってきた。

「打《なぐれ》。打《なぐれ》。打《なぐれ》」

邱の手が銭の軍服の衿《えり》にかかり、べりっという音がした。

銭雪紅の軍服は下着ごと裂け、破れめからは彼女の巨大な、白い乳房が片方、ぷるんぷるんとまろび出た。

銭と邱は一瞬息をのみ、立ちすくんだ。

ぴしゃっ――と、銭の平手が邱の頬にとんだ。

劉も、ふたたび邱におどりかかった。その劉の後頭部を、杜が殴りつけた。

たちまち四つ巴《どもえ》の喧嘩《けんか》になり、地下迎撃指令室は大さわぎになった。

石炭箱を改造した椅子《いす》がころがり、製本不良の書籍がばらばらになって散らばり、生地の弱い軍服が音をたてて裂け、そして薄鋼鈑《こうはん》製の核弾頭ミサイル用コントロール・パネルは、誰《だれ》かのからだがそれにぶっかるたびに、ぎしぎしと不吉な音をたて、大きく軋《きし》んだ。

「什麼事《なにごとだ》。什麼事《なにごとだ》」

高級技術兵たちが、この騒ぎにおどろいて部屋へとびこんできた。

劉と揉《も》みあっている邱と杜の頭を、うしろからパンプスの踵《かかと》で殴りつけている銭の乱暴さにあきれ、高級技術兵たちは、しばし茫然《ぼうぜん》と立ちすくんだ。

「呵呀《おお》」

「這是怎麼一回事呀《なんてこったい》」

「唉《ああ》、真没道理《これはひどいよ》」

彼らはあわてて、乱闘の中へ割りこんできた。

「放手《はなせ》。放手《はなせ》。大家放手《みんなはなしてくれ》」大勢に両手と両肩を摑《つか》まれた邱は、身もだえしながらそうわめき、ついには足をあげて劉を蹴《け》とばそうとした。

劉は、さっと身をひるがえした。

邱の重い軍靴は、杜のやわらかな腹へ、ぼすっという鈍い音を立てて、まともにめりこんだ。

「噯呀《あいや》」杜は苦しげに、かっと赤い口を開き、うしろへすっとんだ。

そこには、コントロール・パネルがあり、杜の背中は制御盤の中央部にある、数個の赤い鈕釦《ボタン》の上に倒れかかった。

高級技術兵たちが、顔色を変えて叫んだ。

「儞不要推那电門《そのぼたんをおすでない》」

「那是电門原子炸弾《それはげんばくのぼたんだ》」

だが、もう間に合わなかった。

地上の荒れ果てた原野の中に、不恰好《ぶかっこう》な姿をむき出しにして立っていた三基の核弾頭ミサイルは、貧弱な型鋼で作られた発射台をはなれた。

その日、空は青かった。

晴れわたった蒼空《そうくう》を、総喜模様こそ描かれてはいないものの、中華料理店の装飾のような毒どくしい赤と緑と金色で塗りわけられた三基のミサイルが、映画ならさしずめ賑《にぎ》やかなマーチのBGMがつきそうな様子で、亀頭《きとう》に似た起爆部をふり立て、勇み立って、それぞれの方向へと飛び去っていったのである。

北青山三丁目

青山通りに面した明るい喫茶店で、おれは香島珠子《かしまたまこ》と待ちあわせをした。

おれの方が早く着き、おれはブルーマウンテンを注文した。この店にはストレート・コーヒーがぜんぶそろっている。また、おかわりを何杯でも注文できる。

香島珠子は、なかなかこなかった。おれはいらいらした。今日は休暇で、二週間半ぶりの休暇で、しかも今度はいつ貰《もら》えるかわからない休暇である。デスクはたった半日しか休暇をくれなかった。半日では大阪へ帰る気にならない。

大阪へ帰りたかったからこそ、おれは三日半の休暇届を出したのである。ところがデスクは彼の自慢のシェーファーを出し、半だけ残して三日の二字を消してしまった。今朝のことだ。

「すまんなあ。これで我慢してくれ」

手が足りないということは、こっちもよく承知しているから、拝むようにそう頼まれると文句もいえない。出先きで取材を終えたのが昼過ぎだったので、そこから社へ電話を入れ、すぐここへ来たのである。

二時はとっくに過ぎていたが、香島珠子はまだ来なかった。一枚ガラスのウィンドウ越しに青山通りを見ると、ミニの女の子たちが数人、はしゃぎながらVANの方へ歩いていった。あんな可愛《かわい》い子がいくらでもいるのに、香島珠子という女ひとりを、貴重な時間を浪費して律義に待ち続けることがすごく馬鹿ばかしく思えてきた。

音楽はさっきからポール・モーリアをやっている。「蜜の味《テイスト・オブ・ハニー》」が終り、「ミシェル」が始まった。

横のテーブルでは、高校生と思える青年が数人、大声で話している。聞くともなしに聞いていると、デューク・レーザー・ラインのゴルフ・ウエアを着たひとりが、若者特有のあの訴えかけるような調子で喋《しゃべ》り出した。

「よう。テレビ局ってあるだろう。あそこでよう、よく、手ェ振ったり指さしたりして合図してる奴《やつ》いるじゃんかよう。おれ、ああいうのになりてえんだけどよう、大学の何部に入ればいいんだい」

ディレクターということばを知らないらしいので、おれはおどろいた。この調子では、たとえばおれの職業などは、よう、新聞ってあるだろう、あれを作るためによう、走りまわったり人から話聞いて字ィ書いてる奴いるじゃんかようということになるのだろう。

社会部の記者になって、損したな——おれはテーブルの黒デコラを指さきで叩《たた》きながらそう思った。まだ若いのに、ろくろく遊べない。大阪には許婚者《いいなずけ》がいるが、もう一年以上も会っていない。七夕さま以上の悲劇だ。次はいつ会えることやら、想像もつかないのである。

おれの頭上に、マンガの吹き出しに似た白い雲が浮かび、その中に大橋菊枝《おおはしきくえ》の白い横顔があらわれた。おれにはおよそ不似合いな、もの静かで利口な女性である。年齢はおれよりひとつ下の二十四歳。

彼女の方から東京へ出向いてきてくれればいいのになあ——おれは切実にそう思った。花嫁修業なんかどうでもよいから、しょっちゅう会いにきてくれればいい、そうしてくれれば、おれも別の女とつきあったりはしないんだよ、菊枝さん——。

だが、彼女は古風な女性だから、あまり旅行をしたがらない。女の方から足しげく男を訪ねるということは軽薄であるくらいに思っているのだろう。去年いちど訪ねてきてから、ふっつりこなくなった。あるいは、あの時に来て、いちどで懲《こ》りたのかもしれない。

音楽は「インシャラー」にかわった。

この調子では、いつ彼女と結婚できることか——おれは白いセラスキンを吹きつけた天井を見あげて溜息《ためいき》をついた。おれは二十五歳だからいいが、大橋菊枝は早くしないと適齢期を過ぎる。それなら何故《なぜ》結婚しないかというと、住む家がないからだ。おれと彼女の希望である2K以上の公団住宅がまだ当らない。

一年ほど前、大橋菊枝が突然上京してきて、おれの六畳ひと間の汚い下宿へやってきたことがある。

その日、甲州街道の三重衝突事故の取材で遅くなったおれが、深夜近くなって部屋に戻ってくると、和服姿の大橋菊枝が、うす暗い電燈《でんとう》の下でこちらに白く美しい横顔を見せ、ひとりぽつねんと正座していた。

おれはびっくりした。

昼過ぎから来ていたという話で、部屋の中はきれいに片附《かたづ》けられている。たったひとりで、半日近くも、じっと正座していることのできる大橋菊枝に、おれは恐怖のようなものを感じた。行動派のおれには——だからこそ記者になったのだが、そんなまねはとてもできない。また、東京には彼女のような女性はいない。

彼女は大阪の大きな商家のとうはんだが、家庭での躾《しつけ》はすごくきびしかったらしい。

それは彼女の容貌《ようぼう》や、立居振舞いの中にある、端正な無表情さとでもいうべきものからも想像することができた。

その時何を話したかは忘れたが、とにかく二時間ほど話しあってから、彼女はホテルに戻るといい出した。ニュー・オータニの四千八百円の部屋を予約してあるというのである。

「なぜそんな、水くさいことをしたんですか」おれはその時、そういった。ふたりきりで話すべきことが、まだまだいっぱいあるように思えたのである。「ここへ泊ったらいいじゃないですか。ぼくたちは、婚約者同士でしょう」

しばらく顔を伏せて考えこんでいた大橋菊枝は、やがて顔をあげ、やわらかな関西弁で訊《たず》ねた。「お蒲団《ふとん》、ありますの」

あの時は冬だった。

「ふた組、あります」と、おれは答えた。「ひと組は夏ぶとんですが、ぼくがそれで寝ます」

「あの、ホテルの方はよろしいでしょうか」

「いいでしょう。違約金はぼくが払っておきます」

だがしかし、ふたり枕《まくら》を並べて、電燈を消してしまうと、寝物語のタネなど、たちまちなくなってしまった。

だいたい、結婚適齢期の若い男女が、蒲団を並べて寝ておいて、生意気にも寝物語をしようなどとはもってのほかだ。状態が自然でない——おれはそう思ったから、夏ぶとんから身をのり出し、彼女にキスしようとした。

「あ。やめて頂戴《ちょうだい》」と、彼女はいった。「結婚してからにして頂戴」

彼女は身もだえた。彼女のからだはやわらかだった。骨がないのじゃないのかと思えるほどだった。

しかし、キスだけなら今までにだって、しているじゃありませんか——おれはそういって詰《なじ》ろうとしたが、考えてみれば状況が状況である。キスのあとに当然くるべきものを想像して恐れているのだろう——そう思った。まったくそのとおりで、おれにしたって、キスだけで終らせてしまうつもりは毛頭なかったのだから。

「こわがることはありません」と、おれはいった。「あなたを食べてしまうわけじゃない。ぼくを信じてください」声がうわずっていた。

「あきません。妊娠します」おれの胸の中で弱よわしくもがきながら、彼女はそういった。

彼女は人なみ以上に世間態《てい》を気にするから、そういうのも、まあ無理はない。しかし、物ごとには成り行きというものがあって、世間態のために、ふたりの関係が不自然になり、気まずくなってしまうというのは、どう考えても馬鹿げている——おれはそう思ったから、おかまいなしに彼女の寝巻に手をかけ、そのやわらかな、白い胸をはだけた。

「やめて頂戴。やめて頂戴。やめて頂戴。ああ、やめて頂戴」

悲しげに、責めるような眼で彼女はおれを見あげ、そう呟《つぶ》やきながら身もだえし続けた。そんな彼女に、おれは哀れを感じた。しかし、やめるわけにはいかなかった。

「いや。これは、やらなきゃいけないことなのです」おれはかぶりを振りながら彼女に答えた。

「わかりますか。やめるわけにはいかないのです」

やがて、おれの毛むくじゃらの足が、彼女のしっとりとした、冷たい太腿《ふともも》にからみついた。おれの指さきが、彼女の茂みに、かすかに触れた。

彼女は怯《おび》えたような、か細い声で、お父さまと呟やき、眼を閉じた。そして手足の力をすっかり抜いてしまった。それはまるで、父親に許しを乞《こ》い、何もかも、悪いのはこの人なのよと訴えかけているかのようだった。

おれは彼女の父親の厳格そうな顔つきをまざまざと思い出し、たちまち萎縮《いしゅく》してしまった。

「そうですか」おれはうなだれた。

しばらく彼女のからだに覆いかぶさったまま、じっとしていた。

やがて、すごすごと自分の蒲団に戻った。「もう寝ます。おとなしく寝ます」

彼女は夜具を鼻の上にまでひっぱりあげながら、おれの方を、まるでやんちゃな子供を見るような眼で眺め、なぐさめるようにいった。「怒ったら、あきません」

「怒ってないよ」と、おれは答えた。

しかし、彼女が恐れていたのは、あきらかにおれではなく、彼女の父親に代表される世間態だったのである。

次の日の朝、おれのために彼女が自分で仕立てたという和服をおいて、大橋菊枝は大阪へ帰っていった。おれは彼女に、東京見物をさせてやることさえできなかったのである。

音楽は「夜」にかわった。

あーあ、会いたいなあ菊枝さん、おれは無性に、あんたに会いたいよ——おれはそう胸に呟やき、心の中でのたうちまわった。おれは孤独だと思い、いつになく、涙が出そうになった。

香島珠子は、まだ来ない。

一時ごろ彼女のアパートへ電話した時、珠子は起きたばかりだった。彼女はファッション・モデルで、しかもプレイガールである。

「半休をとった」と、おれはいった。「もしつきあえるなら、ドライブをしよう」

「つきあえるわ。どこへ行くの」

「君の行きたいところへ行こう。それから一杯飲んで晩飯を食べよう。それから、どこかに泊ろう」彼女とは、すでに二度寝ていた。

「いいわよ」

「じゃ、いつもの店で二時に待ってるよ」

おれは最近、女が恋しくなると必ず珠子のアパートへ電話する。彼女は昼過ぎごろまでは自分のアパートで寝ているし、また、香島珠子という女性は女のいい所と悪い所をすべて少しずつ持ちあわせていて、話をしていて面白いし、心から「女とつきあった」気持にさせてくれる女性なのである。

音楽が「ウインチェスターの鐘」をやりはじめた時、やっと香島珠子はあらわれた。ひとりでくるものとばかり思っていたのに、おれより少し年上と思える男がついてきた。

おれは、少しおどろいた。

香島珠子はタートル・ネックになった白桃色の薄いセーターを着ていた。だから本当のはだかよりも、もっとはだかに見えた。

「おそくなって、ごめんなさいね」彼女は、ちっとも済まなそうでない口調でおれにそういいながら、おれの正面の椅子に腰をおろした。面白がっているように見えた。

珠子にくっついてやってきた男の方は、隣りのテーブルの空いた椅子をひっぱってくると、珠子にぴったり身を寄せて腰かけた。

珠子にヒモがいたのか——おれは一瞬、ふるえあがった。だが、そうではなかった。

「ご紹介しとくわ」と、珠子がいった。「こちらは銀河テレビのディレクターで、亀井《かめい》戸《ど》さん。こちらは毎読新聞の澱口《おりぐち》さん」

亀井戸というその男を観察し、おれはいささかあきれた。彼は満艦飾の服装をしていた。

白と濃紺とカーキー色のチェックのシャツに、カーキー色の背広とネクタイ。白黒チェックのズボン。ふしぎにも顔だけはチェックではなかった。一面どす黒かった。前歯には出っ歯矯正用の白金のハリガネを巻いていた。

よくまあ、こんな悪趣味な男とつきあう気になったものだ——そう思いながらおれは珠子を見た。

彼女は少し困ったように、もじもじしてから説明した。

「さっきは寝ぼけてたもんだから、亀井戸さんと約束してあるのを忘れていたの」

先約があったのではしかたがない。おれは席を立った。「じゃあ、失礼しよう」

帰りかけると、少しあわてた口調で、珠子がおれの背中に叫んだ。「嬢《じょう》ったら。お待ちなさいよ。気が早いのねえ」

おれはふりかえった。

珠子は眉《まゆ》をひそめ、目顔でおれにうなずきかけた。どうやら亀井戸とふたりだけになるのがこわいといった様子である。「そんなにあわてなくてもいいじゃないの。どうせ今日は、お休みなんでしょ」

そういわれてみれば、この店を出てからどこへ行くというあてもない。おれはまた、もとの椅子にかけた。

おれたち三人は、しばらく無言だった。

男ふたりと同時に約束をし、わざと鞘《さや》あてさせて楽しむなどという悪い趣味は、わりあいさっぱりした気性の珠子にはない筈《はず》だから、さっきは本当に寝ぼけていたのだろう。しかし、そのために偶然起ってしまったこの事態は、やはり女性としてはまんざらでもないらしく、彼女はあきらかに楽しんでいた。また、面白がってもいた。内心、有頂天になっているにちがいなかった。

おれは苦笑した。「さてと。おかしなことになりましたな」

亀井戸も、歯ぐきを見せて笑った。「こういう場合は、どうしたもんでしょうな」

「三人で、デイトはできませんからね」おれは、あんたといっしょじゃいやだよという調子を露骨に出して、亀井戸にそういった。

亀井戸は、まだぴんとこない様子で、馬のフレーメンを思わせるような笑いかたをした。「まったくです」

「亀井戸さん。お仕事はもう、全部すんだの」珠子が訊《たず》ねた。「今日は局へ行かなくてもいいの」

女性にそう訊《き》かれては、男として仕事がないなどとはいえず、亀井戸はかぶりを振った。「そりゃ、あるさ。でもA・Dがいるからね」

「アシスタントなんかに、まかせておいていいの」

「たいした用じゃないからね」まだ、自分が邪魔者であることを悟っていなかった。

「使ってほしいという女の子が三人か四人くるんだ」いかにもたいしたことではないといったさり気なさで、彼はいった。

「ほう」おれはわざと、羨望《せんぼう》の眼つきで彼を眺めてやった。「ディレクターというのは、もてるでしょうねえ」

亀井戸は、にやりと笑った。そして、もっとお世辞をいってくれといわんばかりに、黙ってコーヒーを飲みはじめた。

珠子がいった。「ガールフレンドが、たくさんいすぎて困るんじゃないの」

彼は鼻の頭を掻《か》いた。「まあ、職業柄つきあいは多い方だね」

「ああら。そう」珠子はほっとしたように吐息をついた。「じゃあ、遊び友達に困るなんてことは、ないわけね」彼女はそういって、おれに眼くばせした。

おれと珠子は、同時に立ちあがった。

亀井戸がおどろいて立ちあがろうとした時、珠子はにこやかに彼の肩を押さえた。

「じゃ、わたしたち、お先に失礼するわ。どうぞごゆっくり」

その時の亀井戸の顔は見ものだった。顔がながくのびてしまい、しばらくは眼をしばたたき続けた。自分がデイトの相手に選ばれなかったのだということを、なかなか信じられない様子だった。

やがて彼はわれにかえり、なんとかして二枚目の面目を保持しようと苦心しはじめた。「やあ。そ、そうかい、はははは」ものわかりのいいプレイボーイの役を演じはじめた。「じゃあ、こっちもファッション・モデルの誰かとデイトしよう。いやいや。タレントの方がいいかな」

店中に響きわたるほどの大声でひとりごとをいいながら、あわてふためいて胸ポケットから大きな手帳を出した亀井戸を残し、おれと珠子は店を出た。

「ごめんなさいね」と、珠子は恰好《かっこう》のいい指さきで眼の下のソバカスを隠しながら、はずかしそうにおれにささやいた。「わたし昨夜、どこかで酔っぱらって、初対面のあの男とデイトの約束しちゃったらしいのよ。テレビに出してやるとかいって話しかけてきたことしか憶《おぼ》えてないわ」

「ひどいもんだ」おれは、かぶりをふった。「いやもう、まったくひどいもんだ」

近所の駐車場に入り、おれのベレットに珠子を乗せ、エンジンをふかしながら彼女に訊ねた。

「どこへ行こう」

「海がいいわ」

「寒いぜ」

「いいの。砂浜に腰をおろして、夕暮れの海を見たいの」

だしぬけにセンチメンタルになる時が珠子にはあって、そんな珠子がおれは好きだ。

おれと珠子は第三京浜国道に向かった。

「今日は香水をつけてこなかったのかい」助手席の珠子の方から、いつものシャネル5が匂ってこないので、おれはそう訊ねた。

珠子は怪訝《けげん》そうに首をかしげ、やがて息をのんだ。「あわてて下着に目薬をさしちゃったわ。二日酔いのせいね」

車は第三京浜に入った。百二十キロでとばした。もちろん、パトカーの姿を見かけた時は速度を落した。このハイウェイのパトカーはすべて、価格百二十万円という、国産車では最高価のシルビアを使っている。

横須賀《よこすか》街道に入り、右へ折れて逗子《ずし》へ出た。左へ踏切りを渡って葉山に入り、御用邸を右に見ながら長者ヶ崎を通り、秋谷の海岸で車をとめた。砂浜には、誰もいなかった。海は猥褻《わいせつ》な色をしていた。あたりの景色は、おれにはどうということもなかったが、珠子は多少感動しているように見えた。

おれたちは砂浜におり、波打ちぎわを少し歩いた。珠子はハイヒールを脱いで裸足《はだし》になった。彼女のベージュ色のスカートが、風で彼女の太腿《ふともも》にまといついていた。

砂の上に腰をおろし、おれと珠子はしばらく、とりとめのない話をした。珠子がハンドバッグの中からとり出したトランジスタ・ラジオの中で、アストラッド・ジルベルトが「イパネマの娘」を歌っていた。ポピュラーな曲とポピュラーな景色の組みあわせで、珠子はまたも簡単に感動し、ポピュラーな芸術的興奮に陥っているようだった。

彼女はまたしばらく、裸足のままひとりで浜辺をさまよったのち、おれのところへ戻ってきた。「ねえ、襄。せっかくここまで来たんだから、この辺で泊っていかない」

「そうだな」朝早くから起きなければならないのが大変だと思ったが、今からならたっぷり眠れると思い、おれはうなずいた。「じゃ、葉山マリーナへでも行こうか」

おれたちは葉山マリーナまでひき返して、海の見える部屋をとった。

その部屋に入り、窓から猥褻な海を見たとたん、おれは欲情した。だしぬけに珠子の肩をつかみ、彼女をベッドに押し倒した。

「どうしたっていうの、裏。まだ日も暮れていないのよ」珠子はおどろいてもがきながら、くすくす笑った。「世界の終りがくるわけでもあるまいし」

アメリカ国防総省《ペンタゴン》

深夜、中央情報局長官からの特別電話でたたき起された米大統領は、寝ぼけ眼《まなこ》のまま、いら立ちながらズボンを穿《は》いた。

彼は不機嫌だった。あたりに誰もいないのをさいわい、彼は大統領らしからぬことばでわめきちらしていた。「くそくらえ。またどうせ流れ星か人工衛星かをレーダーが誤認したんだ。そうにきまっている。大統領になってからこれで五回目だ。ええい腹が立つ」

事実、核攻撃を予想させるような出来ごとなど、最近はとんとなかったのである。

「くそったれめ。悪い夢を見て寝汗をかいたというのに、シャワーを浴びることもできないのか。大統領ともあろうものが、汗くさい下着のままで外出しなければならんというのか。くそ。靴下が破れた」彼は大声で、誰かこいと叫んだ。だが、誰もこなかった。

「どいつもこいつも糞《くそ》くらえ。みんなおれを小馬鹿にしやがって」

最近は妻までがおれを馬鹿にする――大統領は破れた靴下のままで靴を穿きながら、心で毒づいた。自分の亭主でありながら、どうしておれを歴代の大統領と比較して見せ、欠点をあげつらわなきゃならんのだ……。

接見室へ出ると、二人の陸軍将校が待っていた。だが、当然彼の出仕を見送らねばならぬ筈《はず》の妻の姿は、そこにはなかった。昨夜のレセプションで喋《しゃべ》りくたびれて、きっとまだぐっすり眠っているんだ――大統領はにがにがしくそう思った。

彼は将校たちに守られてホワイト・ハウスを出、車でペンタゴンに向かった。明けがた近くで、道路の交通量は少なかった。ペンタゴンに所属する高官たちはたいてい三十マイル以内に住んでいるから、この時間ならハイウェイを車でとばせば、ほとんどの者が緊急時召集を受けてから二十分以内にくることができる。

ワシントン特別区にあるペンタゴンは、夜というのに窓という窓すべてに明りがついていて、それが緊急非常事態であることをはっきりと告げていた。

大統領は広い長方形の作戦室に入った。大きな地図のかかった壁に向かって、半円形に並べられた肱掛椅子《ひじかけいす》には、すでにほとんどの統合幕僚幹部が腰かけていた。

「何ごとだ」と、大統領は自分の席に向かいながら大声で叫んだ。

「何ごとだですと」情報局長官があきれた顔をあらわにしていった。「さきほど電話でお伝えしたとおりであります」

大統領は腹の中で情報局長官を罵(ののし)った。彼はこの、何かといえばすぐ前大統領を褒(ほ)めたたえる男が大きらいだった。

「じゃ、その未確認飛行物体が流星か人工衛星かの判断は、まだついていないというのか」

「なんのことをおっしゃっているのです」情報局長官は大っぴらに顔をしかめて見せた。「わたしは一度もそんなことを申し上げたおぼえはありません。さっき電話したのは、在韓《ざいかん》米第八軍のミサイル基地と、日本の青森にある第五戦術空軍基地が、それぞれ推定一メガトンの核弾頭ミサイルによって攻撃を受けたということだったのです」

「一メガトンだと」大統領は混乱した頭の中で、ざっと被害状況を想像してみた。一メガトン爆弾なら、五キロ以内のものはどんな頑丈な建物であろうと蒸発する。木造家屋なら十キロ以内のものは駄目だ。

「では、基地は両方とも全滅か」

「無論そうでしょう」空軍参謀総長がゆっくりといった。「ナイキ・ジュースの迎撃が成功したのなら、こちらへもその情報が入っているはずです。しかも春川基地の者が、水原に立ったキノコ雲を見ているのです」

彼は興奮した時にかぎり、重おもしい口のききかたをする癖があった。そうでもしないことには、普段の喋りかただと、自分がどこまでヒステリックになっていくことやら、皆目見当がつかなかったからである。

大統領がいら立って怒鳴《どな》った。「韓国のミサイル基地には、レーダーはなかったのか」

「ありました」空軍参謀総長は、つりこまれて大声で答えた。「彼らは平壌の上空をやってくるミサイルを見つけて、直ちにクーリエ衛星経由で報告してきたのです。だが、われわれがそのテープを受け取った時はすでに、水原基地は全滅していたと思われます」

「それは、どこの国のミサイルだ」

「わかりません」そんなこと、わかってたまるものかといいたそうな顔つきで、空軍参謀総長ははげしくかぶりをふった。「わかっているのは、北から飛んできた一メガトンのミサイルだということだけです」

「どこの国のミサイルか、それでわかったも同然ではありませんか」海軍作戦部長がそう叫んで立ちあがった。

この男は徹底的なソ連嫌いで、また同時に空軍嫌いでもあった。もっともこれは、ほとんどの海軍将校がそうなのだが。

「北からとんできた。よろしい。一メガトンだ。よろしい。韓国の北には何があるか。北鮮だ。中国だ。ソ連だ。よろしい。では北鮮か。ノー。これはちがう。ノーノー。問題にならん。ノー。北鮮が核弾頭ミサイルなど持っているわけがない。では中国か。ノー。これもちがう。ノーノーノー。中国は核爆弾さえ三十個程度しか保有していないはずだ。ノー。ミサイルなんて持っているはずがない。ノーノー」彼はすごい早口で喋りまくりながら、次第に自分のことばに酔いはじめていた。彼の眼は完全に、オルガスムスに達した人間のそれだった。ほっておけばテーブルにとび乗り、カンカンを踊り出しかねない様子だった。「だいいち奴らの持っている原爆は数十キロトンだ。在韓米第八軍ミサイル基地と平壌とを結ぶ線を、そのまままっすぐ北へのばしていくとどうなりますか。モスクワ近辺を通るはずだ。よろしい。そのミサイルはソ連のミサイルだ。はっきりしています」

「ちっともはっきりしていない」空軍参謀総長は苦い顔でいった。「中国でないとはいえないよ。推定数十キロトンの原爆実験を中国がやったのは、だいぶ以前だ。しかも、あれでさえ水準の高い濃縮ウラン型だった。これはつまり、水爆のすべてのタイプを量産化できる可能性を持っていることになるのだ。原子力潜水艦も造れる。ＩＲＢＭも開発できる。軽率に彼らの能力を過小評価してはいかん。だいいち君、ソ連がなぜ韓国と日本を攻撃するんだね。意味がないじゃないか」

「偶発、誤算、狂気といったことが考えられます。閣下」海軍作戦部長は、高血圧とはっきりわかる顔色をさらに赤くして答えた。「閣下。あなたは中国を過大評価していられます。閣下はきっと中国の螞蟻啃骨頭《ほねにむらがるありのむれ》方式のことを考えておいでなのでしょう。よろしい。もし仮に彼らが一メガトンの核爆弾を持っていたとします。当然その保有量は少ない。ところで彼らの主要基地や原子力機関はどこにありますか。重慶、南京、武漢、西安、北京、ウルムチ、すべて朝鮮の南、あるいは西ではありませんか。どうして北からミサイルが飛んでくるのですか」

「瀋陽《シェンヤン》があるぞ」

「閣下。もし中国にミサイルがあったとして、その数少いうちの二基が、どうして瀋陽などという辺鄙《へんぴ》なところにあるのです。閣下。お気はたしかですか」

「上官に向かい、気はたしかかとは何ごとか」空軍参謀総長は、かんかんに怒って立ちあがった。「この重大時に勝手に興奮して、上官を気ちがい呼ばわりするなど、それでも君は将校か」彼自身が興奮していた。

「内輪もめはやめなさい」大統領は、ふたりを怒鳴りつけた。三軍の間のいざこざには、大統領はもう、うんざりしていたのである。

「大統領」と、国防長官が改まった口調でいった。「この上は、あなたのご決定を待つ他はありません」

「何を決定するのだ」大統領はいささかあきれ顔で、国防長官を眺めた。

「もちろん、攻撃目標を決めていただくのです」彼は少しもじもじしながらそういった。

「ばかをいいなさい」大統領は顔をしかめた。「攻撃だけが問題を解決すると思ったら大間違いだ」

「でも、早くしないと遅くなります」あたり前のことをいって情報局長官がテーブルに身をのり出した。彼は、今こそ大統領の無能ぶりをあばき立ててやろうとするかのように、わざとらしくせき立てはじめた。「ホット・ラインで、ソ連首相を呼び出したらどうですか」

　ホット・ラインというのは、クレムリンへ直通のテレタイプ回線のことである。

「呼び出して、どうするのだ」大統領は、ぎゅっと情報局長官を睨《にら》みつけて訊《たず》ねた。

　情報局長官は、そんなことまで教えてやらなければならないのかといったような薄笑いを浮かべた。「へたな腹のさぐりあいは、こんな際ですから間違いのもとになります。正直に、腹を割って訊ねればいいでしょう」

「馬鹿者」大統領はここぞとばかり、彼を叱《しか》りとばした。「正直に、どう訊ねるというのだ。このわしが、アメリカ合衆国の大統領であるこのわしがだぞ、ソ連首相に向かって、さっきうちの軍隊がふたつ蒸発しましたが、あれはおたくのやったことなんですかどうですかといって訊ねたらいいというのか。冗談も休み休みいえ。この大馬鹿者。死ね死ね死んでしまえ」

　情報局長官は、ぶるぶると、たるんだ頬の筋肉をふるわせ、眼の奥にどす黒い憎悪をみなぎらせながら、黙ってしまった。

　どいつもこいつも役に立たん、ろくなことをいわん――大統領は胸の中でわめいていた――この重大事に、こいつらの考えていることといったら、あいかわらず他人《ひと》をおとしめることだけなのだ。みんな白痴だ、うすら馬鹿の集りだ、もう少しぐらいましなことがいえないのか。

　大統領になりたいなどと思っている野心家や、大統領という地位を羨《うら》やむ連中に、このわしの苦労をわからせてやりたい——彼は心からそう思った。ホワイト・ハウスご使用前という肥《ふと》った写真と、ご使用後という痩《や》せた写真を、並べて新聞に載っけてやろうか——そんなことまで思った。

「大統領。ソ連首相からの通信です」防衛通信室の将校が、テープを持って駆《か》けこんできた。「これが暗号テープ。それからこっちが、今日ソ連大使館から届いた解読テープです」

「あっちから連絡してきたぞ」大統領は首を傾《かし》げながらも、ややあわてた手つきで、暗号による通信文の鑽孔《さんこう》されたテープを解読テープに重ね、印字機にかけた。

活字で文章が出てきた。「うらじおすとくノオカエシハ　さんふらんしすこデ。ホンキカトオタズネカ。シカリ。コチラハホンキダ」

「なんのことやら、さっぱりわからん」大統領は頭をかかえこんだ。「直接話しあう必要があるな。だいぶ誤解があるらしい」

彼は顔をあげ、情報局長官に叫んだ。

「特別電話でソ連首相と話しあう。クレムリンへつなげ」

「いけません」情報局長官は、まだ眼に恨みの炎をこめたままで、断固としてかぶりを振った。「電話だと、盗聴されるおそれがあります」

「こんな際だ。盗聴など気にしちゃいられないよ」

「駄目です」長官は膨《ふく》れっ面のまま、頑《かたく》なにいった。

大統領は立ちあがり、咽喉《のど》が裂けるほどの声で絶叫した。「命令だ。これ以上わしに大きな声を出させるんじゃない」

情報局長官はとびあがり、自席の赤電話をクレムリンに継《つな》いで大統領のテーブルに持ってきた。

大統領は彼の手から受話器をひったくった。「もしもし、こちらアメリカ合衆国大統領ですが」

「ああ。わたしはソ連首相だ」ソ連首相の、低い中に不気味な明るさのある声がひびいてきた。

「本気だというのは、なにが本気なのですか」と、大統領がすぐ訊ねた。

「そっちへ飛んでいったミサイルのことだよ、大統領」

「なんですと」大統領は眼をまん丸にした。「こっちへ飛んでくるミサイルですと」

「じゃあ、そっちのレーダーは、まだ、こっちの発射したミサイルを見つけていないのか」ソ連首相はあわてた。

大統領には、電話口で肥っちょのソ連首相が、泡を食って口を押さえている様子が眼に見えるようだった。

「なぜミサイルを発射したのですか」と大統領は叫んだ。「何発うったのですか。どこへ向けて発射したのですか」

その時、国防長官の前のテーブルの電話が鳴った。NORAD（北米防空司令部）のイコノラマ担当将校からだった。

「状況は赤です。BMEWS（弾道ミサイル早期警報機構）が北極上空で、大陸間弾道弾らしき物体を捕捉《ほそく》しました。電子計算機は十八分で米国に落下を予測……」

「あと十八分で爆発です」国防長官は今にも泣き出しそうな顔で周囲に叫んだ。

全員が、すぐさまいっせいに眼の前の受話器をとりあげた。

空軍参謀総長は戦略空軍司令部に警戒警報を出させ、民間防衛長官も警報を発した。

みんなが喋《しゃべ》りはじめた。

「うるさい。やかましい。静かにしろ」騒音でソ連首相の声が聞こえなくなったため、大統領はおどろいてわめき声をあげた。「こっちは長距離なんだぞ」

「あなたの方の偶発ミサイルが、ウラジオストクの軍港へ落下したからだ」と、ソ連首相が電話の中で叫んだ。「だからこっちはお返しに、そちらのサンフランシスコへ、一発だけミサイルを発射した。どちらにも、重要な軍港があり、また貿易港がある。おあいこだ。それで恨みっこなしということにしようではないか」

「それは『フェイル・セイフ』の盗作だ」と、大統領が叫んだ――奴《やっこ》さんもあの小説を読んでいたのか。「なにが、おあいこなものか。おまけにこっちは、なんにもしていない。ミサイルが偶発したなんて話は初耳だ。ウラジオストクの話なんか知らんぞ」

「ではそれは、まだあなたの耳には入っていないんだろうよ」ソ連首相は、そういってうそぶいた。

大統領の周囲では、統合幕僚幹部たちが大騒ぎを演じていた。互いの電話のコードがからみあい、どの受話器がどこに継がっているやつなのかわからなくなり、一部ではつかみあいが始まっていた。大統領のすぐ横では、テーブルの下にうずくまって受話器をかかえこんでいる空軍参謀総長の背中の上に乗った国防長官と民間防衛局長官が、自分の受話器を求めてコードをたぐりあい、からだをからませあい、のたうちまわっていた。「ウラジオストクとサンフランシスコでは、都市の大きさが違う」大統領の叫ぶ声は、すでに悲鳴に近かった。「人口だって倍以上だ。こっちが損だ。それならこっちはボルゴグラードを攻撃する」

「よろしい。そっちがその気なら、こっちはロサンゼルスを攻撃する」

「アメリカ第三の大都市ですぞ」大統領は泣き出した。「こっちはボルゴグラードを攻撃するだけなんだ。不公平だ。ウラジオストクのことは、こっちはなんにも知りまへんねん」ついに大統領は退行現象を起し、郷里の方言で喋り出した。「殺生やがなあんた。ウラジオストクは中国がやりましてん。そうに決ってま。こっちかて、日本の基地と韓国の基地がやられとりまんねやで。ほんまだっせ。嘘《うそ》なんかつかしまへん」

「中国だと。その証拠がどこにある」

「他に核兵器持ってる国、あの近所にあらしまへん。フランスにかて、イギリスにかて、あそこまで飛ぶミサイルなんか、あらしまへん」

その時、ひとつの受話器をそれぞれ自分のだと思いこんで揉《も》みあっていた情報局長官と海軍作戦部長のからだが、大統領の上に倒れかかり、特別電話の受話器を彼の手からはねとばしてしまった。

「わっ。何ちゅうことさらすねん」

今や作戦室の中は混乱の極に達していた。罵声《ばせい》、喚声、怒号が部屋の中に充満していた。

「もしもし。核援護局か。国防長官だ。全国のNUDETS（自記感度装置網）を作動させろ」

「サンフランシスコとロサンゼルスの人間を共同地下退避所に避難させろ。すぐにだ。われわれはペンシルヴァニア州境の地下国防総省へ移動する。ヘリコプターの用意をしろ。なに、電話がちがうって。それを早くいわんか、阿呆《あほう》」

「陸軍防空司令部か。AICBM（大陸間弾道弾迎撃用ミサイル）はもう発射したか。なに。地下格納庫《サイロ》の蓋《ふた》が開かない。なぜだ。スイッチ・ボックスの鍵《かぎ》を持った将校が、まだ三人揃《そろ》わないんだって。そんな馬鹿な」あまりにも完璧《かんぺき》なフェイル・セイフ・システムが、今や、彼らの首を逆に締めはじめていたのである。

「状況は赤。303のQP。SAC（戦略空軍）は戦闘準備態勢に入れ」

「ハワイ統合軍は中国に対し、臨戦態勢に入れ。第五戦術空軍は北鮮と北京を攻撃せよ。第十三戦術空軍は広州、武漢、南京を攻撃せよ」

「移動ポラリス潜水艦司令部か。状況は6のA及び7のDだ。作戦M3号にかかれ。第一攻撃目標はボルゴグラード。わかったか。ボルゴグラードだ。鎌《かま》を担いだ赤熊《あかぐま》を、今こそやっつけるんだ。くそ。コミュニズム糞《くそ》くらえ」海軍作戦部長はテーブルの上に立ちあがり、受話器にわめきちらしていた。「わかったのか。わかったら返事しろ。ダアダアとは何だ。貴様は誰だ」彼は顔色を変え、あわてて送話口を押さえた。「しまった。これはソ連首相だ」

「第六艦隊出動。今のところSOP（作戦規定）通りだ」

「グアム島かね。戦略第三航空師団を出動させろ。攻撃目標は上海と杭州だ」

「特別電話はどこや」大統領は、体格のいい老武官たちに突きとばされてはよろめき、おろおろしながらソ連首相の出ている受話器を捜してまわっていた。

その受話器を握った海軍作戦部長は、テーブルの上ではねまわりながらソ連首相と口《くち》喧嘩《げんか》を続けていた。「なに。シカゴを爆撃するだと。ようし。それならこっちはレニングラードを叩《たた》く。うるさい。だまれ赤熊め。よくも今まで、経済封鎖やなんかでさんざんいやがらせをやりやがったな。コミュニストめ。ニューヨークだと。じゃあ、こっちはモスクワだ」

かくて地上最大の、壮絶なる『パイ投げ』は始まった。

おれは、少しあせっていた。

だから全裸の珠子とベッドの上でほんの少し愛撫《あいぶ》しあっただけで、彼女の白くやわらかい腹部の上に、例の二億の微細なおたまじゃくしが游泳《ゆうえい》している白い毒液を、たっぷりとぶちまけてしまったのである。

「しまった」

行為に関する実際の経験には、おれは比較的とぼしい。いや。経験だけではなくて、知識さえあまりない。この点では最近の若い女性の方が、週刊誌や雑誌などの教育のおかげで、よほどよく知っているようだ。

おれも今でこそ一応の常識だけは持っているが、以前はひどかった。大学時代など、睾丸《こうがん》には白い粉末がいっぱい詰まっていて、それが小便と混りあって精液になるのだろうと思っていたくらいである。今のことばでいうならインスタント・ザーメンだ。

しかしそう思っていたにしても、それはそれでよかったのではないかと思う。今は逆だ。性知識肥大症の女性と、セックスに関する資料が氾濫《はんらん》していて、過剰な性知識が石《いし》臼《うす》のように人間の首からぶらさがっている。

その証拠に珠子は、にやりと笑っておれにこう訊《たず》ねた。「いつから早漏になったの。

裏」

　岩波の国語辞典にだって出ていない『早漏』なんてことばを知っている女性は、昔はいなかったはずである。

　おれは大橋菊枝の、古風な感じのする温かい横顔を、またちらと思い出した。

「これは心理的なものだ」おれは珠子にそういった。「おれは今、腹が減っていた。だからこうなった。何か食べよう」

「おかしな理屈ね」

　少しもおかしな理屈ではないのだが、説明したって弁解だと思われるにきまっているから、おれは黙った。

　だが何か食べようという提案には珠子も異存がなかったらしい。起きあがってブルッシャン・ブルーのパンティをはきながら、では食べましょう食べましょうと同調したので、おれはルーム・サービスに電話した。

「歯にしみるくらい冷えたコンソメと、胡椒《こしょう》をたっぷりふりかけて焼いたサーロイン・ステーキの生姜《しょうが》焼きだ。それに野菜サラダ。ぜんぶ二人前だ。ポット・コーヒーには何杯分入る」

「三杯分です」

「では、それをふたつだ」

　シャワーを浴び、食事をしてから、おれと珠子はもう一度愛しあった。枕もとで雑音だらけのラジオがコルトレーンの『ダカー』をおろおろ声でやっていた。コーヒーをがぶがぶ飲み、今度は本格的に抱きあった。ラジオは『オ・レ』をやりはじめた。珠子がバンボーレを叫んだ時、『オ・レ』が中断した。

「臨時ニュースを申しあげます」

その男アナの調子に切迫したものを感じ、おれは職業意識に眼ざめて、珠子の乳房から胸をはなし、聞き耳を立てた。

「本日午後三時二十九分、青森県三沢市で、約一メガトンと推定される核爆発が起りました。このため、爆心地と思われるアメリカ空軍基地を中心とし、半径十キロ以上にわたり、相当大きな被害があった模様です。原因についてはまだ確かなことはわかっておりませんが、防衛庁関係者の意見によりますと、この核爆発は、ソ連あるいは中共の、核弾頭ミサイルの誤射、あるいは偶発によるものではないかと思われます。また、今後の放射性降下物の影響についても、詳しいことはわかっておりません。なお、原因と詳細がわかり次第、臨時ニュースでお伝えすることになっていますので、どうぞそのまま、ラジオを消さないでお待ちください。臨時ニュースを終ります」

また『オ・レ』が始まった。

一メガトンといえば、広島に落ちた原爆の五十倍の奴である。爆発したのならラジゥム一千万トン相当の核放射線を出しているだろう。こいつは大ごとだ——おれはとび起きた。

「戦争が始まったの」珠子が眼をしばたたきながら訊ねた。

おれは服を着ながら答えた。「まだわからん。戦争になるかもしれない」

「どこへ行くの」

「もちろん、社へ戻る。君も早く服を着ろ。風呂《ふろ》へ入ったり化粧している時間はないぞ。ぐずぐずしてると、ほって行く」

「いやッ」珠子は大あわてで服を着はじめた。

「さあ。早く」おれはセーターからやっと頭を出した珠子の手をとり、部屋をとび出した。

「バッグ。バッグ」と、珠子が叫んだ。

「おれが持ってやった」

「靴。靴」

「新しいのを買ってやる」

階段をロビーまで駆けおりると、フロントには誰もいなかった。

五千円札と部屋の鍵《かぎ》をカウンターにたたきつけ、おれと珠子は駐車場に走り出した。

車から降りたばかりのアベックが、おれたちの様子を眼を丸くして眺めていた。

ベレットに乗り、エンジンをふかし、思いきりアクセルを踏みこんだ。車は駐車場から、とんで出た。

せっかく半休をとっていながら、なぜ社へかけつけなければならないのか——それは、おれ自身にもわからなかった。

功名心もあるかもしれないし、同僚や他社の記者に遅れをとるのがいやだということもあるだろう。しかし、そんな簡単な理由だけではあるまい——と、おれは思った。どこかで事件があった。しかも、大変な事件だ。歴史上かつてなかった大事件かもしれない。いや、そうに違いない。それを知っていながら、のんびり女といちゃついたりしているなんてことは、おれの血が許さない。こんな場合にじっとしているなんてことには、おれはとても耐えられない。しかもおれは、自分でそれを知っている。どうせ最後は、動き出さずにはいられないのである。これは自分でどうすることもできないおれの性格なのだ、天性なのだ——おれは自分でそう思いこもうとした——そうだ、こんなふうに駈《か》け出さずにいられないということは、おれの宿命だ。業《ごう》だ。

カー・ラジオはコマーシャルをやっていた。ＮＨＫに切りかえ、少し考えてから、やっぱり民放にした。

また男アナが喋《しゃべ》り出した。さっきと同じことを喋ってから、状況を少し詳しく話しはじめた。

「……このため、三沢市およびその周辺は、ほとんど全滅の被害を蒙《こうむ》ったものと思われ、死者総数は、おそらく五万人を越えるのではないかと想像されます。現在三沢市内には火災が起っていますが、放射能にさらされる危険があるため、付近の消防署は出動を拒否しました。したがいまして政府は、自衛隊に出動を要請し、現在、青森、八戸《はちのへ》の自衛隊第九師団が現場に急行して消火作業を行っています。この事故の原因については、ソ連あるいは中共の、核弾頭ミサイルの誤射あるいは偶発によるものであるということが、ほぼ判明した模様であります。また、放射性降下物の影響については、まだ確かなことはわかりませんが、三本木原台地における爆発後一時間以内の、降下物からの放射線の強さが毎時八百レントゲンであるところから判断して、今後、相当広い範囲に及ぶ被害が出ることと予想されます。このため十和田市、八戸市はじめ付近の市町村民に対して、緊急避難命令が発せられました。くり返します。臨時ニュースを申しあげます……」

八百レントゲンという放射線量は考えただけでも恐ろしい。科学部の記者から聞いた話では、百レントゲン以下なら安全だが、二百レントゲンで、すでに多くの人間が放射線症を起す。三百レントゲンでは、照射された一部の人間が一か月以内に死ぬ。四百レントゲンでは、治療を受けない限り三分の一が死ぬ。五百、六百レントゲンでは、死亡率は五十%以上だ。八百レントゲンとなれば、もはや致死線量、照射されると、痙攣《けいれん》を起し、譫《うわ》ごとをいいながら死ぬ。

広島、長崎は、百レントゲンをほんの少し越えただけであの始末だった。こんどはきっと、どえらいことになるぞ——おれは、ハンドルを握りしめながらふるえあがった。

広島では、原子爆弾のために、嵐《あらし》のような火災が起った。火あらしというやつだ。大火が発生すると、火の中心あたりから、熱い空気の柱が立ちのぼる。そこへ四方から空気が殺到する。つまりブローランプと同じだ。そして全地域が、炎の飽和状態になる。

これが火あらしである。今、三沢市で起っている火事も、これにちがいなかった。広島では、毎時四十八キロメートルから六十四キロメートルの風が吹いて、十二時間で十三平方キロが灰になった。こんどは、もっとすごいことになるだろう。

「あの靴、九千円もしたのに」珠子が泣きそうな顔で、それでもおれの表情を横眼でうかがいながらそういった。

無知な女だ——と、おれは思った。核爆発の恐ろしさを知ってさえいたら、靴のことなど頭からけしとんでしまう筈《はず》である。

しかし、考えてみれば、核兵器に関する知識に乏しいのは日本人全体、いや、人類全体についていえることで、特に彼女だけを責めるわけにはいかないかもしれない。その証拠に、大勢の人間がさっきの臨時ニュースを聞いた筈であるにもかかわらず、道路も、その両側の商店街も、いつもに変らぬ平穏さだった。

日は、もう暮れていた。旅館やホテルのネオンの色が、特に毒どくしい。スーパー・マーケットからは、夕食用の買いものをした主婦たちが、紙袋を両手にして次つぎと出てくる。狆《ちん》ころを抱いた女性もいた。カー・ラジオは若い男の歌声で、あなたがにくい、あなたがにくいと絶叫している。

「東京にいたって、放射能にやられるかもしれない」と、おれはいった。「今に髪の毛が抜けはじめるよ」

珠子は、ちょっとおどろいたようだった。「それならわたし、逃げ出すわ。青森は東京の北にあるわけでしょう。じゃあ南へ逃げればいいのね。大阪あたりまで逃げれば安全かしら。神戸に親戚《しんせき》があるわ。わたし、アパートへ戻って宝石類や通帳を持ち出すわ。それから羽田へ行こうかしら。あなたはいちど下宿へ戻るんでしょ」

「いや。おれは社へ行く」

珠子は怪訝《けげん》そうにおれを見た。

「おれはもっと、いろんなことを知りたいんだ」おれは、そういった。「ヘリコプターで現場へ行ってみることになるかもしれない」

「わたしにはわからないわ。裏《じょう》」彼女はそういいながら、ゆっくりとかぶりを振った。「理解できないわ。あなたの気持が」

おれはうなずいた。「そうだろうな」

車は第三京浜国道に入った。

「臨時ニュースです」アナウンサーの声は、さっきよりもずっと緊迫した調子だった。「サンフランシスコが水爆攻撃を受けました。アメリカはソ連と戦闘状態に入った模様です」息づかいが乱れていた。

珠子が悲鳴をあげた。「戦争よ。ひどいことになるわ」

「しっ」

「在日米陸海空軍のすべても、ソ連、中共に対して臨戦態勢に入っています。また、日本自衛隊に対しては、内閣総理大臣およびアメリカ太平洋方面三軍司令官より、緊急防衛出動命令が出されました」

「どうして日本まで戦わなくちゃいけないのよ」珠子が一瞬息をのみ、ヒステリックにいった。「日本は戦争をしないはずじゃなかったの。信じられない。わたし、信じられないわ」

「日本の国防体制は」と、おれは彼女にいった。「ずっと以前からアメリカとの共同防衛だったんだ。しかたがないさ」

「ねえ。どうしてそんなに落ちついていられるの」珠子の爪《つめ》が、おれの肩に食いこんだ。「戦争なのよ。逃げましょう。すぐ逃げましょう。もう、宝石どころじゃないわ。貯金もいらないわ」

戦争と聞いて、やっと事態の重大さがのみこめはじめたらしい。

「しかし、どこへ逃げるつもりなんだ」おれはかすれた声で、ゆっくりと彼女に、そう訊《たず》ねてみた。

「南の島なら、どこでもいいんじゃない。ハワイはどう」

おれはあきれた。「君は何も知らない。あそこはいちばん危険なんだ。真珠湾があるんだぜ」

「ねえ。とにかく東京は危険よ。いちばん先にやられるわ。どこか、よそへ行きましょう」

「こうなってしまえばもう、どこが安全ともいえないさ」おれはあいかわらず百二十キロで車をとばしながら、そういった。

決して、落ちついているわけではなかった。それどころか、とうとうえらいことになったと思い、心の中ではとっくに泣き出していた。恐れていたものが、ついにやってきたのだ。おしまいだ、もう、何もかもおしまいだ――意識の中の感受性の強い部分では、ただおろおろと、そうくりかえしているだけだった。しかし、意識のもう一方の部分では、おれの記者根性が、もっと正確な、詳しいことが早く知りたいと叫んで、地だんだをふんでいた。

「もう、高速道路へ入ってしまった。だからUターンはできない」おれはそういった。

「西へ逃げたって、日本にはいたるところに米軍基地や自衛隊の基地がある。引きかえしたって、横須賀あたりでやられるかもしれない」

「だから外国へ逃げましょうよ。貯金をおろせば、外国へ逃げ出すくらいのお金はできるわ」

「どこへ逃げたって、だめだろうな」そういってから、おれは自分のことばにぞっとした。

そうだ。ついに人類の滅亡する時がきたのだ。米中ソ三つどもえの戦争になって、いったいどこの国のやつが生き残るというのか。もう、何もかもおしまいだ。特ダネも、昇進も、結婚も、ボーナスも、コーヒーも、競馬も、ハイボールも、セックスも、みんな、なくなってしまうのだ。ラジオの中ではアナウンサーが、次第に声をうわずらせながら喋り続けている。しかし、いずれも正確な情報ではないらしく、「予想」とか「模様」とか「様子」とかいった単語ばかりをやたらに並べ立てていた。

やはりカー・ラジオで今のニュースを聞いたらしく、軽量鉄骨を積んで前を走っていたダンプカーが、だしぬけにグリーン・ベルトを乗り越えて、横浜行きの車道へUターンしようとした。

「あっ。なんて無茶しやがる」

おれは危くハンドルを切った。もう少しでダンプの横腹に体あたりするところだったのだ。

西行きの車道にいたパトカーがこれを見て、たちまち唸《うな》り声をあげ、ダンプへ突進していった。バック・ミラーに、西へ向かっていたフォルクス・ワーゲンがダンプにはねとばされ、さらにパトカーにぶつかる瞬間の光景がちらと映った。

道路上の車という車が、いっせいにスピードをあげはじめた。追突されてはたまらないから、おれもしかたなく百四十キロのスピードを出した。戦争が始まったニュースを知らないらしいスバル三六〇が、この周囲のあわてかたにおどろいて、おろおろしていた。おれの横を、気ちがいじみたスピードで、一台の黒いセドリックが追い越していった。珠子は悲鳴をあげつづけた。

行く手に、グリーン・ベルトを乗り越えようとして失敗したらしいトラックが横転していて、その腹の部分へ、さっきの黒いセドリックが突っこんでいった。おれの鼓膜を轟音《ごうおん》が叩《たた》きつけ、セドリックは折りそこないの千代紙みたいになり、運転していた若い男は軸の折れたハンドルに両手を腋《わき》の下まで突っこんだまま、フロント・ガラスを破ってとび出し、逆方向からきたスカイラインGTのフロント・ガラスにぶつかって、踏みつぶされた蛙《かえる》みたいになってしまった。ガラス一面、血のりと臓物にまみれたため、前が見えなくなったスカGは、グリーン・ベルトの立木の幹に、すごい勢いで衝突し、ぱっと燃えあがった。

粉みじんになった車の部品が散らばっているところを、やっとのことですり抜けてから、バック・ミラーを見ると、高速道路の横幅いっぱいに猛烈な爆発が起り、ローズ・マダーの火柱が夜空に立っていた。その火柱の中を走り抜けてきた一台のフォードが、火だるまになって、おれの車に追いすがってきた。運転席の若い女性も火だるまだった。赤毛の外人かと思ったら、髪が炎に包まれているのである。彼女は、赤い口を、裂けるほど大きく開いていた。断末魔の絶叫をあげ続けているらしい。おれはぞっとして、さらに車のスピードをあげた。フォードはやがて、ガードレールを破壊して、地上へ墜落していった。

「夢よ。これは夢だわ。悪い夢よ。そうにちがいないわ。そうにきまってるわ」珠子は熱に浮かされたような眼つきで、ぽかんと前方を見つめたまま、うわごとのように喋《しゃべ》り続けた。「わたしたちはまだ、葉山マリーナの、あのあたたかいベッドの中で夢を見てるのよ。きっとそうよ」

もちろん、おれだってそう思いたかった。だが、おれの右手の甲からは、さっきとんできたセドリックの破片のために、血が噴き出しているのだ。その痛みが、これが夢ではないことを、はっきりとおれに告げていた。しかもこれは、ほんの手はじめなのだ。たった今、開幕したばかりなのだ。全人類が生命を賭《か》けての大さわぎは、これからはじまるのだ。

後続の車がなくなったので、おれはスピードを少し落した。

アナウンサーは、入ってくるニュースを次つぎと喋り続けていた。「日本全国の警察庁、警視庁に、戒厳令布告が通達されました。日本政府は、国民に対し非常事態を宣言、警察および自衛隊に治安行動命令を下しました」

現実感が、ますますふくれあがってきた。反戦的な大衆行動は、実力で制圧されるのだ。自衛隊法だと、防衛出動命令が下れば隊員は、軍から脱走した場合、七年以下の懲役禁固という罰則で、出動を強制される。また予備自衛官は、忌避した場合同じく三年以下という罰則で応召を強制される。軍の命令に違反すれば、ただの国民でさえ五年以下の懲役なのである。緊急非常事態なのだから、場合によっては、その場で射殺されるかもしれない。物資や建物も徴発されるだろうし、医療、土木、建築、輸送関係の者も徴用されるはずだ。国外逃亡をはかったりしようものなら、おそらく射殺だろう。

「逃げ場はない」と、おれは珠子にいった。「逃げようとすれば、さっきみたいな事故を起してあの世行きだ。外国旅行も禁止されるだろう。しかし、外国へ行ったとしてもだめだろうな。今や人類全体が死の行進をはじめたレミングなんだから」

珠子は泣き出した。「じゃあ、どうすればいいの。原子爆弾が落ちてくるまで、じっとしていなけりゃならないの」

「そうだ」と、おれは答えた。「もう、こうなってしまえばおれたち国民は、できるだけおとなしく死んで行かなきゃならないんだ。今さら戦争反対を叫んだって、おそい。それをやるなら、今までにもっとやっておくべきだったんだ。だが、誰《だれ》もやらなかった。もう何もかも手おくれだ。おしまいだ」

珠子は両掌《りょうて》を顔に押しあて、うう、ううと、呻《うめ》くように泣いた。

道路上のあちこちには、スピードをあげ過ぎて事故を起した車がいっぱいいた。追突して動かなくなった車。追突されてガードレールに激突し、しどけなく横たわった車。あられもなく、腹を夜空に向けてタイヤを空転させている車。中には、車からとび出し追突して、グリーン・ベルトの立木の幹に片腕をつき刺し、全裸でだらりとぶらさがっている若い女までいた。話には聞いていたが、人間の肉体が木の幹をつき抜けているのを見たのは、これがはじめてだ。また、ガラスを破ってとび出した人間が、全裸に近い姿になることも、はじめて知った。

スバルが道路のまん中で、ぽん煎餅《せんべい》のようにぺしゃんこになり、道路上の平面、左右いっぱいにひろがっていた。最初、ダンプカーか何かに轢《ひ》かれて、その上をさらに、トラックや乗用車によって次つぎと踏みつぶされたものらしい。

スピードを落してその上を乗り越え、しばらく走ってから、おれはやっと気がついた。——あの中に、やはりぺしゃんこになった人間の屍体《したい》があったのだ——。

おれは身ぶるいした。

気をたしかにもて——おれは自分にそう言い聞かせた——もっともっとひどいことが、次つぎと起るにきまっているのだから……。

「死にたくないわ」珠子が、すすり泣いた。「もっと、生きていたいわ。今、死んじゃったら、わたし、なんのために生まれてきたのか、わからなくなっちゃうじゃないの。そんなの、いやよ。結婚だって、いちどもしなかったし、子供も産まなかったし、なんのお仕事もしなかったし」

「でも、よく遊んだじゃないか」と、おれは皮肉まじりにいった。

「遊んでいたのが、いけないっていうの」珠子は恨めしそうにおれを見た。「だって、わたしはまだ若かったんだし、だいいち、こんなことになるなんて、思ってもいなかったんだもの」

もっともだ——と、おれは思った。おれだって、こんな事態になった時のことを、本気で考えたことはいちどもなかったではないか。人間は、自分の死という考えを、なるべく意識の片隅に押しやって生きている。そして現代人は、最終戦争という考えも、それがあまりにも自分の死と密接な関係にあるため、ついでにそこへ押しやって生きてきたのだ。だが、ついにそれと直面しなければならなくなった。ひとり残らず、それと直面しなければならなくなった。逃げもかくれも、できなくなったのだ。よほど知能のおくれた人間でないかぎり、もし次に世界大戦が起ったら、人類の破滅だということぐらいは、以前から知っていたはずである。だからこそ、ラジオがたったひとこと戦争だといっただけで、このありさまなのだ。こいつはますます、どえらいさわぎになるぞ——おれはそう、確信した。

大型バスがガードレールを壊して、ながい車体の前半身だけをハイウェイの外へつき出していた。中には数十人の乗客が乗っている。近づいて見ると、後部タイヤが宙に浮いていた。微妙なバランスで、ハイウェイの端にひっかかっているのだ。傍を走り抜けたりしようものなら、その震動でバランスがくずれ、地上に転落するかもしれない。おれはおどろいて、バスの手前でそっと車を停《と》めた。

乗っている人間たちも、身動きすると危険だということを知っているらしく、じっとしたまま、窓から首だけ出して、ただ泣きわめいているだけである。バスはハイウェイの端をテコの支点にして、ゆるやかなシーソー運動を続けている。

「助けてください。助けてください」

「落ちるう。落ちるう」

「お母さま。お母さま」

「だから戦争はいやなんだ。戦争はいやなんだ」

かぼそい声で助けてくださいといって泣いているのはプロレスラーみたいな頑丈な体

格をした大学生、おろおろ声で落ちるとくりかえしているのは立派な鼻下髭《ひげ》をたくわえた教師風の中年紳士、水玉のハンカチの端を噛《か》みしめてお母さまの名を呼んでいるのはサラリーマン風の若い男、戦争はいやだと絶叫しているのは令嬢風の若い女性である。

「ゆっくりと、うしろへ移動しろ」おれは車を降り、傍《そば》へ走って行きながら叫んだ。「そして窓から出るんだ。非常ドアをあけろ」

バスがゆらりと傾《かし》いで頭部を下げた。悲鳴が起った。

「立っちゃいかん」

「身動きするな」

窓から半身をのり出していた七、八歳の少年が、おれに叫んだ。「前の方にいる人がね、うしろへくることもできないんだよ。シートから立っただけで揺れちゃうんだ」

ロープさえあれば、バスをグリーン・ベルトの立木の幹に結びつけてやることもできるんだが——そう思い、おれはあたりを見まわした。もちろんロープらしいものはどこにも見あたらず、こんな時にかぎってパトカーもこない。

少年が身をのり出している窓から、鼻下髭の紳士が出ようとした。「わたしはとびおりる」

「いけません」と、令嬢が叫んだ。「あなたがとびおりたら、バスは落ちます。自分さえ助かればいいんですか」

「そこをはなしなさい。わたしには妻がいる。子供もいる」

「このバスの中にだって子供がいるんです」令嬢がヒステリックに叫んだ。「あなたのような日本人が戦争を起したのです。そうです。そうなのです」

紳士は少年のからだが邪魔になって窓から出ることができないため、君も早くおりろと叫び、少年の尻《しり》をぐいと押した。少年はバスの窓からまっさかさまに転落して、車道にひっくりかえった。

後部の重量が減り、たちまちバスが、ぐらりと傾《かし》いだ。

紳士もあわててとび出そうとしたが、ウインド金具にベルトをひっかけ、窓から外へだらりとぶらさがってしまった。

バスは後尾をぴんとはねあげ、さか立ちをすると、地面めがけてゆっくりと落ちていった。数十人の人間の、野獣の咆哮《ほうこう》のような絶叫が尾を引いて遠ざかり、それはすぐに、どかんという音と、すごい地ひびきによってかき消された。

紳士は自分のベルトでぶんまわしのようにふりまわされ、宙に舞いあがって夜空に消えた。おそらく近くの人家にでも墜落し、屋根をつき破って家人をおどろかせたことだろう。

「あのぶんじゃ、全員即死だ」おれは、少年を助け起しながらいった。

地上からは、炎と煙が立ちのぼっていた。

「さあ、早くこい。おれの車に乗せてやるから」

車に引きかえして少年を後部シートに乗せ、運転席に入ると、助手席の珠子が蒼白《あおじろ》い顔をして、息をぜいぜいいわせていた。

「死んじゃったの。みんな死んじゃったの。ほんとに」

「みんな死んだ」おれはエンジンをふかしながらいった。

「ほんとに死んだの」珠子は泣き出した。「可愛《かわい》い女《ひと》もいたわ。若い男の人もいたわ」

おれは黙ったまま車を走らせた。

「まだ、生きてる人がいたかもしれないわ。どうして、助けてあげなかったのよ」珠子が激情に襲われて叫びはじめた。「みんな死んだだなんて、あなた、下へおりて見たわけじゃないんでしょう」

「助けることはできない」おれは無表情にかぶりを振り、ゆっくりとそう答えた。

「できたかもしれないじゃないの。そんなこと、いいのがれよ」彼女は絶叫した。

「できないといったら、できないんだ」おれは怒鳴りかえした。「どうやって地上へおりるんだ。だいいち、虫の息の人間を見つけたとして、どうやって手あてするんだ。君は外科手術ができるのか」

「お医者を呼べばいいじゃないの」

「くるもんか」おれは、吐き捨てるようにいった。「あのていどの事故は、今、あちこちでごまんと起きてるにきまってるんだぞ。おれのすることが気に食わなきゃ、車をおりろ」

このことばは、平手打ち以上の効果があった。珠子はびっくりして、だまりこんでしまった。

「ぼく、助かったんだね。ぼくひとりだけが、助かったんだね」しばらくしてから、やっと少し落ちついてきたらしい少年が、溜息《ためいき》とともにそうつぶやいた。

やがて彼は、いきさつを喋《しゃべ》りはじめた。「あのバスは、トラックに追突されたんだよ。道のまん中にライトバンがエンコしてたので、あのバスの運転手があわててカーブを切ったんだ。そのとたんに追突されて、ガードレールを突き破っちゃったんだ。トラックはそのまま逃げちゃった。悪いやつだよあのトラックは」

いうことがわりあい確かなので、おれは少年の推定年齢を十一、二歳に修正した。

「あのバスに、連れは乗っていなかったのか」と、おれは訊《たず》ねた。

「うん。ぼくひとりで乗ってたんだ。戦争がはじまったんだってね」

「なぜ知ってる」

「バスの中にいた高校生が、トランジスタ・ラジオを持ってたんだ」

さっきから、尿の匂《にお》いが車の中に立ちこめていた。

「くさいわね」珠子が少年をふりかえって訊ねた。「あなた、おしっこ洩《も》らしたんじゃないの」

「ぼくじゃないよ」少年はまっ赤になって、話しはじめた。「バスの中で、となりにいた女の高校生にひっかけられたんだ。トランジスタ・ラジオを持ってた子だよ。バスが落ちそうになってる時、ぼく、あの子にしがみつかれたんだ。ぼくみたいな子供にしがみついたって、どうってことはないのにさ。バスが揺れるたびにひいひいって泣いて、とうとうやっちゃったんだ。ぼく、気持わるいや」

「脱いで、かわかした方がいいわ」

「うん。そうするよ」少年は半ズボンを脱ぎはじめた。「おばさん。パンツも脱いでいいかい。女の人の前だけど、つめたいからお行儀にかまっちゃいられないよ」

「いいわ。窓から出して風にあてれば、すぐかわくから」

遠雷のようにひびいていた爆音が、次第に近づいてきた。空を見あげると、馬鹿《ばか》でかいヘリコプターが二機、東京に向かって飛んでいった。

「あれは自衛隊の、S－61Cだよ」と、うしろの窓から首を出して、少年がいった。彼は窓の外へ腕をつき出して、パンツの旗を風になびかせていた。「あのヘリコプターは二十五人乗りのやつで、二億円もするんだよ。いちばん上等なのはV107で二億六千万円、あいつは二番めに上等のやつさ」

「あまり手を出すと、あぶないぞ」と、おれは注意した。

少年はあわてて首をひっこめた。だが、そのはずみに窓枠に腕をぶつけて、ズボンとパンツをとばしてしまった。

「しまった」少年は悲鳴をあげた。「停めてよ。おじさん」

「あきらめろ」と、おれはいった。「ひきかえしてさがしている時間はない」

「かっこ悪いよ」少年は泣き声を出した。「こんな、下半身まる出しなんてスタイル、

「人間的じゃないよ」

「東京に着いたら買ってやる」

「ぼく、出臍《でべそ》なんだ」彼はしくしく泣き出した。「今まで、誰にもみせたことはなかったんだ」

珠子が、かわいた声で笑った。「はずかしがらなくてもいいわ。わたしも出臍よ」

「何をかくそう、じつはおれもそうなんだ」と、おれもいった。

少年は泣きやんだ。

やがて親しみのこもった声で自己紹介をした。「ぼく、ツヨシっていうんだ。山内ツヨシ。由比ヶ浜小学校の五年生だよ」

「由比ヶ浜だって」おれはあわてて訊ね返した。「由比ヶ浜って、鎌倉の先の由比ヶ浜か」

「そうだよ。由比ヶ浜って、ほかにもあるの」

「じゃあ、家も由比ヶ浜か」

「うん」

「それじゃ、方角が違う。東京へ何しに行くんだ」

「水道橋に叔父《おじ》さんがいるの。遊びに行くところだったんだ。今夜は叔父さんちへ泊るつもりで」

「このぶんじゃ、行けそうもないぞ」

「そうだね。なんとかして家へ帰るよ」

「それがいい」

「ねえ。あなたはどうする気」と、珠子がおれに訊ねた。「まさか、まだ青森まで行く気でいるんじゃないでしょうね」

「青森どころじゃ、なくなってしまったな」おれは考えた。

とにかく、一応社へ行くとして、ことの次第を全部知った上で――さて、それからどうするのか。いつまでも社にいるのは馬鹿げている。軍が社員に足止めをくわさないかぎり、どうせほとんどの記者が家に帰ったり、郷里に帰ったりしてしまうだろうから、ひとりで社に残っていたって仕事にはなるまい。

下宿に帰ったとしても、することは何もない。持ち出すものもない。おれの財産はこの車だけだ。

「おれは大阪へ帰ろう」と、おれはいった。

なんとかして、大橋菊枝のところへ行こう――そう思った。彼女といっしょなら、静かに安心して死ねるはずだ。彼女はきっと母親のように、あたたかくおれを抱きしめたまま、いっしょに死んでくれるだろう。

「フィアンセのところへ行くの」珠子が、じっとおれの横顔をみつめながらいった。

「そうだ」おれはうなずいた。

「そうなの」彼女もゆっくりと無表情にうなずき、おれの顔から眼をそむけた。

「現在、都内のあちこちで暴動が起っています」アナウンサーは、ずっと喋り続けていた。「善良な都民の皆さん。暴動にまきこまれないようにしてください。現在、警察機動隊と自衛隊が各所に出動して、鎮圧にあたっています。煽動者《せんどうしゃ》は射殺されます。くりかえします。煽動者は射殺されます。都民の皆さん。流言蜚語《りゅうげんひご》にまどわされず、良識をもって行動してください」

車は都内に入った。行く手に、玉川インターチェンジの灯が見えてきた。

永田町首相官邸

官房長官は、せいいっぱい落ちつきはらった態度を見せながら、首相官邸の玄関のあたりにたむろしている、各社政治部記者や警官、警護の官邸用務員たちの間をゆっくりと抜け、記者たちが口ぐちに投げかけてくる質問を、いつものようにとぼけた調子で聞き流しながら、正面の赤いカーペットを敷きつめた階段を登った。

ことさらに胸をはり、平然とした表情を見せてはいた。だが、官房長官の額には、ぎらぎらと光るあぶら汗が浮かんでいた。

階段を二階へ登り、つきあたりの閣議室に入って、うしろ手にドアを閉めるなり彼はだしぬけに駈《か》けだした。閣議室にぎっしりつまっている閣僚の家族たちの間を縫い、閣議室の左手の閣僚控室へとびこみ、閣僚全員がつめかけているその部屋を、またものすごい勢いで横断し、さらに左手の総理大臣室へとびこみ、ドアをうしろ手にしめた。

この部屋には、総理大臣のほかには防衛庁長官しかいなかった。

官房長官は絶叫した。「総理。まだです。まだ来ません」

「どうしてだ。在日米軍には、たしかに連絡したのか」総理大臣がデスクの彼方《むこう》ではねるように立ちあがり、まっ赤になって叫んだ。

「もういちど、連絡してみます」総理大臣の傍らで棒立ちなっていた防衛庁長官が、あわててデスクの上の、十四台の受話器のうちのひとつをとりあげた。

紅白だんだら縞《じま》の受話器を耳に押しあて、彼はいらいらした様子で汗を拭《ぬぐ》った。その電話は、緊急の場合にしか使用してはならないはずの、防衛庁首脳部あての直通専用電話だった。

「統幕議長かね」やっと相手が出たらしく、防衛庁長官は受話器に嚙《か》みつきそうな勢いでしゃべりだした。「ヘリコプターがまだ来ない。何をしてるのかね。閣僚や家族は、もうみんな集っている。さっきから官房長官が、外へ出ては空を見あげたり、あたりの様子をうかがったりするために、記者たちが勘づいて、さわぎはじめている。早く来てくれ。米軍基地には、たしかに連絡してあるんだろうな」

「とっくにいたしました」受話器の彼方で、統幕議長のしわがれ声がひびいた。「厚木の在日米軍基地では、南極行きの輸送機の準備をしています。五分前に、自衛隊のS－61Cが二機、そちらに向かって離陸しました」

「た、たった二機だって」防衛庁長官は泣き声でたずね返した。「冗談じゃない。ヘリコプター二機では、家族はおろか閣僚全員が乗ることさえ、できないじゃないか」

「S－61Cは二十五人乗りでございます」統幕議長の、わざとらしい慇懃《いんぎん》無礼なことばづかいは、まるで防衛庁長官のうろたえぶりを、せせら笑っているかのようだった。

「ですから閣僚のかたがたは、皆さまお乗りになれます」

「しかし、家族が乗れないではないか」防衛庁長官の声は、懇願する調子になった。

「もう二、三台、なんとかならないのか」

「こちらの事情を申しあげているひまはございませんが、二機でせいいっぱいなのです。人数の方は、そちらでご調整ください」そして統幕議長は、だしぬけに電話を切ってしまった。

「こ、困ったことになりました。総理」防衛庁長官は膝《ひざ》をがくがくさせながら、デスクに両腕をつき、泣きそうな顔を総理大臣にさし出した。「五十人しか乗れないらしいのです。ど、どうしましょう」

「君は防衛庁長官ではないか」総理大臣は机の表面を、力まかせに叩《たた》きつけた。「どうしてもっとたくさん、ヘリコプターをよこすように命令できないんだ」

「それが……それが」

「自衛隊法第七条には、ちゃんと、統帥事項は防衛庁長官、およびその指揮監督官たる内閣総理大臣にあるとなっているじゃないか」総理大臣はまた立ちあがり、部屋の中をいらいらと歩きまわりながらいった。「統幕議長は、長官の補佐に過ぎないんだぞ」

「お察しください総理」防衛庁長官はおろおろと、総理大臣のうしろにくっついて歩きながら弁解した。「いざという時には、私は統合部隊の行動を、直接指揮したり、命令したりすることができないのです。私は文官ですから」

「だいたい自衛隊は、われわれ閣僚の知らない間に行動を起しすぎる」総理大臣は吐き捨てるようにいった。「スエズ＝ハンガリー問題の時がそうだ。キューバ危機の時だって、そうだった。金門・馬祖の時だって、われわれの知らない間に、自衛隊は準軍事行動をとっていた。三十六年の四月にも、仁川のレーダーが不明の目標を捕えたといって、われわれの知らないうちに、自衛隊が配置についていた。この戦争が始まった時だってそうだ。われわれが開戦を知ったのは、自衛隊全部が完全に戦闘配置についてしまってからだったじゃないか」総理大臣は立ち止り、くるりとふり返ると、防衛庁長官の顔に人さし指をつきつけて叫んだ。「君の怠慢だぞ」

「そ、総理。ヘリコプターに乗せる五十人の人選を、早くしなければなりませんが」官房長官がしびれを切らせて、かたわらから悲鳴まじりに叫んだ。

「え。うん。そう、そうだったな。よし」総理大臣は落ちつこうと努めながら眼を閉じ、立ったままで大きく息を吸いこんだ。

やがて、彼は訊《たず》ねた。「官房長官。定例閣議に出席する閣僚は、ぜんぶで何人だったかな」

官房長官は早口で答えた。「大臣十三人、長官七人、副長官二人です。今日は行政管理庁長官が病気で入院中のため、かわりに副長官がきています」

「副長官はぜんぶ省《はぶ》け。それで何人だ」

「ええと、十九人になります」

「そうか。それから」総理大臣は防衛庁長官をふりかえり、重おもしくいった。「防衛庁長官。君も日本に残れ」

防衛庁長官は自分の耳を疑うかのように、ゆっくりとかぶりを振りながら総理大臣に訊ね返した。「なんです」

総理大臣は顔をしかめた。「君は自衛隊の総責任者だ。残って指揮をとれ」

防衛庁長官は、しばらくぼんやりしていた。やがて彼の表情が、泣き出す寸前の子供の顔のように、ぎゅっと歪《ゆが》んだ。「し、しかし総理、わたしが残っていたって、意味がありません。総理。あなたはご存じないのですか。旧行政協定の第二十四条という、アメリカとの間の秘密了解事項を。非常事態に際しては、日本のすべての武装力、警察力さえも、日本政府の指揮下からはなれ、アメリカ駐留軍司令官の指揮命令を受けることになっているのです」彼は唾《つば》をとばして喋《しゃべ》りはじめた。猛烈な早口で喋り続けた。まるで、喋り続けることによって、恐怖を忘れようとしているようでもあった。彼は眼をまん丸に見ひらいていた。「あれは今でも効力を持っているのです。自衛隊はすでに私の手からはなれ、在日米軍の指揮下にあるのです。また、さっきも申しあげましたように私は武官ではなく……」彼の声は、すでに絶叫に近かった。

「女女《めめ》しいぞ。長官」総理大臣が一喝《いっかつ》した。「君はそれでも大日本帝国防衛の最高責任者なのか。君がわれわれといっしょに南極へいって、いったいなんの役に立つと思っているのだ。君は家族とともに日本に残り、日本自衛隊がいかに戦うかを最後の最後まで見とどけるのだ。わかったか」

「は……」

防衛庁長官はうつむいたまま直立不動の姿勢をとり、しばらく指さきをぶるぶるふるわせていた。だが、やがて決然として顔をあげ、唾をとばしながら叫びはじめた。「わ、わかりました。わたしは残ります。日本に残ります。しかし、しかし総理、わたしだけが残るのは不公平であります、どうか、どうか科学技術庁長官もいっしょに残していってください。彼は自衛隊にとって必要な人間なのでありまして……」

防衛庁長官が何をいい出すのかと、彼の顔をじっと眺めていた総理大臣は、このことばにはさすがにあきれはて、しばらくは無言で彼を茫然《ぼうぜん》と見つめ続けた。

「たいへんです。総理」外務大臣がとびこんできて叫んだ。「これは確かな筋からの情報ですが、ワシントンはすでに全滅したそうです。それからニューヨークも、マンハッタン島に約百メガトンの水爆が落ちて、ウエストチェスター、ロングアイランド、ニュージャージーは、火に包まれているそうです」

「では、ソ連は。ソ連はどうなのだ」総理大臣は一瞬息をのみ、すぐに大声でそう訊ねた。

「もちろん、アメリカの報復攻撃によって、モスクワもレニングラードも全滅している筈《はず》ですが、こちらの方ははっきりしたことはわかりません」外務大臣はのどをぜいぜいいわせながら叫ぶようにいった。「総理。こ、こうなりましては、もはや東京へ水爆が落ちるのも時間の問題かと……」

「わかっとる」総理は眼をぎらぎら光らせて、どなり返した。

続いて文部大臣が、総理大臣室へとびこんできた。「総理。ヘリコプターがやってきたようです。西の空に着陸灯がふたつ見えます」

総理大臣は官房長官に向かって早口に命じた。「よし。ヘリコプターに乗せる大臣は十二人だ。そのうち、総理、外務、法務、大蔵の各大臣は家族三人を、残りの大臣は家族二人を、防衛庁長官と科学技術庁長官をのぞくあとの長官五人は家族ひとりをそれぞれつれて、すぐさま官邸の中庭に出るよう伝えろ」

「ど、どうしてですか」文部大臣がとびあがって異議を述べはじめた。「どうして外務大臣が家族三人で、わたしの家族が二人なのですか。わたしには子供が五人もいる。そのうち四人は男なのです。外務大臣は奥さん以外に女の子がひとりしかいないではありませんか。不、不公平です、総理。もっと家族構成というものを考えてください」

「考えている時間はないのだ」総理は嚙みつきそうな勢いで、文部大臣をどなりつけた。

「気に食わなければ、君、乗るな」

「法務大臣はあなたの娘婿《むすめむこ》の父親だ。あなたは自分の親戚《しんせき》だけを優遇する」文部大臣は、とうとう泣き出した。「そ、それは依怙贔屓《えこひいき》だ」

官房長官が閣僚控室と閣議室へ行って、閣僚とその家族たちに人数の制限をいい渡すと、たちまちふたつの続き部屋は大さわぎになってしまった。

「あ、あなた。気でもちがったのですか。どうしてこんな女をつれていくのです」もと新橋の料亭にいたという若い妾《めかけ》をつれていくことにきめた運輸大臣の胸ぐらをとって、夫人がそう叫んだ。「あなたは自分の子供よりも、こんな下賤《げせん》な女の方がだいじなのですか」彼女はヒステリーを起していた。

「下賤な女とはなんです」眼をつりあげ、若い妾が夫人に喰《く》ってかかった。「わたしだって人間なのよ。生きのびる権利はあるわ。だいいち、この人にはあんたなんかより、わたしの方がずっと必要なんですからね。それに」彼女は豊かな胸を誇らしげにつき出して叫んだ。「なによりも、わたしは若いのよ。あんたなんかより、ずっとずっと若いのよ」

衝動的に振った夫人の掌《て》が、妾の頬《ほお》でぴしゃっ、と鳴った。

妾はわっと泣き出し、運輸大臣の大きな胸に顔を埋めた。「あなた、く、くやしい」

彼女は身をよじって泣いた。「あなたの奥さんがわたしをいじめるのよ。わたし、ぶたれたのよ。わたしに教養がないからって、ばかにするのよ。ねえあなた。わたしを守って」

「おう。よしよし。泣くな泣くな」運輸大臣は困って、妾の背中を撫《な》でさすった。

「な、なあんですか、この女は。色仕掛けで。はしたない。下品な」夫人はあわてて妾を大臣から引きはなそうとしながら怒鳴《どな》った。「あなたはこんな品のない女が好きだとでもおっしゃるんですか。おお、おお、け、けがらわしい」

「おい、お前。や、やめなさい。まあ、そんなに怒るな。そ、そんなこと、するもんじゃない」運輸大臣は妾をかばいながら、おろおろ声で夫人をなだめはじめた。「この子をいじめないでくれ。この子は可哀《かわい》そうな子なんだよ」

「じゃあ、自分の子供たちは可哀そうじゃないとでもいうんですか」

「お父さん。今までいろんなことがありましたが、しかしぼくは、ほんとはお父さんが好きだったのです」通産大臣に、その息子が泣きついていた。

通産大臣は、現夫人とその娘をつれていき、前の夫人の息子をおいていくといい出したのである。息子はおどろいて父親をかきくどいていた。息子といってもすでに三十一歳、厚生省に勤務している恰幅《かっぷく》のいい男である。

「お、お父さん。ぼくは、本心ではずっとあなたを愛していたんです。ぼくをつれていってください」

「だめだ。お前は子供の時からひがみっぽくて、なにかといえばわたしに反対ばかりしてきたではないか」通産大臣はここぞとばかり息子をどなりつけた。「ついこの間も勝手に粛党グループへ入った。そんなやつをいっしょにつれていくことなんぞ、ぜったいにできん」

「これからは、お父さんのお役に立ってみせます。ほんとです」息子は床にひざまずき、父親の腰にすがって泣き叫んだ。「香代子は女です。女なんかつれていっても、なんの役にも立たないでしょう。ね、お父さん。おう、パパ、パパ。お願いです。香代子なんかほっといて、ぼくをつれてってください」

「何をおっしゃるの。邦彦さん」現夫人が怒って、ままっ子を夫から引きはなそうとした。「香代子さまは総理大臣の息子さんとご縁談がきまっているのです。高貴なおからだなんですよ。軽がるしく女おんなとおっしゃらないで。同じ子供でも、あなたなんかとはちがうのですから」

党の副総裁と幹事長が、閣僚控室へ出てきた総理大臣を両側からとらえ、居丈高にどなりつけていた。

「おいっ。君を総裁にしてやったのはわしだ。なぜわしをつれていかんのか。この恩知らずめが」

「前の総裁が病気になった時、政権授受の調整役をしてやったのはこのわたしだ。それを忘れたわけじゃあるまい。君はわたしに借りがあるはずだぞ」

「南極へ行っても、日本政府はやはり依然として存続するのだ」総理大臣はけんめいになってふたりをなだめた。「わたしを信じてくれ。南極へ着いたら、折りかえしすぐ迎えの飛行機をよこす。今はまず大臣たちをつれていかんことには、あっちへいっても政府《ふ》らしい恰好《かっこう》がつかんではないか。わかってくれ」

「なあおい。君とわしとは縁戚《えんせき》関係にあるんだ、総理」財政制度審議会会長で、住菱《すみびし》電工の社長でもある財界の実力者がやってきて、総理大臣に武者ぶりついた。「その上わしは財団から党本部へ月に四億もの金を出させた。いや、党だけじゃない。あんたの派の水曜会へも二十八億三千万円という軍資金を出している。これは年間、協会へ入ってくる金の約四倍なのだぞ。わしがどれだけ君の派閥をひいきにしていたかわかるだろう。これからはもっと出してやる。さあ、わしもいっしょに南極へつれていってくれ」

「だめです。会長。あなたをつれていくわけにはいきません」総理大臣は、つめたくそういった。「もう金の値うちはなくなったのです」

会長はわっと泣き出して、べったりと床に尻《しり》を据えた。立ち去ろうとする総理大臣の片足にしっかりとかじりつき、彼はわめきちらした。「そんなら金を返せ」

「ヘリコプターが上空を旋回しています」と、官房長官が声をはりあげた。「もうすぐ中庭に着陸します。さあ皆さん。中庭に出てください」

選ばれた者と、選ばれなかった者の間に続いていた争いは、その声を合図にして、ますますはげしくなった。部屋の中は、泣き声、怒声、罵倒《ばとう》、悲鳴、なだめる声、絶望の叫び声などで充満した。

自分が南極行きに選ばれず、東京へ残ることになったと知って、美しい通産大臣の二番めの令嬢は、ああとひと声呻《うめ》き、ばったりと床に倒れ、失神して見せた。彼女はいつも大臣たちや大臣の家族たちからちやほやされるのに馴《な》れていたため、失神して見せさえすれば、誰かがかまってくれるだろうという計算をしたのである。しかし誰も彼女には見向きもせず、みんな自分のいのちのことだけでせいいっぱいであると知ると、彼女は倒れたまま薄眼をあけて他の連中の様子をうかがうことをやめ、ふたたびぱっと立ちあがって通産大臣にしがみついた。「つれてってぇ」

夫人の手をひいて部屋を出ようとした経済企画庁長官の前へ、和服姿の老人が立ちふさがって杖《つえ》をふりあげた。「彦一。どうあってもわしをつれていかん気か。わしはお前を育ててやったのだぞ。ちいさいころお前を可愛がり、面倒をみてやったのだ。いわば育ての親ではないか。そのわしをお前は、見、見捨てていくというのか」

「わたしはあなたをおぼえていないのです」経済企画庁長官は、困りきってそう答えた。

「さあ。そこを通してください」

「いいや、通さん」老人は杖を持った手をひろげ、通らせまいとしながら大声で叫んだ。

「この恩知らずめ。おぼえとらんとはなにごとだ。それでもお前は日本人か。ああ、日本人の道義、地に堕《お》ちたり」老人は、とんで出た入れ歯を拾おうともせず、天を仰《あお》いではらはらと落涙した。「育ての親を見捨てるとは何ごとだ。そんな女の色香に溺れおって」

「これは、わたしの妻です」経済企画庁長官は、おどろいてそういった。

「妻などは置いていってよろしい」と、老人はどなった。「育ての親と妻と、どちらがだいじか」

「でもわたしは、あなたを知らないのです。育ててもらった記憶はありません。親戚の者からも、あなたのことなど聞いたこともありません」

「なんどいわせるのじゃ。わしはお前の母親の兄嫁の姉が嫁にいった先の、先妻の息子なんじゃぞ」

「母親の、なんですか」

「ええいもう、じれったい。わたしはお前の母親の兄嫁の姉が嫁にいった先の、先妻の……」

「さあ。記者たちに勘づかれないように、そっと中庭へ出てください。騒がないで。静かに。静かに」官房長官は、汗だくになって、一同を中庭へみちびこうとした。

官邸は、ライト式建築の特徴である複雑な構造をもっていて、細い廊下がくねくねと続き、あちこちに階段がある。はじめて官邸に入った者など、たちまち迷ってしまうくらいである。あまり構造が単純だと、刺客におそわれたりした時に困るので、わざわざこんな複雑な様式にしたという説もあるが、この場合もそれがさいわいした。つれていってもらえない家族が相当さわいだにもかかわらず、全員が記者たちの眼を盗んで中庭に出ることができたのである。もちろん南極行きの人選に洩《も》れた者も最後まで望みを捨てず、ほとんどがついて出てきた。

外は夜だったが星月夜《ほしづくよ》で明るく、その上ヘリコプターが着陸できるように、中庭の各所にある水銀灯がすべてともされていた。あたりは真昼のように明るかった。

二機のヘリコプターが爆音とともに芝生へ着陸するまでの間さえ、中庭では、口喧嘩《くちげんか》や怒鳴りあい、ののしりあいがくりひろげられていて、中にはつかみあいも起っていた。どうころんでも自分がヘリコプターに乗せてもらえる望みはないことを知った者が、やけくそになって突如暴徒と変り、気ちがいのようにあばれはじめていた。

運輸大臣の妻とその息子は、妾《めかけ》の首を絞め、通産大臣の息子はまま母を芝生の上に押し倒して馬乗りになり、父親の止めるのもきかずに拳骨《げんこつ》をふるって彼女を瘤《こぶ》だらけにしていた。郵政大臣は腹のふくれあがった赤坂の料亭の女に抱きつかれ、法制局長官は判事や検事をやっている兄弟や親戚の者から袋叩《ふくろだた》きにされていた。

ひどいのは建設大臣であって、彼の家族関係はひどく複雑なのだが、彼は義母と、その義母との間にできた彼の娘と、彼の正妻の、三つどもえの争いの中にまきこまれ、うろたえていた。三人の女はつかみあい、引っかきあい、和服の裾《すそ》を乱し、しまいには蹴《け》出《だ》しを尻までまくりあげて芝生の上をころげまわった。中庭いっぱいに怒声、罵声《ばせい》、悲鳴、絶叫、泣きさけぶ声が渦巻いた。

ヘリコプターが着陸すると、全員がわっとそちらへ駈《か》け出した。

爆音におどろいて、とうとう官邸クラブ詰めの政治記者たちが、中庭へ様子を見に走り出てきた。

「なんだ、なんだ」

「何ごとだ。あのヘリはなんだ」

「閣僚だ。閣僚と、その家族たちだ」

「どこかへ逃げる気なんだ。きっとそうだ」

「かまわんから、あばれているやつは撃ち殺してくれ」と、ヘリコプターにやっとたどりついた官房長官が操縦席と副操縦席にいるふたりの自衛隊員にそう叫んだ。「戒厳令は出ているんだ」

しかし二機のヘリコプターは、たちまち閣僚と、その二百人以上の家族や親類縁者にとりかこまれてしまったため、用意してきたサブ・マシン・ガンをかまえて副操縦席から身をのり出した自衛隊員の眼には、だれが暴徒なのやら、どれが閣僚なのやら、かいもく見わけがつかないというありさまだった。

こうなってしまってはもう、とにかくヘリコプターに乗りこんでしまった者が勝ちである。小さなドアめがけて大勢が殺到し、その部分には人間がうず高く積みかさなって小山ができた。

「並んでください。並んでください。押してはいけません。こら、あんたは乗っちゃいかん。幹事長。あんたもあきらめてください」官房長官は、ヘリコプターの屋根に登って立ちあがり、声を嗄《か》らせて周囲にそう叫び続けた。

杖をふりまわしながら中庭までついて出てきた、例の経済企画庁長官の育ての親と自称する和服姿の老人は、ヘリコプターに向かって駈け出そうとしたとたん、だれかに突きとばされて芝生の上にひっくりかえった。彼は自分がとり残されたことを知ると、かんかんに怒って立ちあがり、しわがれ声で叫んだ。「ううむ国賊めら。国を見捨てて逃げ出そうとは政治家にあらざるふるまい。なんともはや、あきれはてたる内閣よ」

ヘリコプターの周囲でひしめきあい、われ勝ちに中へ乗りこもうと揉《も》みあっている閣僚たちの様子を、立ちすくんだまま茫然《ぼうぜん》として眺めていた記者たちの方へ、老人は杖をふりまわしながら駈けよってきて、大声でどなった。

「やつら、日本を逃げ出すつもりなのじゃ。国民の代表であり指導者でありながら、国家の危急を前にして国外逃亡を計っとるのじゃぞ。さあお前たち、ぐずぐずしとらんで、はようあいつらをとり押さえい」彼は杖でヘリコプターを指した。「きゃつら、日本人のつらよごしじゃ。ひとりたりとも逃がしてはならん」

「その煽動者《せんどうしゃ》を射殺しろ」記者たちのあとから中庭に出てきていた警官隊の中の、隊長らしい男が、部下のひとりにそう命じた。

その警官は拳銃《けんじゅう》を抜いた。記者たちの間を縫って老人の方へ駈け寄りながら、二発連射した。一発は老人の顔に命中した。そして老人の顎《あご》から上を無残に砕いた。破裂した赤い風船のように、血と肉が周囲にとび散った。もう一発は老人の腕を吹きとばした。杖を握ったままのその右腕は、すごい勢いで宙をとび、芝生に突きささった。

「なんて乱暴な」

「なんてことをするんだ」

老人の死を見て、十人あまりの記者が、いっせいに警官たちへ怒りの眼を向けた。「治安行動命令により、不穏なる言動をなした者は即刻射殺する」警官隊の隊長は、記者たちに向かって居丈高にどなりつけた。「お前たちは、そこから一歩も動いてはならん。ヘリコプターに近づこうとする者は、容赦なく撃ち殺す」

記者たちは、声なく立ちすくんだ。

ヘリコプター付近の騒動に望遠レンズを向けようとしたカメラマンは、たちまち警官のひとりの棍棒《こんぼう》で愛機を叩き落とされ、踏みつぶされてしまった。

「お前たちは、こいつらを見張っていろ」隊長は、警官たちにそう叫んだ。「おれはあのさわぎを鎮めてくる」

彼は拳銃の銃口を空へ向けてぽんぽんぶっぱなしながら、ヘリコプターの方へ走り出した。

むらがる人垣の中へわめきながらとびこんでいった彼は、周囲の人間を力まかせに押しのけ、かきわけ、突きとばし、拳銃の銃把でぶんなぐったりして、次第にヘリコプターのドアの方へ近づいていった。

「見ろ。お前たちの隊長は、あのヘリで、みんなといっしょに逃げるつもりなんだ」ひとりの記者が警官たちにそう叫んだ。

警官たちが一瞬動揺した。

その隙《すき》に、二、三人の記者が、ぱっとヘリコプターに向かって走り出した。それにつられて残りの記者全員が駈け出した。しばしためらった警官たちも、あわてて記者たちのあとを追い、彼らの背に向けて拳銃を発射しながら、ヘリコプターに向かって走った。ふたりの記者が背中を撃ち抜かれ、いずれもぴょんと二メートルばかりおどりあがって宙で身をよじり、どさっ、と、芝生にはげしくからだをたたきつけて、そのまま動かなくなった。

ヘリコプターの屋根の上に登り、ドアの付近の乱闘にサブ・マシン・ガンの銃口を向けたまま茫然と見まもっていた二機のヘリコプターのそれぞれの副操縦士は、記者たちが駈け寄ってくるのを見て、すばやく彼らの方へ銃口を向けかえ、ばりばりと撃ちまくりはじめた。ほとんどの記者が、胸板を撃ち抜かれたり、頭部を吹きとばされたり、骨盤を砕かれたりして芝生に倒れた。

あわよくば自分たちもヘリコプターに乗ろうとして走り続けていた警官たちは、短機関銃の断続音におどろいて芝生の上にさっと身を伏せると、ヘリコプターの屋根の副操縦士を狙《ねら》い、拳銃を撃ちはじめた。

警官隊に狙われて仰天したふたりの副操縦士は、あわてて回転翼の垂直軸のうしろへ身を伏せ、芝生の警官たちに応戦して狂ったようにサブ・マシン・ガンを撃ちまくりだした。

ヘリコプターの周囲で揉みあっていた者は、だしぬけにすぐかたわらで猛烈な撃ちあいがはじまったため、いずれも正気を失うほど動顚《どうてん》した。混乱は、さらに大きくなった。

首相官邸の中庭は、今や阿鼻叫喚《あびきょうかん》の坩堝《るつぼ》と化していた。

通産大臣令嬢は、ヘリコプターのドアの前で押し倒され、数十人の靴によって圧死し、口腔《こうこう》から舌を、肛門《こうもん》から直腸をとび出させていた。ドア付近の乱闘の関所を突破して、うまくヘリコプターの中に乗りこんだ者は若い男ばかりで、どちらの機内にもまだ数人しかいなかった。ほとんどの者が、十分たち、二十分たっても、小さなドアの前で押しあいへしあいを演じていた。

とても乗れないと見切りをつけた気の早い者は、ヘリコプターの屋根に登り、長い尾部にしがみついたりしていたが、ここでは三人の男が警官の発射した弾丸にあたって、まっさかさまに地上へ転落した。

「あんたは乗っちゃいけません」やっとドアにたどりついた総理大臣が、かたわらの若い男を押しのけようとした。

「わたしは外務大臣の息子です。乗せてください」

「嘘《うそ》をつきなさい。外務大臣には息子はいません」

「かくし子です」

「いいかげんなことをいってはいけない。どきなさい。こら。何をする」総理大臣は、あべこべにその青年から胸ぐらをつかまれてわめいた。「ぶ、無礼者」

青年は総理大臣の顔に唾《つば》をとばしてどなった。「自分さえ助かればいいのか」

「下郎。さがりおろう。君、この暴漢を、こ、殺せ。こ、こ、殺せ」総理大臣は操縦士に叫んだ。「この青二才を撃て。撃ってもよろしい。わたしは総理大臣だ。わたしが許可する」

操縦席から身をのり出した操縦士は、拳銃で青年の頭部を狙い撃ちした。近距離からの銃弾で、青年の頭部は破裂した。総理大臣の顔は、とび散った青年の脳漿《のうしょう》と血で、赤白まだらに染めわけられた。

「乗せてくれっ。乗せてくれっ。わたしは日本にとって重要な人材なのだ。わたしを捨てていっては日本の損失になるぞ」

「おどきなさい。おどきなさい。わたしをお通しなさい。わたしは高貴の身なのですよ。わたしのからだには、皇族の血が流れているのです。いけません。わたしの肉体に触れてはなりません」

だが『日本にとって重要な人材』は、叫び続けているうちにだれかの肱《ひじ》で顎を一撃され、舌を嚙《か》み切り、うんといって眼をまわした。『高貴の身』の若い女性は、背後からどんと押されたはずみに足を宙に浮かせてでんぐりかえり、ピンクのパンティをまる出しにしてさか立ちをした。

青年の首なし死体を乗り越えて、やっとヘリコプターに乗りこんだ総理大臣は、入口でふりかえり、まだ人波の中で揉まれている妻と息子に手をさしのべた。「おい。お前たち。早くきなさい。さあ。この手につかまりなさい」妻と息子をどうにか機上にひきずりあげた総理大臣は、ふたたび操縦士に叫んだ。「さあ。出発しなさい。もうだれも乗せんでよろしい」

操縦士はキャビンを振りかえっていった。「でも、まだ五、六人は乗れますが」

「かまいません。すぐ飛びあがりなさい」

「屋根の上に副操縦士や、その他に四、五人乗っています」

「そんなものは、ほっとけばよろしい。飛んでいるうちに落ちます」

操縦士はしかたなくスターター・スイッチを押し下げた。パッパッパッという爆発音につづいて壮快な爆音が起り、発動機が始動した。まだドアの外で死闘をくりひろげていた者はこの音にびっくりして、ますますはげしく、悲鳴をあげながら揉みあった。もはや家族のことまでかまってはいられず、彼らはわれ勝ちにドアから機内へなだれこんできた。

もう片方のヘリコプターは、すでに満員になっていた。こちらには外務大臣や建設大臣や、その家族などが乗りこんでいた。総理大臣から日本にとどまるよう命令されていたはずの防衛庁長官や、科学技術庁長官までが、どさくさまぎれに家族づれで入りこんでいた。二十五人の定員はとっくにオーバーしていて、キャビンには人間が、身動きもできないほどぎっしりとつまっていた。もちろん、こちらの機のドアの外でも、まだ乗れない連中がやっきになってひしめきあっていた。

その屋根の上では、副操縦士がサブ・マシン・ガンにかじりつき、まだ警官隊と射撃戦を演じていて、芝生の警官たちはほとんど射殺され、生き残りはあとふたりしかいなかった。

その時、警官のひとりの発射した銃弾が、回転翼駆動部の下にある燃料タンクに命中した。燃料タンクは轟音《ごうおん》を吐いて爆発し、周囲へ燃料をふり撒《ま》いた。ヘリコプターはたちまち、音を立てて勢いよく燃えあがった。屋根の上にいた副操縦士はじめ数人の男が、火だるまになって芝生へころげ落ちた。ヘリコプターの中からは、野獣の咆哮《ほうこう》を思わせる断末魔の絶叫と呻《うめ》き声がわきあがった。一瞬にして炎に包まれたキャビンの中をのたうちまわる搭乗者のシルエットが、窓越しにちらと見えた。ドアのすぐ傍にいたほんの数人が、からだから火を吐き、咆《ほ》えたけりながらまろび出てきて、芝生の上をころげまわり、数秒後に動かなくなった。

銃声はとだえた。

芝生のあちこちが燃えはじめた。

総理大臣たちが乗っているもう一方のヘリコプターの中では、僚機のこの惨状を見てびっくりした操縦士が、大あわてでスロットル・グリップをぐいとまわした。ローターが次第に早く回転しはじめ、機体は大きく震動しはじめた。

キャビンに入れず、屋根の上へ必死でかじりついていた官房長官の男性用蔓《レオンカ・トーペ》が、ローターのダウン・ワッシュに吹きとばされた。赤茶色の彼の地頭がむき出しになり、それは月の光にてらてらと映えた。

屋根の上には官房長官や副操縦士の他に、郵政大臣と大蔵大臣が尾部の先端近くにしがみついていた。

芝生からは風塵《ふうじん》がわき起り、操縦士の視界は数十秒奪われた。

やがて機体は官邸の中庭から垂直に浮きあがり、千代田区永田町の小高い丘の上、東京にはめずらしく星のきらめく晴れた夜空に舞いあがった。

ヘリコプターが去ったあとの首相官邸中庭には、射殺死体、圧死体、焼死体がごろごろと数十ころがり、もう一機のヘリコプターの焼け焦げの残骸《ざんがい》が捨てられていた。芝生のところどころはまだ燻《くすぶ》っていて、そこからは白い薄煙が立ちのぼっていた。生きている者はただひとり、気がくるって取り残された通産大臣夫人だけで、彼女はずたずたに裂けた和服の前を大きくはだけたまま、楽しそうにはなうたを歌い、あたりをさまよっていた。

「乗っている閣僚は、だれだれだね」

ヘリコプターの中で、総理大臣がキャビンを見まわしながらそう訊《たず》ねた。

「法務大臣、文部大臣、農林大臣、それに私です」と、総務長官が答えた。

「屋根の上にも、だれかいるはずです」と、法務大臣がドアの傍から大声でいった。

「官房長官が、たしか屋根です」

「おかしい。これじゃ方角がちがうぞ」文部大臣が地上を見おろし、あわてて操縦士にいった。

「ほんとだ。厚木は西じゃろう。それなのに東へ向かっとる」法務大臣も首をかしげた。

「あれはたしか、日比谷の公会堂じゃ」

「たいへんだ。尾部回転翼のピッチ角が減らない」操縦士は汗だくになり、踏棒の左側を踏みつづけながら叫んだ。「さっきの弾丸でケーブルをやられたらしい。これじゃ右旋回できない」

「それじゃ左へ旋回しろ」わけもわからず、法務大臣が叫び返した。

「やってみます」操縦士は、大いそぎでコントロール・スティックを左に倒した。

機体が大きく、左に傾いた。

官房長官は、屋根の上をずるずると左へすべった。手がかりがなかったため、彼は空中へ投げ出された。絶叫の尾を引きながら左下方へ勢いよくななめに落ちていった彼は、放送会館の屋上のアンテナの先端に背広の裾《すそ》を引っかけ、アンテナを軸にして時計の針の方向にぐるぐるまわった。

スタビライザー・バーのジャイロ作用で、ヘリコプターの機首が、ぐぐっ、とあがった。

尾部にいた郵政大臣と大蔵大臣は、頭からまっさかさまに墜落した。郵政大臣は内幸《うちさいわい》町《ちょう》の交叉点《こうさてん》近くにある郵便ポストの上へ落ちて頭の鉢を割り、大蔵大臣は住友銀行の裏口のゴミ箱へとびこんだ。

ヘリコプターは、ゆるやかに左へ旋回した。北へ向かって皇居外苑《がいえん》の上空を飛び、西へ向かって桜田門あたりの堀を越えた。そのまま旋回をやめず、ヘリコプターは機首を南西に向けた。

「ぐるぐるまわっとるぞ」

全員が、さわぎ出した。

「このヘリコプターは、まっすぐ飛ばんのか」と、法務大臣がいった。

「ラダー・ペダルが、完全に利かなくなってしまった」操縦士は泣き声をあげた。「副操縦士は屋根の上だ。ひとりじゃどうにもなりません」

「気をつけろ。前になにやら建物があるぞ」文部大臣が、ふるえながら叫んだ。

「あれは国会議事堂だ」農林大臣が悲鳴をあげた。「大変だたいへんだ。このままではあれに衝突する」

二十数人の乗客が、いっせいに悲鳴をあげた。

「上昇しろ」

「早く、どっちかへ避《よ》けろ」

操縦士は、だれか助けてくれと泣き叫びながらピッチ・レバーをあげた。だが、ラダー・ペダルが利かないので機首は偏向した。操縦士はそのままスティックを引いた。

しかし、もう間にあわなかった。ヘリコプターは国会議事堂の屋根に、まともにつっこんでいった。

フィクションの世界では、すでに数十回にわたって怪物たちに叩《たた》き壊されていたその国会議事堂の屋根は、今また、閣僚たちの乗ったヘリコプターによって、もののみごとに大破した。ヘリコプターは白光色とオレンジ色の破片をとび散らせ、星空の下にあっけなく四散した。

玉川通り

「これじゃあとても家へ帰れそうにないよ」

大混乱の玉川インターチェンジをやっとのことで抜け出して、都内の道路へ入ったとたん、ツヨシが絶望した様子でそう叫んだ。

郊外へ出ようとするおびただしい数の車が、道路いっぱいにひろがり、おれの車とは逆方向にびゅんびゅんすっ飛ばして行く。センター・ラインを越え、比較的車の量の少ない都心行きの車道にまではみ出して、おれの正面からまともにこっちへ突っ走ってくるのだ。あぶなくてしかたがない。珠子はとうとうシートに俯伏《うつぶ》せてしまった。

おれはハンドルを折れるほど握りしめ、曲芸に曲芸をかさねて、それらの車の横を危くすり抜け続けた。それでも数台とはげしく接触した。かと思うと交叉点では、ぎっしりと車が詰まり、交通停滞が起っていた。嵐《あらし》のような警笛が耳をつんざき、おれはなかば気が狂いそうになった。信号待ちではなくて事故なのである。

他の車にまわりをとりかこまれたフォードから中年の男が出てきて、自分の車の屋根に登り、おれを通らせてくれ、女房がお産なんだ、今、車の中で苦しんでいるんだといってわめきちらしていた。彼はついに屋根の上にひざまずき、周囲に向かって手を合わせ、拝みはじめた。最後にはわあわあ泣き出した。

パトカーは、叫び続けていた。「みなさん。戒厳令が出ています。家へ帰ってください。都内から疎開されるかたは、あわてず、秩序を守り、こら。その車。そんなところでUターンしちゃいかん。Uターンしちゃいけない。こら。こっちへきてはいけない。きてはいかんといっとるだろ。あっちへ行け。あわてないで、主要道路を通って行ってください。主要路は警察機動隊と自衛隊が出動して警備にあたっていますから安全です。どうか交通規則を守り、おい。何をする。これはパトカーだぞ。ポリ公とはなんだポリ公とは。おい。こら。その車。信号は赤だぞ。違反者はただちに処罰されます。治安維持のため、その場でただちに射殺します。今します」

やっとのこと、警官数人の手によって故障車が歩道ぎわに撤去されると、今度はほとんどの車が、パトカーの躍起の警告にもかかわらず信号を無視して走りはじめた。車の屋根づたいにぴょんぴょん跳躍しながら歩道を横断しようとしていた男が、車が動き出したため、ころげ落ちてトラックにはねとばされ、電線にひっかかって頭から火花を散らしはじめた。

東西南北から、無茶なスピードでどっと車がなだれこむものだから、たちまち交叉点の中央は、衝突した車がつみ重なって、一瞬ののちにはもと通りの状態になってしまった。パトカーは追突され続けたため、そのスクラップの山に登りはじめた。

交通巡査までがダンプ・カーにはねられた。彼は商店の庇《ひさし》にとび乗って、ベニヤ板製の大看板をぶち破いた。

青信号が出たため横断しようとした歩行者たちも、たちまちはねとばされ、轢《ひ》かれ、さらに後続の何台もの車によって蛙《かえる》のように踏みつぶされた。交叉点のアスファルトは、血の色で一面赤く染まっていた。横転したり、転覆したりしている車や、燃えあがっている車はざらにいた。中には器用に逆立ちしているのもあった。動かなくなった車からはい出してきた人間たちも、歩道へたどりつく前に轢き殺された。

おれの眼の前で、フォルクス・ワーゲンが大型バスに横突され、カブトムシ型のまるい車体をくるりと一回、右に回転させてまた起きあがり、そのまま走り出した。だが、運転していた中年の女が眼をまわしていて、車は歩道に乗りあげ、乾物屋の店の中へ駈《か》けこんでいった。折悪しく乾物屋は、缶詰や瓶詰を掠奪《りゃくだつ》しようとしてやってきた連中でいっぱいだった。

たちまち、阿鼻叫喚《あびきょうかん》の大惨事になった。

缶詰がごろごろと車道へころがり出てきて、車にふみつぶされ、ぽんぽんはじけとび、宙を舞いおどった。フロント・ガラスを破って車にとびこみ、運転手の顔に命中するのもあった。

掠奪は、あらゆる食料品店、衣料品店で起っていて、あちこちで乱闘がくりひろげられていた。

歩道は両側とも、郊外へ避難しようとする都内居住者と、近郊の自宅へ早く戻ろうとする連中でごったがえしていた。ほとんどの者が南へ向かっていた。それでも大混乱だった。

荷物を持った者以外は、すべて走っていた。泣きながら走っている女もいた。荷物を捨てて駈けだす男もいたし、ひどいのになると子供の手をふりはなして走り出す男、赤ん坊を通りすがりの店先に捨てて逃げ出すお手伝いらしい若い女もいた。だれかの捨てた荷物に蹴《け》つまずいてひっくりかえった女の背中を、数人の男が踏んづけて走り去った。

発狂したらしい者も、大勢見かけた。立ち小便をしながら、鼻うたまじりでのんびり歩いていく奴《やつ》。猿《ましら》の如《ごと》く電柱によじのぼり、六千ボルトの高圧電流とたわむれて、まっ黒に焦げる奴。郵便ポストに抱きついて、わあとわめく奴。泣きながら走っているうちに、だんだん気がちがってきて、しまいには笑いころげながら走り続ける奴。逃げている途中で気がかわり、しゃがみこんで敷石の隙間《すきま》の土を指さきでほじり出しはじめる奴。そして、ビルの窓からとびおりる奴もいた。ビルの屋上では気ちがいの若いやつ同士が、手すりの上に立って向かいあい、はしゃぎながら落しっこをしていた。大胆にも公衆の面前で若い女に襲いかかっている男もいたが、みんな見て見ぬふりをして通り過ぎていった。おれたちは、やっとのことで、玉川通りに出ることができた。

「ぼくはもう家に帰るの、あきらめたよ」ツヨシが泣きじゃくりながら、おれにそういった。

純真な子供にとって、この光景がどれほどのショックだったか、おれには想像もできなかった。おれ自身、発狂しないのがおかしいくらいだった。

「ねえ。やっぱり新聞社へ行くの」珠子が顔をあげ、恨めしそうにおれを見あげて訊《たず》ねた。

「社へ行く前に、君のアパートへ寄ってやるよ」おれは運転しながら、彼女を見ないでそう答えた。「君はツヨシ君といっしょに、自分の部屋にいろ。ドアにしっかり鍵《かぎ》をかけてな。社で情勢を聞いてから、もし、まだいのちがあるようなら、もういちど君のところへ行ってやる。君とツヨシ君をつれて、三人で西へ逃げよう。どこまで逃げられることやらわからんがね」

「とても、助かりそうにないわ」彼女も泣き出した。「もう、だめだわ」

「どうかわからんよ。アパートにいさえすれば、だれか君の友だちが助けにやってきて、君をつれて逃げてくれるかもしれないしね」

おれがそういうと、珠子はきっとなって、一瞬、おれをにらみつけた。

だが、すぐに肩を落し、つぶやくようにいった。「そんな友だち、わたしにはいないわ」

「ふうん。そうは思えないがね」

「いいの」泣きながら、彼女はいった。「そう思われたって、しかたがないわね」

「悪いことといったなら、あやまるよ」おれはぶっきらぼうにそういった。周囲の状況は、とてもじゃないが、本気で女をなぐさめていられるようなものではなかった。

　車道を見おろす歩道橋の上には、完全武装でライフルを構えた治安の自衛隊員が、ずらりと並んでいた。彼らは車でぎっしりの地上を、いかめしく見おろしていた。暴動の気配があれば、ただちに発砲する気でいるらしいことはまちがいなかった。歩道橋をくぐり抜けようとする車は、このものものしさにさすがに恐れをなして、八十キロくらいにスピードを落して走っていた。おれも、八十キロにスピードを落した。そのとたん、追突された。さらに追突された。何度も追突された。しまいには、頭がぼうとしてきた。ムチ打ち症にならないのが不思議なくらいだった。

　おれのすぐ横を、自衛隊の装甲車が地ひびき立てて東へ進んでいた。うしろから、気ちがいの運転するダンプカーが猛烈な勢いで突進してきて、装甲車に追突した。ダンプカーは頭部を紙のようにくしゃくしゃにして、横ざまにひっくりかえった。だが装甲車はびくともしなかった。そのかわりすごい加速がついたままで走り出し、向きを変えてトラック二台と、ライトバンと、クライスラーをはねとばしてから歩道に乗りあげ、四、五人轢き殺して歩道橋の橋脚に激突した。ちゃちな型鋼で作られていた歩道橋は、ぐらりと三十度かたむいた。

　そのショックで、電線の上のツバメみたいにずらりと歩道橋に並んでいた数十人の自衛隊員が、口ぐちに夜の野禽《やきん》のような悲鳴をあげながら、いっせいに車道へ落下してきた。ライフルの引き金を引きながら落ちてくる者もいた。

グリーン・ベルトに落ちた運のいい者をのぞいて、数秒のちには全員が轢死体になってしまっていた。おれもいや応なく、ひとり轢き殺してしまった。

渋谷に近づくにつれ、ますます車の数がふえてきた。裏通りを抜けていこうかとも思ったが、これだけ警官や自衛隊員が警備している大通りでさえこのありさまなのである。裏通りはもっとひどい無法律地帯になっているにちがいなかった。おれはじりじりしながら、車の群の中を少しずつ前進しつづけた。

ガソリン・スタンドでは、ガソリンの奪いあいがはじまり、乱闘がくりひろげられていた。計量器のホースを奪いあう人間たちが頭からガソリンをかぶり、まっ黒になってすべったり、ころんだりしていた。

待ちきれずにマンホールの蓋《ふた》をとり、地下のタンクからバケツで直接ガソリンを汲《く》みあげようとしていた男が、うしろから押され、頭から穴の中へとびこんだ。ガソリンは前の車道まであふれ出し、そのため、走っている車が横ざまにスリップして、うしろをふり向いたりしていた。

歩道ぎわに停車しているトラックの荷台に立ちあがり、若い男が両手をふりまわし、大声で演説をはじめた。「諸君。聞きたまえ。これは悪い宇宙人の襲来なのだ。わたしには未来を予知する超能力があり、この日のくることは十年前から知っていたのであります。だが皆さん。安心してください。良い宇宙人が、もうすぐ地球を救いにやってきます。わたしがテレパシイで呼んだのです。もうすぐきます。今きます。ほら。ほら。

聞こえてきたではありませんか」

その時、轟音《ごうおん》があたりに満ちた。車道の上へ、直径十センチほどの、超小型の円盤の編隊が襲来した。

その円盤のひとつは、トラックの荷台で演説していたSF狂の額に突っこんでいった。男は、円盤を頭蓋骨《ずがいこつ》の中へ半分がためりこませ、ものもいわずに、荷台から路上へころげ落ちた。

渋谷・原宿

円盤というのは、ガソリン・スタンドの地下タンクの、直径十センチばかりのマンホールの鉄蓋《てつぶた》だった。タンクの中には普通、ハイオクタン・ガソリン一万リットルと、ガソリン一万リットルが入っている。そこへ火が入ったのである。ひとたまりもなく、地下タンクは爆発した。鉄蓋ははねとんで車道の上を舞い、計量器は爆風ですっぽ抜け、ロケットさながら尾部から火を吐き、夜空を月面めがけて飛んでいった。計量器が抜けたあとの穴からは、オレンジ色と鮮紅色のまじりあった火柱が、ごうごうと立ちのぼった。

注油のため駐車していたタンクローリーが、尻《しり》から火を噴きながらすごい勢いで車道に向かって走り出し、車道へ出てからすぐ爆発した。運転手は前窓からガラスを破ってとび出し、石油会社のマークを吊《つ》ったポールめがけて宙をとび、天馬《ペガサス》の絵を描いたプレートにぶつかり、その丸いプレートを抱きしめたままパイプの輪の中を通り抜けて、さらに星空へと駈《か》けのぼっていった。

ガソリン・スタンドはたちまち火に包まれた。サービス・マンが消火剤のホースとまちがえて、エア・コンプレッサーのホースを火に向けたものだから、ますます火は燃えさかった。

カー・リフターの上の数台の車が、炎に包まれたまま、ぐるぐるまわっていた。文字通り火の車である。

悪いことに、このガソリン・スタンドはタイヤのサービス・ステーションも兼ねていた。タイヤというのはよく燃えるから、火に包まれた数十本のタイヤが周囲へころがって行き、近所の店へかけこんでいって店頭に火を移した。

たちまち、大火事になってしまった。

いつもなら、たいへんな数の野次馬が集ってくるところだろうが、今日ばかりはみんなそれどころではないから、騒ぎにまきこまれないうちに早く火事場から逃げ出そうとして、けんめいである。野次馬が来ないかわりに消防車も来ないから、火事は大きくなる一方だ。

おれは、やっとのことで火事場の前を抜け出した。原宿へ出るため左折したかったのだが、直進車に周囲をとりまかれてしまっているのでどうしようもなく、とうとう渋谷の駅前に出てしまった。ここは新宿から来た車と、品川方面からやってきた車と、日比谷付近から来た車とでぎっしり詰まってしまっていて、もちろん大混乱である。井の頭《いかしら》線や地下鉄は一台も動いていない様子だったが、山手線だけは屋根の上まで乗客を満載したまま、駅に停車せず、気ちがいじみたスピードでぶっとばして行った。あの分では運転士が気が狂っているか、ブレーキが故障して停車できないか、そのどちらかにちがいないから、おそらく終点に着くまで停《と》まらないぞ——おれはそう思った——いやいや、そもそも山手線には終点なんてないのだから、追突して大惨事を起さぬ限りは、いつまでも環状線をぐるぐるまわり続けるのだろう。

噴水のある駅前広場では、左翼らしい学生がベンチに立って絶叫していた。「共産圏からの攻撃など、あり得ない。これはアメリカ資本主義がはじめた戦争だ。だいたい、アメリカが日本に軍隊を作らせたから、日本までまきこまれることになったのだ。安保体制の意味が、今こそわかったではないか。すなわちそれは、こういう事態になることを前提として結ばれた軍事同盟にほかならなかったのだ」

「やめろ」車道にいるパトカーのスピーカーがわめいた。「不穏な言動をなす者は射殺する」

だが学生は演説をやめなかった。パトカーは車の列の中にいてそれ以上近づけないため、警官のひとりがパトカーの屋根に立って学生に拳銃《けんじゅう》を向けた。

「見ろ。見ろ」学生はヒステリックに叫んだ。「警察や自衛隊の銃口は、われわれに向けられているのだ。銃口は国民に向けられている」彼は恐怖にふるえながら警官を指して、死にものぐるいにわめいた。「撃つつもりなんだ撃つつもりなんだ」

警官は拳銃を発射した。

学生は肩を押さえ、犬めとののしった。

二発めの銃弾は学生の頭蓋骨にめりこんで彼の脳味噌《のうみそ》をかきまわし、額から上を砕き去った。彼は背後へとんぼを切って、石だたみの上へまるくうずくまった。

その時、車道では四重衝突が起った。

最後にパトカーに追突したのは、香料会社のトラックだった。バスクリンと書いた浴用香料の箱を満載したトラックは、カーブする途中だったため、タイヤを軋《きし》ませて横にころがった。パトカーの屋根の警官は宙をとび、忠犬はち公の銅像とはちあわせをして頭の鉢を砕いた。転がったトラックの荷台からは、色あざやかな浴用香料の粉がぱっと夜空に舞いあがった。だしぬけに熱帯植物の花が夜空に咲き誇ったかのような、花火も及ばぬみごとな美しさだった。

逆方向から突進してきたバキューム・カーが、横転したトラックの横腹に乗りあげた。その衝撃で糞尿《ふんにょう》タンクの中に充満していたメタン・ガスが爆発し、タンクを密閉していた蓋をはねとばして中天高く糞尿をまき散らした。爆発で熱せられた糞尿とまじりあい、夜空に舞っていた浴用香料のオレンジ色が、さっと鮮明なイエロー・グリーンに変り、魔術のようにあたりの車の上へ数十本の足をひろげた。あたり一面がみどり色になった。

おれの車のフロント・ガラスにも、湯気を立てたみどり色の大便が落ちてきた。あわてて振ったワイパーは、大便に粘りついてたちまち動かなくなってしまった。

国電の線路沿いに原宿へ出る道路へ、やっと左折することができた。

以前、ライフル魔さわぎのあった銃砲店の近くでは、路上に死体がごろごろころがっていた。武器の奪いあいをして撃ちあったり、警官に撃たれたりして死んだ連中にちがいなかった。銃砲店の中は滅茶滅茶《めちゃめちゃ》に荒され、銃は一梃《ちょう》も残っていなかった。

代々木競技場の傍《そば》を通り、原宿駅前をオリンピック道路に入った。

駅前の大きな予備校の壁には、赤ペンキで大きく落書きがしてあった。『もう受験勉強をしなくてもいいんだ。バンザイ』

その通り。勉強をしなくてもよくなったし、仕事をしなくてもよくなった。そのかわりに遊ぶこともできなくなったし、ついでに生きていなくてもよくなったのである。

青山墓地の近くの交叉点《こうさてん》には、霊柩車《れいきゅうしゃ》が乗り捨ててあった。

おれの車の横をすり抜け、時速二百キロ以上と思える猛スピードでビッザリーニ・マンタが暴走して行き、コンクリートの電柱に衝突した。運転席の少年はフロント・ガラスを破ってとび出し、三角形のガラスの破片を亡者みたいに額にくいこませたまま、霊柩車の屋根をぶち抜いて中へとびこんだ。そのショックで霊柩車は動き出し、坂道をどこへともなく走り去っていった。

珠子のアパートについた。

このあたりまで来てしまうと裏通りはさすがにひっそりしていたが、静まりかえっているだけに、よけい無気味だった。暴漢がどこにひそんでいるかわかったものではない。

「戸閉まりをよくして、部屋の中にいろ」と、おれは珠子にもういちど念を押した。

「一時間ほどしたら戻ってきてやる。それまでにもし何かあったら、社のおれのところへ電話しろ。おれのデスクの直通の番号は知ってるな」

「知ってるわ」珠子は蒼《あお》い顔をして車を降りた。

とり乱して一緒にいてくれと泣き叫び、おれにすがりつくんじゃないかと予想してびくびくしていたのだが、意外に落ちついていた。もう今となっては、どこへ行こうが誰といっしょにいようが同じことなのだと知り、度胸をきめてしまったらしい。そんな珠子が、おれは急に哀れになった。しかし社へは、どうしても行かなければならなかった。

下半身まる出しのツヨシも珠子に続いて車を降りた。けんめいに泣くのをこらえていた。涙かくして尻かくさずというやつだが、よく考えてみればそんな諺《ことわざ》はない。

ふたりがアパートへ入っていき、二階の珠子の部屋に電灯がついたのを見とどけてから、おれは皇居の傍にある毎読新聞本社のビルに向かって、ふたたびベレットをすっとばした。

「ドリゴのセレナーデ」「はるかなるサンタ・ルチア」「わたしの心はバイオリン」「熊蜂《くまんばち》の飛行」「モルダウ」「わが母の教えたまいし歌」「アルベニスのタンゴ」「聖母の宝石」「ウィーン気質《かたぎ》」——。カー・ラジオはもう何十分も前から、ずっとセミ・クラシックばかり流し続けている。女学生の音楽会じゃあるまいし——おれは腹が立った。たまにやるニュースは、いずれもあやふやな口調、それも内容のはっきりしない、しかもたいしたことではないものばかりなのである。

「まだ、たしかではありませんが……」

「……と、予想されます」

「……した模様でありますが」

「落ちついて行動してください」

「戒厳令です」

「不穏な言動は……」

「そんなことは、わかっている」と、おれはわめいた。

言論統制がはじまっているのだ、そうにちがいない——と、おれは思った。在日米軍から敵性民間人と見られるのを恐れてか、アナウンサーの口調は頼りなげだった。もう、何を喋《しゃべ》ろうと、結果は同じなのに——そう思った。どうせ人類は滅亡か、それに近い状態になるのだ。特に日本は。そして特に東京というこの大都会は。

東京に、まだミサイルの落下した様子のないことが、おれにはむしろ不思議に思えた。三七年の秋以来、東京周辺には五つのナイキ・ミサイル部隊が設置されている。ソ連と中国からの核攻撃にそなえて、日本の国と日本人を守るつもりなら、なぜそれらの国にいちばん近い日本海沿岸に設置しないで、東京周辺をえらんだのか——。それは、東京都民や皇居を守るためではなかった。東京周辺に集中している在日米軍の基地を守るためだったのだ。重要な米軍基地は、敵国にとっても重大である。だからいざ戦争になれば、その後の軍事行動を有利に展開するため、敵はまず第一に東京周辺を攻撃するはずだった。しかし、ミサイルはまだやってこない。迎撃がすべて成功したとは、とても考えられないのだが……。

「まだ、たしかではありませんが、九州北部地方――長崎県、佐賀県、福岡県などに、数基の核弾頭ミサイルが落下した模様です。これらのミサイルは、板付の米空軍基地、佐世保の米海軍基地などを攻撃するために発射されたものと予想されます。福岡支局からの連絡は……」

アナウンスは、そこでぷっつりと、とぎれた。あわてきった様子でフェルッチオ・タリアビーニが「オオ・ソレ・ミオ」を歌い出した。

邪魔が入ったらしい。局の自主規制か。憲兵にふみこまれたか。いずれにせよ、もう正確なニュースは永久に聞けないだろう――おれはそう思った。

三番町から北門を通って皇居の横を抜けた時、シュトラウスの「朝刊」がはじまり、本社のビルが見えてきた。竹橋から出て社の地下駐車場へ入ると、車も守衛の姿もなく、がらんとしていた。エレベーターが動かないので、おれは階段を四階へ駈《か》けのぼった。

編集局へ入ると、記者は数人しかいなかった。そのかわり、記者の倍ほどの数の自衛隊員がいて、テレタイプを占領し、鑽孔《さんこう》されたテープを読み取ろうとけんめいになっていた。電話は鳴り続けていたが、その応答も自衛隊員がやっている。記者たちは部屋の隅や窓ぎわに押しやられ、茫然《ぼうぜん》としていた。自衛隊員に顎《あご》で使われている記者もいた。帰ろうかな——と、一瞬思ったが、窓ぎわに立っている政治部記者の野依渉《のよりわたる》を見つけ、詳しいニュースを聞くため、近づいていった。

おれはこの男とは比較的親しい。酒を飲みに行く時はたいてい一緒に行く。

彼は窓外に向かって立ち、ぼんやりと皇居を見おろしていた。おれは黙ったまま彼の隣りに立ち、皇居を眺めた。黒い森がひっそりとうずくまっていた。建物の明りはほとんど消えている。灯火管制をしているらしい。

しばらくして野依がおれに気づき、おうといって向きなおった。「君は、今日は半休だと聞いたが」彼はときどき眼鏡を指さきで押しあげながら、独特のつっかえるような喋りかたでおれにそう訊《たず》ねた。「どうして戻ってきたんだ」

「気になってやってきた。詳しいことがぜんぜんわからないのでね」おれはタバコを出しながら彼に訊ねた。「君はずっとここにいたのか」

「ああ。ずっといた」

おれはテレタイプの方を顎でさした。「でもあの様子じゃ、ここにいたって情勢がどうなっているのか、わからなかっただろうな」

「いや、だいたいわかるよ」野依は背をしゃんとそらせ、軽い調子でいった。「外を見てるようなふりをして、ずっと聞き耳を立てていたんだ。何が知りたいんだ。教えてやるよ」

「そうだったか」おれはほっとすると同時に少しうれしくなって、思いきりタバコの煙を吸いこんだ。意外にもそれは、すごくうまかった。「それより君は、どうして家に帰らないんだ」

おれが思いついてそういうと、野依はまた眼鏡を押しあげた。

「うん。まあ、ここにいると、どういう状態になっているかよくわかるし、他にもいろいろと考えることもあるし、まあ……」語尾をにごした。

どうやらこの男も、おれに劣らぬ記者根性の持ち主らしかった。今となっては記者根性なんて、あってもしかたがないのだから、手っとり早く好奇心といった方がいいかもしれない。もっと良くいえば知識欲だし、もっと悪くいえば野次馬根性だ。こういう時になってはじめて、その人間が生まれつきの新聞記者だったか、そうでなかったかがはっきりわかる。

「それより、君はどうするんだ。大阪に許婚者《いいなずけ》がいるとかいってたけど、どうする。大阪へ帰るのか」彼は話をそらせようとして、あいかわらずせきこんだ調子でおれに訊ねた。

「帰るつもりだがね」おれは苦笑した。

野依にそのことを話すのは、他の誰に話すより照れくさかった。死を前にして恋びとのところへ駈けつけるなどというメロドラマじみた行動が、なぜか現実的でないことのように思えた。特に彼の前では、自分がすごく甘ったるいロマンチストのように感じられていやだった。

「だが、帰るまで生きていられるかどうか……」

「しかし、それはいいことだ」と、野依はうなずきながらいった。「ほんとに、君がその人と会えることを祈るよ」そういいながら、彼も少し照れくさそうだった。眼鏡を押しあげた。

ここで野依から情報を仕入れさえすれば、あとはもう大橋菊枝に会いにいくことしかない――おれはそう思うことで、照れくささをごまかそうとした。――彼女はおれが帰るのを待っているはずなのだから。――おれが彼女のところへ駈けつけるだろうということは、彼女にもわかっているにちがいないのだから――。

彼女のやわらかな大阪弁を思い出し、おれの胸は、ほんの一瞬あたたかくなった。あわてて気をとりなおし、おれは野依にいった。「さあ。この戦争のいきさつを教えてくれ。最初から順を追って」

赤坂・麻布

「死にたくない。わたしは死にたくない」

ディレクターの亀井戸は、おいおい泣きながら銀河テレビの第三スタジオから局のロビーに出てきた。彼は今まで、茫然自失状態のままスタジオの中にいたのだ。

すでに、少数の仕事熱心な者以外は、ほとんどの局員が家へ逃げ帰ってしまっていて、局舎の中はがらんとしていた。ロビーにも、もう誰《だれ》もいなかった。受付の可愛《かわい》い女の子の姿も消えていた。屋外の喧騒《けんそう》だけが、かすかに響いてきていた。ロビーの隅の馬鹿《ばか》でかいカラー・テレビの中では、中年のアナウンサーが半狂乱になって、握りしめたメモ用紙を振りまわしながら何ごとか叫んでいた。

亀井戸はソファに腰をおろし、胸ポケットから柄もののハンカチを出した。ふたたび、ながいながい間、ただひとりさめざめと泣き続けた。「みんな、死んでしまうのだ」彼は泣きじゃくりながら、うわごとのようなものをずっとつぶやき続けていた。「人類の文化は破滅だ。人間がいなくなるんだ。この世にひとりも」

ついさっき、ショー番組のヴィデオ撮りに立ちあっている途中で、亀井戸は突然そのニュースを聞かされた。彼のことを出演者である文化人のひとりと勘違いした報道部のアナウンサーが、彼にマイクをつきつけ、感想を求めてきた。だが彼は、何も喋れなかった。一瞬、思考能力が麻痺《まひ》し、失語症に近い状態になってしまった。

「死ぬのはいやだ」やっとそういったとたん、カメラに向かって彼はわっと泣き出した。胸ポケットから柄もののハンカチを出すひまもなく、彼の両眼からは涙が噴きこぼれた。彼は口を大きく開き、虫歯だらけの奥歯を見せて泣いたのである。アナウンサーは、びっくりして立ち去った。

「あれが、醜態だったというのか」亀井戸はしゃくりあげながら、激しくかぶりを振った。「いや。あれは最終戦争に対する、大多数の大衆の、代表的な反応だったはずだ。醜態じゃない。たとえ醜態だったとしても、その醜態を嘲笑《ちょうしょう》すべき、のちの世の人たちなどというものはいないのだ。だからあれは、醜態じゃなかったのだ」彼は急に泣きやんで、真面目《まじめ》な顔つきになり、しばらく考えこんだ。そして、自分を納得させようとするかのように、ゆっくりとうなずいた。「うん。あれは絶対に醜態じゃない。そうとも。そうに決った」

自動エレベーターから走り出てきた若い女性タレントが、ママ、ママと叫び続けながら、ロビーを横切って玄関の方へ走っていった。

「そうだ。もうじきミサイルが落ちてくるんだ」亀井戸は思い出したように、そうつぶやいた。それからまた、わっと泣き出した。「死にたくない。わたしはまだ若い」

「モントリオール、オタワ、ニューヨーク、フィラデルフィア、ワシントン、トロント、デトロイト、クリーブランド、サンフランシスコ、ロサンゼルス、その他、アメリカのほとんどの大都市放送局からの連絡は途絶《とだ》えました。北京、上海、武漢などの都市も、すべて無人の荒地となっているにちがいありません。東京には奇蹟《きせき》的にまだ一発もミサイルは落ちていませんが、やがて落ちるでしょう。落ちるにきまっています。落ちます。もし、もし万が一落ちなかったとしてもです、北から西から、ものすごい量の放射能がどっとやってきます」アナウンサーは原稿なしで絶叫し続けていた。

憲兵らしい自衛隊員が二十人ほど、玄関からロビーへ駈けこんできて、亀井戸の傍をスタジオの方へ走っていった。彼らはあわてていた。

「そうです。日本は以前から、放射能の吹きだまりなどといわれていました。いずれは東京も、無人の街と化するのであります」アナウンサーは、ある時は野獣の如く咆哮《ほうこう》し、ある時には少女のように感傷的になって詠嘆した。「人類はこのまま滅亡するのでありましょうか。ほんとに、ほんとに人類は滅亡するのでありましょうか。そうなのでありましょうか」

「そうだ。滅亡するのだ」亀井戸は、アナウンサーの問いかけにうなずき返した。「そうは思いたくないさ。しかしそうなのだ。みんな死ぬんだよ。あんたも、わたしも」彼は弾《はじ》かれたように立ちあがった。「そうだ。わたしも死ぬのだ」彼は眼を丸く見ひらいた。「わたしも死ぬのだ」彼は自分の四肢を、さもいとおしそうに眺めまわし、それから手首、足首を振ってみた。「こんなに若いのに。病気でもないのに」彼は全身を振りはじめた。チャールストンのように関節を折りまげ、とびあがり、あたりをはねまわった。「こ、こ、こ、こんなに健康なのに。こんな頑丈な、すばらしい、若わかしい五体を持っているというのに。こんな美しい肉体を持ちながら」また、号泣した。「わたしが死ぬなんて。そ、そんなことは嘘だ。これは悪い夢なんだ」彼はテレビに武者振りつき、スクリーンにべったりと頰《ほお》をすり寄せ、涙とよだれをなすりつけながら泣きわめいた。「夢にちがいない。あんただってそう思うだろ。な。そうだな。そうにちがいない。

夢だ。夢なんだ。そうに決っている。いや。そうに決った」

　アナウンサーは泣いていた。

　亀井戸も泣いていた。

　亀井戸は、かきくどくような調子でアナウンサーに訴えかけた。「あんたは仕事があっていいな。わたしはこれから、どうしたらいいんだろう。あんたはそうやって喋《しゃべ》っていられるからいいけど」彼は、ふと絶句した。そして感電したかのように、一瞬身を固くした。「そうか。この男は喋り続けることによって、自分の恐怖心を忘れようとしているのだ。きっとそうだ。そんなことぐらい、わたしにはよくわかる。そうとも。この男は卑怯《ひきょう》な男なのだ。うん。そうに決った」亀井戸は、きょろきょろとあたりを見まわした。「そうだ。わたしも何かしなければ。何かしなければ」彼はよろめきながら、玄関に向かって駈《か》け出した。

　誰もいなくなったロビーに向かって、スクリーンの中から喋り続けていたアナウンサーは、やがて、画面に出てきた数人の憲兵たちによって、無理やりフレームの外へ連れ去られてしまった。

「気ちがいめ。人心を攪乱《かくらん》する気か」

　やがて、下手糞《へたくそ》な字で書かれたテロップが出てきた。『これより、戦時広報実施要綱による番組に切り替えます』

　銀河テレビを出た亀井戸は、赤坂一《ひと》ツ木《ぎ》通りを青山通りへ向かった。

都心のこのあたりには、もう、通行人の姿はほとんど見られなかった。ときどき乗用車が、百五十キロぐらいのスピードで、亀井戸のすぐ傍らを猛然と走り抜けていった。みんなどこかへ逃げていってしまったらしく、両側の商店の灯はほとんど消えていて、店内にも人のいる様子はなかった。洋品店などのショーウィンドウのガラスは割れていて、店内は乱雑に散らかり、目ぼしいものは持ち去られてしまっていた。

「暴徒が徘徊《はいかい》しているにちがいない」小走りに駈けながら、亀井戸はふるえあがった。「暴徒とまちがえられて、警官に射殺されてはたいへんだ」

柔らかいものにつまずいて、亀井戸はころびそうになった。身をたてなおし、ふり返ると、そこには死体がふたつ、ころがっていた。さっき泣きながら局を出ていった女性タレントが、星空に向けて眼をくわっと見ひらいたまま、仰向《あおむ》きに倒れていた。その胸の上に顔を俯伏《うつぶ》せ、学生らしい男が死んでいた。男はズボンを膝《ひざ》の下までずりおろしていた。その尻《しり》が青白かった。

「きっと、暴行しようとしたんだ」亀井戸は、ぞっとしながらそうつぶやいた。「抱きついた時に、背後から警官に撃たれたんだ。女の子は巻きぞえをくったんだ。弾丸がふたりのからだを通り抜けたんだ。そうにちがいない。それくらいのことは、わたしには簡単に推理できる」

彼はまた駈け出した。女の死体の、白い内腿《うちもも》が網膜に焼きついていた。今の彼は、さほど女を欲しいとは思わなかった。何かしなければとは思っていたが、しかし女を抱く気にだけはなれなかった。

紳士洋品店の前の路上に、男もののグリーンの靴下が落ちていた。ラベルのついた新品だった。亀井戸はふと立ちどまり、暗い店内をのぞきこんだ。

彼は高校生の頃から、洋品雑貨に執着を持っていた。特に、赤い無地の靴下に執着を持っていた。今までいちども買ったことはなかったが、いつかは、それをはきたいと思っていた。――赤い靴下をはいて、地下鉄に乗りたい、地下鉄に乗って、乗客に赤い靴下を見せびらかしてやりたい――今でも彼は、そう思っていた。――もし彼がそんなことをすれば、彼をひどく憎んでいる、そして、彼自身もひどく憎んでいる、あの口やかましい、彼をいじめた父親が、どんな顔をするだろう――そう想像すると、いつも亀井戸の胸は、わくわくと躍り、反逆への期待に高鳴るのだ。もちろんその父親は、とっくの昔に死んでいた。しかし彼の思春期の願望は、いまだに彼の中で、ぷすぷすとくすぶり続けていたのである。

「そうだ。今こそわたしは赤い靴下をはこう」彼はそれが、さも重大なことであるかのように重おもしくうなずいてそういった。「だって、何かしなければいけないのだからな」

赤い靴下を見つけたとしても、地下鉄がまだ動いているのかどうか、亀井戸は知らなかった。地下鉄の中でないと、赤い靴下を見せびらかしてもつまらないのである。――しかし、今はとにかく、赤い靴下が先だ――彼はそう思い、またうなずいた。

亀井戸は、嵌込《はめこ》みガラスの割れた片開きドアを押し、そっと店内に入った。手近の陳列ケースの前にしゃがみこんで、彼は中を物色した。ポロシャツが積みかさねてあって、その下に赤いものが少し見えていた。彼はそれに手をのばした。

その時、店の奥から誰かが出てきた。

「だれだ、貴様《きさま》は」太い男の声が、亀井戸に迫った。

「ひい」亀井戸は泣き声のようなものを、のどの奥から息とともに吐き、抜けそうになった腰を左右にふらつかせながら立ちあがって、洋品店をまろび出た。

こんどは路地から出てきた武装警官が彼を見とがめ、十メートルほど彼方《かなた》から声をかけてきた。「待て。こんなところで何をしているか」

「うわ」亀井戸は、あわてふためいて逃げようとした。洋品店に入った目的は、自分以外の誰にも、ぜったいに知られたくなかったからである。

「逃げると撃つぞ」そう叫ぶなり、警官は腰から拳銃《けんじゅう》を抜いてぶっぱなした。

弾丸は亀井戸の肩をかすめて、彼の目の前の電柱を削《けず》った。

「は……」亀井戸は、その場にべったりと尻をすえた。口を大きく開いた。悲鳴をあげ、助けてくれと叫ぼうとした。だが、声が出なかった。顔の右半分の筋肉が引き吊《つ》り、のべつまくなしにはねあがった。

「何者だ。泥棒か」警官が駈け寄ってきて、銃口を彼の頭につきつけた。

「あやしい者じゃありません。あやしい者じゃ」やっと喋れるようになり、亀井戸は裏声まじりにそう叫んだ。

警官は中年の、貧弱な体軀《たいく》の男だった。

亀井戸は気をとりなおし、立ちあがろうと努めながらいった。「わたしは銀河テレビのディレクター、亀井戸だ」

やっと立ちあがった彼は、警官の顔が自分の肩までしかないことを知った。「泥棒かとはなんだ」亀井戸はたちまち居丈高になり、どなりはじめた。「人に向かって、そのいいかたは何ごとだ」

「じゃあ、こんなところで何をしていたんだ」

「ここは天下の往来だ。わたしはただ道を歩いていただけじゃないか。それを、それを」亀井戸は、喋っているうちに次第に激してきて、唾《つば》をとばし、わめきはじめた。「だしぬけに、ピ、ピストルの弾丸を撃つとは何ごとか。わたしは死、死、死、死ぬところだったよ。わたしが死んだら、君はどうするつもりだったんだ。え」

「今は非常時だ」警官は鋭くいった。「なぜ家に帰らない。ラジオやテレビで放送したはずだぞ。戒厳令が出ていることを知らんのか。挙動不審の者は、どんどん射殺せよと命令されている」

洋品店の中から、さっき亀井戸に声をかけた男が道路に出てきて、ぽかんとふたりを眺めていた。

「じゃ、あの男を捕えなさい」亀井戸は、男を指して警官にいった。「あいつはその店の中にひそんでいた、あやしい男です。暴徒かもしれん。いや。きっと暴徒だ。そうに決っている」

「君は何だね」と、警官が男に訊《たず》ねた。

「わしかい。わしはこの店の主人だよ」と、男は答えた。「店員が郷里へ戻るといって、みんな逃げ出したもんだから、ひとり留守番してたんだ。そしたら、この男がしのびこんできて、商品を物色しはじめた」

「これは何かの陰謀だ」亀井戸は泣き出した。「わたしが泥棒しようとしたっていうのか。このわたしが、銀河テレビ、チーフ・ディレクターのこのわたしが、盗みをはたらこうとしたっていうのか」彼は泣きわめいた。

「もう、わかった」警官は渋面を作って吐き捨てるようにそういい、青山通りを顎《あご》で指した。

「早くあっちの、広い通りの方へ行け。さっさと家に帰るんだ。こんな淋《さび》しいところをうろうろしていたら、泥棒とまちがえられてもしかたがないぞ」

亀井戸は、柄もののハンケチで眼を拭《ぬぐ》ってから、背をしゃんとそらせた。警官に捨てぜりふを投げつけてやろうとしたが、警官も洋品店の店主も、すでに彼の眼の前から消えていた。

「ふん」彼は大きく鼻を鳴らし、肩をそびやかせて歩き出した。

青山通りへ出た。

青山通りは、さすがにまだ車で混《こ》みあっていた。走っていない車は、すべて横転したり、グリーン・ベルトや歩道に乗りあげたり、衝突したり追突したりして壊れた車ばかりである。その間隙《かんげき》を縫って、交通法規を無視した車がびゅんびゅんすっとばしていた。「交通規則を守ってください。無茶なスピードを出さないように。違反者は厳重に処罰されます。戒厳令が出ています。早く家へ帰ってください」そう叫んでいるパトカー自身、追突されないために、百五十キロほどのスピードで走っていた。

「とても横断できそうにないな」亀井戸はシュラッグして、そのまま歩道を西へ、ゆっくりと歩き出した。

歩道に乗りあげ、電柱に衝突したパトカーの助手席から、ひとりの武装警官が、ドアを開き道路に半身ころがり出たままの姿で息絶えていた。こめかみから血が流れていた。彼の手には黒光りする拳銃が、しっかりと握られていた。

亀井戸は立ちどまった。しばらく指の爪《つめ》を嚙《か》みながら、拳銃をみつめていた。あたりを見まわし、やがて、おずおずと手を出して、死者の手から、ずっしりと重い殺人用具をもぎとった。もぎとるなり、す早くポケットに入れ、何食わぬ顔で歩き出した。

「いいものが手に入ったぞ」彼は出っ歯矯正用の白金のハリガネを巻いた前歯をむき出し、にやりと笑った。「よし、わたしは今から、虎《とら》になってやる」うなずいた。「わたしは虎だ」

歩道に、通行人は少なかった。

たまに、両手に荷物を持ってはあはあ喘《あえ》ぎながら走っていく商人らしい男や、その家族などが、亀井戸を追い越していった。

「あわててもだめさ。どこへ逃げたって無駄なんだ。どこにいったって、最後には放射能でやられるんだから」亀井戸は鼻さきで笑った。「ふん。みんな無知な人間ばかりだ。そんなことぐらい、わからないのか。だが、わたしは知っているんだ。そんなことぐらい」

死の恐怖から超然としているのは、ひとり自分だけだ——亀井戸はそう思い、そんな自分を誇らしく思った。

「見苦しい人間どもだ」今や彼は、うす笑いさえ浮かべて、そうつぶやいた。

事実彼は、持続的な死の恐怖に今はある程度馴《な》れてしまってもいたし、また、思いがけず拳銃を手に入れたことによって、一時的に死を忘れてもいた。なんといっても、簡単に、いたって簡単に人間を殺すことのできる道具が、ある一定の質量をともなって常に自分のポケットの中にあるということは快く、自己の死のことを忘れさせるには充分だった。しかし亀井戸は、それを自分の落ちつきのせいだと思っていた。

草月《そうげつ》会館の前では、数人の男が射殺され、歩道にごろごろころがっていた。その傍《かたわ》らでは、転覆したライトバンが燃えあがり、上等の前衛生花《いけばな》用オブジェになりかかっていた。

「マグロに似ているな」亀井戸は立ちどまって死体を見おろした。「河岸《かし》のマグロだ」

死体はすべて眼をうつろに見ひらいていた。

「これは死んだ魚の眼だ」馬鹿な奴らだ――と、彼は思った。こいつらはきっと、死の恐怖を忘れようとして、あばれまわったのだ、そんなことぐらい、わたしにはわかるぞ――そう思った。また彼は、自信を持ってこうも思った――わたしはこんな馬鹿じゃないぞ、わたしだけは、絶対にこんなふうにはならないぞ――。

「さて、これからどうしたものか」彼は、また歩き出しながら考えた。

知らずしらず、麻布竜土町《あざぶりゅうどちょう》にある彼のアパートに近づいていたが、自分の部屋に戻る気はなかった。帰ったところで、そこには何もなかったのだ。

突然、一台のスバルが、先を急ぐあまり、前の故障車を避《よ》けようとして歩道に乗りあげてきた。

「あぶない」亀井戸は泡をくってとび退《の》いた。

彼のからだをかすめて走り抜けていったそのスバルには、ひと組の若い男女が乗っていた。

助手席の女の顔をちらと見て、亀井戸は小さく叫んだ。「珠子」

瞬間、その女の表情から、彼は香島珠子を連想したのである。

「似ていた……」ふたたび車道に戻って走り去ったそのスバルを見送りながら、亀井戸は棒立ちになって、そうつぶやいた。

急に、彼は香島珠子に会いたくなった。と同時に、たちの悪い陰謀によって自分から珠子を強奪していった、あの澱口《おりぐち》という新聞記者に対する怒りと憎悪が、ふたたびめらめらと燃えあがったのである。

「品性下劣なブン屋め。貧民め。金もないくせに、悪知恵を働かせやがって、画策してわたしから珠子を奪いやがった」彼は歯がみしながら、地だんだをふむような足どりで、ふたたび歩き出した。「しかも、こんな時にだ」亀井戸は悲しげな表情を作った。「珠子はきっと、後悔しているにちがいない。やっぱり、わたしといっしょにいた方がずっとよかったのだと知って、死ぬほどわたしに焦がれ、死ぬほど悔んでいるにちがいないのだ。可哀《かわい》そうに。女らしい一時の気まぐれがわざわいして、そのために、あんなつまらないブン屋風情といっしょに死んでいかなければならないんだ」だが彼は、そこで決然とかぶりを振った。「いや、たとえ一時の過失にもせよ、わたしは彼女を許さないよ。哀れんでなんかやらないよ。わたしはそんな、甘っちょろい男ではないのだから。わたしはその点では、厳しい、冷酷な男なのだからね。わたしは虎なのだからね」

彼はポケットの中の拳銃《けんじゅう》を握りしめ、胸をはり、珠子以外の女のことを考えようとした。

自分といっしょに死んでくれる女性、銀河テレビ、チーフ・ディレクターであるこの自分と最期を共にする女――誰がそれに、いちばんふさわしいだろう。

最初に頭に浮かんだのは、五年前に死んだ母親の顔だった。亀井戸は頬を引き吊《つ》らせ、あわててその顔を打ち消した。一瞬、ひどく罪悪感に責められて、彼ははげしく身ぶるいした。

罪悪感が強過ぎたため、しばらくは他の女の顔が浮かんでこなかった。中学時代、彼にボンボンをくれたオールド・ミスの女教師の顔がやっと浮かんできた。その次に、スーザン・ストラスバーグがあらわれた。身近な女の像は、なかなかあらわれてこなかった。

やっとのことで、流行作家の栗原靖子のことを思い出した。

彼女のマンションはすぐ近くである。文化人の集るパーティがあった場合、必ず数人は彼女の部屋へ流れていく。今夜もきっと集っているにちがいないと、亀井戸は思った。

彼は足を早め、赤坂郵便局の手前を左に折れて、栗原靖子のいるマンションへ急いだ。新坂町にある六階建てのマンション・ビルへ入り、エレベーターで六階へ昇った。

彼女の部屋のドアをノックすると、開けてくれたのは栗原靖子ではなくて、亀井戸も顔見知りの、女性週刊誌の編集をしている、赤縁の眼鏡をかけた娘だった。

「あら。いらっしゃい。皆さん来てらっしゃるわよ」彼女はだいぶ、酔っぱらっているようだった。

いつもの顔ぶれが揃《そろ》ってはいたが、部屋の中の様子はだいぶ違っていて、ひどく乱れていた。

作家の須貝が、バー『青磁』のホステスと、ソファの上でヘビー・ペッティングをくりひろげていた。作曲家の大岡がカーペットの上に寝そべって、若い流行歌手の野木はるおと抱きあい、男同士接吻《せっぷん》をしていた。社会評論家の堂場が、バー『キュート』のママをすっ裸にし、ズボンのベルトでグランド・ピアノの足にしばりつけ、濡《ぬ》れたバス・タオルで彼女の浅黒い肌を力まかせにひっぱたいていた。

カーペットの上には、酒瓶やグラスや、鶏《とり》の骨つき腿肉《ももにく》や、寿司《すし》のネタや飯粒が散乱していた。

「よう。来たな」須貝はホステスとのペッティングを続けながら、亀井戸を見て声をかけた。

「靖子はどこだ」亀井戸は情夫気どりで、須貝にそう訊《たず》ねた。

猥雑《わいざつ》な光景を眼にしたため、彼のからだも急に火照《ほて》り出した。靖子を抱きたい——亀井戸は瞬間、切実にそう思った。

「寝室だ」と、須貝は答え、また自分の行為の中に没入していった。

亀井戸は、寝室のドアをめざして、指をポキポキ鳴らしながら、ついでに咽喉《のど》をぐびぐび鳴らしながら、大股《おおまた》に歩き出した。

「だめよ。入っちゃ」亀井戸の背後から、女編集者が叫んだ。「栗原先生は今、シナリオ・ライターの木島先生とベッドで……」

「なんだって」亀井戸は、顔色を変えてふりかえった。「そんな馬鹿な。靖子はおれのものだぞ」

また裏切られた――そう思いながら彼はどなった。もっとも、栗原靖子にしてみれば、ほんの気まぐれから亀井戸と一度寝ただけなのだったが、亀井戸にとっては、彼女を自分の情婦扱いするにはそれだけで充分だった。

「そんなに、どなるなよ」大岡が冷笑しながらいった。「こんな際だ。だれが誰とどんなことをしようが、かまわないじゃないか」

「うん。そうだったな」亀井戸はちょっと考えてから、自分に納得させようとして、大きくうなずいた。

そうだ。わたしは心の広い人間だ。だからそんなことは、平気なのだ。気にしないのだ。――そう思い、もういちどうなずいた。「許してやろう」

「えらいえらい」大岡は、あいかわらず冷やかすような調子で、そういった。

亀井戸は、この大岡という男が蔭《かげ》では自分のことをさんざ笑いものにしていることを知っていた。だから大嫌いだった。しかし今は、彼に対する大きな優越感があった。死を前にして、自分は落ちついている、だがこの男は、どう見たって醜くとり乱している――。亀井戸は、大岡の破廉恥な痴態を茫然《ぼうぜん》と眺めながら、そう思った。

彼は気をとりなおし、気どったポーズを作り、しっかりした声で、一同に喋《しゃべ》りはじめた。「諸君。いよいよ、この世界の終末がやってきた」

一世一代の大演説のつもりだった。事態をまともに直視しようとはせず、こんな馬鹿げた行為に逃避している卑怯《ひきょう》者どもに、自分の勇気を見せてやろう――彼はそう考えたのである。

「人類の存在——それが今や、この大宇宙にとって、なんの価値もなかったことが証明されようとしている。そう、この瞬間にもミサイルがとんできて、われわれ全員を蒸発させるかもしれないのだ。今、こうしてわたしが喋っている次の瞬間にも、わたしも、あなたたちも、じゅっといって蒸発……じゅっといって蒸発……」

亀井戸は青くなった。彼は自分のいったことによって、今まで眠っていた自分自身の恐怖心を、たちまち叩《たた》き起してしまったのである。そうだ、次の瞬間にも、わたしは死ぬのだ、死、死、死ぬのだ——。彼の膝蓋骨《しつがいこつ》は急にやわらかくなった。亀井戸は、瘧《おこ》りのように痙攣《けいれん》しはじめた。

「そうです。みんな、死、死ぬのです」彼は、自分から進んで喋り出した手前、なんとか話の結着をつけようとして、おろおろと意味のないことをつぶやき続けた。「死ぬ時は一瞬だ。だが……だが……苦しいでしょう。熱いでしょう。しかしその……」彼の眼球は、とび出しそうになっていた。

『青磁』のホステスが、しくしく泣きはじめた。

野木はるおも、大岡のからだをはねのけて泣き出した。「ぼくは死にたくない。死にたくないよ」

「泣くことはない。泣くことはないよ。みんな、死ぬ時はいっしょなのだからね」亀井戸は、みなが泣き出したことによって、自分の恐怖心が多少薄らぎはじめたことを知った。ふたたび、彼は喋り出した。「わたしだって、あなたたちといっしょに死ぬのだからね。あなたたちだけが死ぬのじゃないのだ。わたしもやっぱり、あなたたちと同じ苦痛を味わいながら死ぬのだからね。同じ苦痛を……同じ苦痛を……」死ぬ時は、どんな苦痛を味わうことになるのだろう——喋りながら、ふと、そう想像した亀井戸は、一か月前に歯科医院の治療椅《い》子《す》で受けたひどい痛みを思い出し、あれどころではないのだと思いかえし、身をふるわせ、おいおい泣き出した。泣きながら、彼は喋った。「きっと、生きている間には、いちども味わえなかったような、想像もつかないような、ひどい苦痛にちがいありませんね。し、しかし、しかしそれだって、みんながいっせいに味わう苦痛なのだからね。全人類がいっせいに……」彼は、あまりの恐怖で発狂しそうになり、矢もたてもたまらず泣きわめいた。「死ねば暗い所へ行くんだ。つめたいところへ行くんだ」

「何をくだらねえこと言やがる」堂場が、かんかんに怒ってとびあがり、亀井戸に叫んだ。「そんな話はやめろ。せっかく、何もかも忘れて楽しい思いをしていたのに、くそ、雰囲気がこわれた」

「あんた、帰ってちょうだい」亀井戸の演説を聞いたらしい栗原靖子が、精液の匂《にお》いをぷんぷんさせながら、すっぱだかで寝室から駈《か》け出てきた。彼女は烈火の如くいきどおり、眼尻《めじり》を吊りあげて亀井戸の胸ぐらをつかんだ。「あんた。ここへいったい、何しに来たのよ。わたしたちの愉《たの》しみを邪魔するつもりなの。何さ。女みたいにめそめそして。

帰ってよ。帰りなさい。帰れ。言っとくけどね、ここは、あんたなんかのくるところじゃないわ」

亀井戸は栗原靖子のすごい力で、部屋の外へ押し出されてしまった。

「しかし、しかしわたしは、ほんとのことをいっただけなのだ」

「だからあんたは馬鹿なのよ」

亀井戸の鼻さきに、ぴしゃり、と、ドアが叩きつけられた。

「なにが馬鹿だ。お前たちこそ馬鹿だ。大馬鹿だ」とたんに今までの恐怖を忘れた亀井戸は、むかっ腹を立てて、閉ざされたドアに向かい、声をはりあげて罵《のの》りはじめた。

「うすら馬鹿だ。白痴の集りだ。それが大衆の指導者たる文化人の、厳粛な死にのぞんでの態度だというのか。ええ、ここな大馬鹿者めら。お前たち、死ね。死ね死ね死ね死んでしまえ」

ひとしきりわめいてから、彼は肩をそびやかせてマンションを出た。

ふん、奴らは愚かな群盲だ——亀井戸はふたたび、秩序の乱れた車道へ出て、自分のアパートの方へ歩き出しながらそう思った——勝手に集って、どんちゃん騒ぎをして、自分を胡麻化《ごまか》しているがいい、だが、わたしはちがうぞ、わたしは一匹狼《いっぴきおおかみ》なのだ、そうだ、群をはなれ、孤独な栄光者の道を決然として歩む、孤高の一匹狼だ。

一匹狼ということばは、ひどく亀井戸の気に入った。しかし、やはり自分が孤独であるがゆえに、自分の価値を認めてくれる者が、だれひとりとしていないことを、淋《さび》しく思わずにはいられなかった。どこかで一匹狼たちが集って、パーティをやっていないかな——そんなことを思ったりした。

そうだ、わたしは一匹狼などではなかった——彼は背広のポケットに入っている拳《けん》銃《じゅう》の重みに気がつき、にやりと笑った——虎だ、そうだ、わたしは虎だったではないか。亀井戸は、眼をらんらんと光らせ、あたりを睨《ね》めまわした。背を丸めた。舌なめずりしながら、歩き続けた。わたしは今、危険な人間になった——彼はまた歯をむき出し、笑った——そして誰も、それを知らないのだ。右手をポケットに入れ、人差し指を引き金にかけたまま、彼はゆっくりと、虎のように歩いた。

その時彼は、めくれあがった敷石に蹴《け》つまずいた。

人差し指に力が入った。

轟音《ごうおん》とともに、ポケットの中の拳銃の銃口が、大きくはねあがった。亀井戸は歩道で、仰《あお》向《む》けに半回転し、敷石の上へぶっ倒れた。

亀井戸の前方、約七、八メートルのところにいた武装警官が、がっと叫んで右の胸を押さえ、立ちすくんだ。彼の顔は、たちまち蒼白《そうはく》になり、やがて大きく咽喉《のど》を鳴らし、歩道一面に大量の血を吐いた。ぐらり——と、からだを斜めにひねりながら、敷石の上に鈍い音を立てて倒れ伏した。

「こ、殺した……わたしは、警官を殺した……」亀井戸は、警官の倒れるさまを、歩道に寝そべったまま眺め、小鼻をふくらませてせわしなく呼吸した。

近くにいた数人の警官が、倒れた警官の方へ駈け寄っていった。

「いかん。射殺される」

亀井戸は、大あわてで起きあがり、横っとびに傍らの路地へ逃げこんだ。人を殺したショックよりも、射殺されるかもしれないという恐怖の方が、はるかに大きかった。しばらくは、息をはずませながら逃げ続け、曲り角を右に折れ、左に折れして走りまわった。気がつくともとのところへ戻っていて、またあわてて逃げ出したりした。

今や、わたしは追われているのだ、お尋ね者なのだ――そう思った時、不思議にも少しばかり気が大きくなり、亀井戸は走るのをやめた。そうだ、お尋ね者の方が、虎にふさわしいではないか――そう思った――おれは前科者だ、前科者の虎なのだ。人を殺したことなど忘れてしまい、前科者ということばのロマンチックな感じに、彼は酔いはじめていた。――ようし、もう、やぶれかぶれだぞ。

こうなれば、通りがかりの女を片っぱしから犯してやろうか――そう思ったものの、いくら拳銃を持っているとはいえ、もし女の力が強ければ、あべこべに締め殺されるかもしれないし、また近頃の女性は護身術などを心得ているから、投げとばされて、敷石で頭を割られることになるかもしれなかった。だいいち彼は、そんな際の自分のポテンツに自信がなかった。また、犯行の最中に警官に見つかり、射殺されてもつまらない。彼は重おもしくかぶりを振り、そんなことはやめることにした。

気がつくと、またもとの車道の近くにいた。亀井戸は、おそるおそる車道へ出た。車道を越さぬ限り、彼は自分のアパートへ戻れないのだ。左右を見まわしたが、警官の屍《し》体《たい》はなかった。すでに片づけられたようだった。

そうだ、ひとりの警官の死ぐらい、今となってはたいして珍らしいことではなくなってしまっているのだ——亀井戸はそう思い、安心してまた歩き出した。

都電はすべて停ったままになり、いくつもの乗用車が遺棄されていた。歩道を行く人間の数は、少なくなる一方だった。車の数も少なくなっていた。パトカーだけがあいかわらず、早く家に帰れと命令しながら走りまわっていた。地下鉄も、国鉄のどの駅も、空港も、群衆が押しかけて大混雑だから、車なしで東京から逃げ出そうとしても無駄だと教えていた。

亀井戸は、やっと自分の小さなアパートに戻った。

蒲団《ふとん》を敷き、半裸になり、大きな三面鏡を開き、その前に尻を据えて、ウイスキーをぐいぐい呷《あお》った。こうなれば、酒でも飲むより他にすることはなかった。頭痛がし、動《どう》悸《き》がはげしくなるばかりで、ぜんぜん酔わなかった。

ときどき、大声で泣いた。「死ぬのだ。死ぬのだ」

死にたくなかった。死の苦痛がこわかった。鏡に映っている自分の美しい肉体が、やがて蒸発し、この世から消え失《う》せることをいとおしみ、悲しみながら、彼は早く酔っぱらおうとしてあせり、勢いよく飲み続けた。そのために、よけい頭痛がした。割れそうな頭をかかえたまま、オナニーを二回した。また、ウイスキーを飲んだ。それからやけくそになって、もう三回オナニーをした。やっと、眠ることができた。だが、夢を見た。

それは最終戦争の夢だった。あと三分で、ミサイルが落ちてくるという夢だ。亀井戸は夢の中でがたがた顫《ふる》えながら、ディレクター用のストップ・ウォッチの秒針を、じっと見守っていた。あと二分……あと一分……あと三十秒……あと十秒……あと一秒……。

亀井戸は、強く眼を閉じた。息をとめた。

その瞬間、過去のあらゆる記憶が、きちんと順を追って、走馬燈《そうまとう》のように脳裏を駈けめぐった。幼ない頃のこと。母と父の行為を盗み見して、はげしいショックを受けたこと。母を追いまわしたこと。父に殴られたこと。中学時代、女教師にボンボンをもらったこと――。

眼まぐるしい早さで、いくつものシーンがあらわれては消えた。

そのうち赤い靴下のコマーシャルが、テレビのスポットのように、やたらに入りはじめた。邪魔だなと思っていると、とうとう画面が中断してテロップが出てきた。『そのままで、しばらくお待ちください』

亀井戸は、びっくりして叫んだ。「やめろ。まじめにやってくれ」

彼は自分の声で眼を醒《さ》ました。

夢だと知り、ほっとした。だがすぐに、夢も現実も、たいした違いはないのだということを、いや応なしに思い出さなければならなかった。

「やっぱり死ななきゃならないんだ」彼はまた大声で泣きはじめた。

北半球

「何が起ったのかわからないまま、高熱のため、一瞬のうちに肉体がぐじゃぐじゃと溶解して、すぐ蒸発してしまう――これがおれの抱いていた最終戦争というもののイメージだった」と、おれは野依渉《のよりわたる》にいった。「ところがこれはそれとはだいぶ様子がちがうな。どうしてだろう」

「うん」野依は大きくうなずいた。「たしかに、最終戦争が起った場合は、今、君がいったような具合に、日本国民は何も知らないままに死んでいく筈《はず》だった。だが、予想や想像よりは、現実の方が常に、はるかに複雑だ。どんな場合でも、ずっと複雑で、しかも馬鹿ばかしくて、しかも気ちがいじみていて、その上いやになまなましく、しかも空虚で、ナンセンスで、不合理で、その癖、妙にドラマチックなんだ」

「おれにはよくわからない。いや。何がなんだか、さっぱりわからないよ」

「わかってる人間なんて、地上にはひとりもいないんじゃないだろうかね。いや、きっとそうだよ。とにかく最初、韓国の水原基地と、ソ連のウラジオストクと、日本の三沢市の三か所に、推定一メガトンの核弾頭ミサイルがほとんど同時に落ちて爆発した。三時半ごろだ。水原にある米軍のミサイル基地は全滅して、米兵三百人と、韓国人二万三千人と、ヒツジ百頭、ブタ十頭が死んだ。ウラジオストクでは、アムール湾の入江にあるゴールデンホーン港に落ちて、大豆油を積んだ貨物船十六隻と、材木を積んだ船三十二隻と、浮上していたシュノーケル潜水艦一隻を含む軍艦三隻が沈んだ。ここの市街地は、港に向かって斜面に階段みたいになって発達しているから、もちろんほとんどが破壊され、シベリヤ鉄道のターミナル・ステーションも、モスクワ定期航空便の飛行場も、すべて全滅して約三十万人が死んだ。三沢市では市街地のまん中に落ちたけれど、周囲の農場では暖地秋作の種イモが全部ふかしイモになって、広沢などの牧場では三百四十頭の牛がビフテキになった。三沢飛行場は掘り返されて耕され、米軍基地も全滅した。即死したのは三万八千人だったが、その後も次つぎと死者が出て、今はもう五万人をはるかに越えている筈だ」

「そのミサイルは、どこの国のものだったんだ」

「さあ。それが問題だ」野依は吐息まじりにいった。「ここから先は半分くらいがおれの想像だから、そのつもりで聞いてくれ。ウラジオストクの被害があまりにも大きかった上、報告がスラブ民族らしい大袈裟《おおげさ》きわまるものだったから、モスクワではてっきり百メガトンに近い水爆だと思って、米軍の誤発だと早合点した。中国が百メガトン水爆など持っているわけがないし、持っていたとしても、そんなでかい水爆を運べるミサイルなど作れるわけがない、だからアメリカが犯人だという理屈だ。そこで、かんかんに怒ったソ連首相は、お返しにサンフランシスコへ向けて百メガトンの水爆ミサイルを一発だけ発射させた。だけどそんなものはトゥーレにあるＢＭＥＷＳに発見されたら、すぐ迎撃ミサイルで撃ち落されてしまうだろうというので、首相はすぐにペンタゴンへ『これでおあいこだ。迎撃せず、ありがたく頂戴《ちょうだい》しろ』という意味の連絡をした。誤発を謝罪しなくていいから、同じ痛みを味わえというわけだ。一方、ペンタゴンでもその時、水原と三沢に落ちたミサイルがソ連のものか中国のものかで議論が沸騰《ふっとう》していた。そこへこのメッセージが来たものだから大さわぎになった。直通電話ではげしい口論をし、罵《ののし》りあった末、この騒ぎの元兇《げんきょう》が中国であることを、やっと両国首脳が理解した時には、もう『パイ投げ』は始まってしまっていた。つまりペンタゴンでも、統合幕僚幹部たちが、ソ連が全面攻撃を開始したと勘ちがいし、気ちがいみたいにあわてふためいて次つぎと攻撃命令を出してしまったんだ。主としてミサイル基地と飛行場がある第一攻撃目標、つまりソ連内にある三十三か所、東欧諸国にある五か所に対し、ミサイル、爆撃隊、ポラリス潜水艦などで攻撃を開始した。それと同時に、中国に対しても報復攻撃を行なった。中途半端にやっても無意味だ、徹底的にやれというので、三十五か所の陸海空軍基地と、コンビナート工業都市、原子力機関のある場所などを、ぜんぶ破壊しようとした。アメリカが全面核攻撃を開始したものだから、こんどはソ連があわてた。ソ連の防御力というものは、自ら先制攻撃をしかけるという前提のもとでしか効果を発揮しない。大変だたいへんだというわけで、こっちもすぐさま第一、第二攻撃目標のすべてに対し、攻撃を開始した。ソ連にとっての第一攻撃というのは、ソ連と東欧諸国から千五百マイル以内にあって、中距離弾道弾や超音速戦闘爆撃機で攻撃できる範囲にあるものだ。すなわち、地中海の戦略空軍基地、第六艦隊、ヨーロッパおよび中東のNATO加盟諸国ぜんぶの空軍基地、それに中国のウルムチ、ハミ、玉門、蘭州、包頭、大原、北京、済南、旅大、瀋陽、長春、チャムスにある陸海空軍の基地だ。第二攻撃目標というのは主として米本土内の、ワシントン、ニューヨーク、シカゴなどにある戦略空軍基地と、沖縄などはなれたところにある基地だ。それから広州、南寧、昆明、長沙、南昌、杭州、福州、上海、南京、武漢、重慶などの中国南部にある空軍基地だ」

「東京はどうなんだ」と、おれはびっくりして訊《たず》ねた。「攻撃目標には入っていなかったのか」

「もちろん、日本も第二攻撃目標に入っていた」と、野依は答えた。「ところが、攻撃目標が多過ぎてICBMが足りなかったらしい。中国とアメリカに対して、同時に戦わなけりゃならない事態なんて、ソ連はあまり考えていなかったんだろうね。推定では、ソ連はせいぜい六十五発しかICBMを持っていない。それに、日本には核弾頭ミサイルがないことも知っていたから、日本に対しては六発しかICBMを発射しなかった。しかし東京に向かった三発は、横田から発射したナイキ・ジュース二十八発の迎撃が成功して撃ち落された。だが、あとの三発は九州に落ちた。T4AというICBMだ。一発は三池炭鉱に落ちて、十億トンのコークスを熾《おこ》らせた。もう一発は、第七艦隊もポラリス潜水艦も出はらっていてからっぽだった佐世保に落ちた。九十九島《つくもじま》は半分がた沈んで、二十六万人が死んだ。そして最後の一発は」彼は、口ごもった。

「最後の一発は」と、おれは訊ねた。

野依は嘆息した。「また、長崎に落ちた。ドームも記念塔も、跡形もなくなってしまったらしい」野依は、しばらく黙った。

表情こそ変えてはいないが、おれは彼が、稀《まれ》に見る正義感の持ち主であることを知っていた。しかし考えてみると、今や彼が彼の正義感をぶつけるべき対象は、地球上のどこにも存在しないのである。しいていえば、それは人類全体——人間そのものの馬鹿さ加減に向かってぶつけるべきものなのだろうが、今となってはそんなことは、生き残っている人類ひとり残らずが骨身にしみてよく承知していることであって、誰にいったところで、うん、そうだとあいづちを打つだけだろう。

「中国はどうなんだ」と、おれは訊ねた。「中国は日本を攻めなかったのか」

「とてもじゃないが、攻撃しているひまはなかったんだろうな。北京は、沖縄の在琉球米第九軍と、黄海にいたポラリス潜水艦のために、あっという間に灰にされてしまった。上海も杭州も、グアム島の戦略第三航空師団にやられて、東支那海に沈んだ。第十三戦術空軍は、海南島と広州を破壊した。台湾の米台合同司令部は、南京と武漢を爆撃して、これも成功した。ソ連のT4Aが落ちて、重慶も蒸発した。西安も、ソ連のバイソンという四発ジェット機の爆撃で完全に消滅した。長春と瀋陽は、春川基地にいた在韓《ざいかん》米第八軍が、水原基地のお返しだとばかりにうち込んだミサイルで燃えあがった。ラサは、カシミールを越えてやってきたデリーの米空軍に爆撃されてしまった。レーダーの性能があまりよくなかった上に、東西南北からいっぺんに攻めてこられたのだから、どうしようもない。二時間足らずのうちに中国のほとんどの基地と都会がなくなり、三億九千万人が溶けて死んで、米中百年戦争は簡単に終っちまった」

「三億九千万。そんなにたくさん死んだのか。たった二時間で」おれはふるえあがった。

「もっと死んでいる」と、野依はいった。

「アメリカとソ連はどうなった。イ、イギリスは。いや。ヨーロッパは」

「まあ待て。順に話す。まずアメリカだ。ここはまずサンフランシスコへ、百メガトンの例の最初の一発が落ちた」

「弾道ミサイル早期警報機構があるのに、迎撃できなかったのか」

「迎撃迎撃と簡単にいうが、そんなになまやさしいものじゃないよ。そりゃ、トゥーレにあるレーダーはたしかに完璧《かんぺき》だ。アンテナは高さ五十メートル、そしてフットボールの競技場よりも長い。五万キロワット送信機から出る強力な電波ビームは、捕捉《ほそく》した物体を千六百キロまで追跡できる。しかし一方、大陸間弾道弾の時速は二万五千キロだから、その時にはすでに、目標から四分足らずのところまで迫ってるんだ。したがって迎撃できる時間は非常に短い。迎撃そのものだって、米軍が太平洋でよくやる模擬迎撃実験みたいにうまくはいかないよ。昼間の射撃と夜の射撃くらいの違いはあるだろうな。それに、やろうと思えば攻撃する側にも、敵を混乱させる方法は無限にある。レーダーの映像を不鮮明にする無数の破片を作るために、ミサイル攻撃に先立って空中で核爆発をやらせてもいいし、弾頭の被覆部を解体できるようにしておいて、鹿弾《しかだま》くらいの大粒の散弾をまき散らしてもいい。レーダーをごまかしたり、出し抜いたりする方法はいくらでもある」

「わかった。わかった」おれはあわてて彼を制した。

こんな話を始めると、彼はいつまでも喋《しゃべ》り続けている。彼はこの方面のことだとか、宇宙科学関係のことになるとやけにくわしい。ＳＦファンで、彼自身も短篇《たんぺん》を書いたり、評論をやったりしていたのだ。

その時、すぐそばの電話が鳴り出した。

野依が出て、ふたことみこと喋り、すぐに受話器を置いて苦笑した。

「なんだ」と、おれは訊ねた。

「新聞社のヘリコプターに乗せてくれといってきた。東京を脱出したいんだそうだ。こっちへくるといってる」

「友人かい」

「友人というほどの男じゃない。中学時代の同級生だ。銀河テレビのディレクターで、亀井戸という、おかしな男さ」

「ああ。あの出っ歯になら今日の昼間、会ったよ」おれは苦笑した。「たしかにおかしな奴《やつ》だ」

「屋上のヘリポートにはヘリコプターが一機だけ残っているが、あれは故障して動かないんだ」と、野依はいった。「そういってやったんだが、やっぱり来るそうだ。何かのあてがないと、不安でたまらないんだろう」

「ところで、さっきの続きだが」と、おれは彼をうながした。「結局、サンフランシスコはどうなったんだ」

「オークランドや、バークリイといっしょに全滅だ。百三十万人が死んだ。ベイ・ブリッジと、ゴールデン・ゲイト・ブリッジは金門海峡に沈んだ。チャイナ・タウンもなくなった」

「アメリカのああいった大都会には、共同地下待避所《シェルター》があったのじゃなかったのか」

野依は、あきれたようにおれの顔を眺め、しばらくしてからいった。「いや。あんなものは役に立たなかった。あれは政府の人気とり政策だったんだ。幹線道路上にある剝《は》げかかった『疎開道路』の標識だとか、定期的な『警戒警報』の演習の無意味なサイレンと同じように、ああいう民間防衛機構はみんな、アメリカ政府の、馬鹿げた、芝居がかった演出にすぎなかった。ノーベル賞科学者のウィラード・リビー博士は、適当な防御物さえあれば人口の九十%から九十五%が生き残れると新聞で主張して、自宅の裏庭に、三十ドルかけてシェルターを作った。それからすぐ、ロサンゼルスの山火事がベルエア地区を襲った時に、このシェルターは黒焦げになったそうだ。アメリカ人の楽観的なことにはびっくりするね。警報の時間とか、市民がシェルターにたどりつく能力だとか、放射能とか、そのほかの山のような問題をどう考えていたのか、まったく理解できないよ。米軍ではあれを戦略的効果があるとしてしか考えていなかった。つまり、大がかりな待避所計画で安心した国民が、軍拡競争の激化を歓迎するだろうというわけだったんだ」

「マクナマラ報告《リポート》では、ソ連の核ミサイルによる最初の奇襲攻撃を受けたあとでも、アメリカはソ連の全戦略目標を破壊する完全な能力があるということだったが、その点はどうだったんだ」

「たしかに、その通りだった」野依はうなずいた。「ソ連は、ミサイル基地のすべてをアメリカのU2というスパイ偵察機に知られて以来、ICBMを堅固な地下陣地におさめて分散配置したり、隠密《おんみつ》性満点のミサイル潜水艦の建造に力を入れたりしたが、それでもだめだった。アメリカの報復攻撃は、それほど徹底的だったのだ。アイスランドに一か所、グリーンランドに三か所、バフィン島に一か所、ニューファウンドランドと、ニューファウンドランド島に各一か所、アラスカに五か所ある戦略空軍基地から、ボーイングB52ストラトフォートレス超重爆撃機が出動した。合衆国内の二十一か所にある地下サイロからは、五メガトンのミニットマン千二百基と、十メガトンのタイタンII型が八十基飛び立った。これだけでも爆発力の合計は、TNT火薬で五十億トンだ。これに加えて、ニューロンドンと、チャールストンと、ピューゼットサウンドと、サンディエゴに基地を持つ二個戦隊十六隻のポラリス潜水艦が北極海に出撃した。それだけじゃない。太平洋にいた七隻と、インド洋の四隻も、中国に向けてポラリスを撃ちまくる一方、四千六百キロの射程を持つ最新型ポラリスをソ連に向けて発射した。地中海にいた八隻も、射程二千八百キロのポラリスA2をモスクワ近辺に向けて撃った。クレムリン宮殿と、赤い広場のあった場所を中心に、直径数キロ、深さ数百メートルの穴ぼこができて、モスクワは跡かたもなくなった。レニングラードはネバ川に沈んだ。ボルゴグラードはヴォルガ川に沈み、キエフはドニエプル川に沈み、イルクーツクもバイカル湖に沈んだ。ソ連の大部分は、土地の起伏が少なくて、高度も低いから、放射性降下物はすごい勢いで拡《ひろ》がるだろう。推定では、今までに一億人以上が死んでいるはずだ。たしかにソ連は、ほとんど全滅した。その点では、マクナマラ報告《リポート》は正しかった。だが、反撃の目標たる、ソ連のICBM基地や戦略空軍基地は、アメリカの核ミサイルや水爆が落された時には、すでにからっぽになっていたんだ。結局、目標として把《とら》えられたのは、どちらの側も、無防備の一般市民以外にはなかったわけだ」

「アメリカの被害は、どのていどだ」

「どのていど——なんてものじゃないね。アメリカの周囲をとり巻いているソ連の潜水艦の数は、戦争が始まった時には五十四隻だった。これらのほとんどが、電波探知機で捉えられ、対潜ミサイルのアスロックやアストーで撃沈された。だけどその前に、それぞれが三発から五発のミサイルを発射していた。これだけで米本土の戦略空軍基地の三分の二と、大都市の大半が、破壊されてしまった。そこへ四発ジェット機のバイソンと、ターボ・プロップのベアが三個連隊、NORADの中部太平洋と沿岸警備の電波探知機を逃れて、南太平洋を深くえぐるように潜入し、メキシコを越えて守りの薄い北米大陸の、俗にいう、やわらかい下腹部にくいこんできた。もっともこれらの爆撃隊は、最初から片道飛行を覚悟してやってきたわけだがね。さらにソ連のＭ241と呼ばれているＩＣＢＭが二十基やってきた」

おれは嘆息した。「じゃあ、全滅じゃないか」

「その通りだ。一億三千万人が死んだ。上下のニューヨーク湾と、ハドソン川下流は深くえぐられて、大西洋に呑《の》みこまれてしまった。自由の女神とエンパイヤ・ステート・ビルは、大西洋の底に沈んだ。ブロードウェイも、ウォール街も、もう地上には存在しないんだ。あのシカゴもそうだ。ミシガン湖に姿を消した」野依の口調が、少しずつ感傷的になっていった。「サンフランシスコのケーブル・カーも、映画の都ハリウッドも、もう、ないんだ」

「まるでぜんぶ、見てきたことがあるみたいだぜ」と、おれはいった。「ヨーロッパはどうなんだ」

「ここもひどい。バルト海と北海にいたソ連の潜水艦のために、イギリス、フランス、イタリア、西ドイツ、ギリシャ、トルコ、ベルギー、デンマーク、ポルトガルの各空軍基地が破壊され、ロンドンとパリも破壊された。そのほかのＮＡＴＯ加盟諸国の首都も爆撃された。ロンドンではグリニッジ天文台の近くに、パリはリュクサンブール公園に、それぞれ水爆が落ちた。もうないんだ。もう何もないんだ。バッキンガム宮殿も、大英博物館も、ウエストミンスター寺院も、ロンドン塔も、ルーブルも、パレーロワイヤルも、エリゼー宮も、パンテオンも、ノートルダム寺院も、エッフェル塔も、シャンゼリゼーも、凱旋門《がいせんもん》もだ」

すぐ傍らを、若い自衛隊員が、じろりとおれたちを横眼で見て通りすぎていったので、野依は自分の声が高くなってきたのに気がつき、すぐ声をひそめた。「今、北半球の都市のほとんどが燃えているんだ」

「こうなってくると、日本にだけ、ミサイルがたった三発しか落ちなかったのが、ますます不思議に思えてくるな」と、おれはいった。

「うん。全面戦争になって、こんなことの起る確率は、おそらく何百分の一かだったろう。しかし、どっちにしろ同じことだぜ。今日の午後、地球上で起った核分裂爆発の合計は、いったいどのくらいだと思う。七万メガトンだ。地球上の生物を数十回くり返して全滅させることのできる量だ。高性能爆薬に換算すれば六百億トンで、地球上に住む人間ひとりに対して、高性能爆薬二十トンだ。これだけのものが爆発して、無事にすむはずがない。生き残れると思う人間の方がどうかしている。放射性降下物だ。ストロンチウム90、ウラン237、ヨード131——これが北から、西から、どっと押し寄せてくるんだ。おれの計算じゃ、あと一週間で日本にいる人間は全滅、三週間で北半球の全生物が死滅するだろう。南半球はもう少し生きのびられるな。だいたい一か月から六か月だ。南極へ逃げたって無駄さ。放射能の雲からは、絶対に逃げられる方法はないからね。そしてその効果は、今後約五百年続く。世界の終りだよ」

おれは、また吐息をついた。どうせ、そのくらいのことにはなるだろうと想像してはいたものの、やはり他人から面と向かってそういわれると、あわよくばという希望も打ち砕かれて、お先まっ暗ドブネズミだ。

「こうなることは、わかっていたはずなのになあ」と、おれはいった。「友人に米軍の将校がいて、そいつは、このまま平和が続いて世界人口がどんどん増えていったら、やがて人類は滅亡するだろうという意見を持っていた。だからできるだけ早く核戦争が起って、少数の人間だけでも生き残った方がいいというわけだ」

「うん。たしかに、どうせ起るのならもっと早く起っていた方がよかったかもしれんな」と、野依もいった。「南極にいる数十人くらいは生き残れたかもしれん」

「こんな場合、おれたちはどうすればいいかな」と、おれは野依に訊《たず》ねた。「記者としてではなく、大衆のひとりとしてだ」

「SFではいろんな形でアーマゲドンが描かれてはいるが、あまり参考にはならないよ」と、野依はいった。「ネヴィル・シュートは『渚《なぎさ》にて』を書いた。最終戦争が起り、オーストラリアにいた者だけが生き残るが、残る命の長くないことを知って、みんな薬をのんで、おとなしく紳士的に死んでいく。フィリップ・ワイリーの『勝利』とか、ロバート・A・ハインラインの『自由未来』では、主人公が金持ちで、非現実的なほど頑丈なシェルターを作っていたために生き残る。アルフレッド・コッペルの『最終戦争の目撃者』とか、モルデカイ・ロシュワルトの『第七地下壕《レベル・セブン》』では、主人公が押しボタン将校だ。ユージン・バーディックとハーヴィ・ウィラーの『フェイル・セイフ』や、ピーター・ブライアントの『破滅への二時間』は政治小説で、大衆の様子は書かれていない。日本では松本清張が『神と野獣の日』を書いたが、これはミサイルの偶発事故を扱ったもので、部分的な極限状況を描いたものだ。小松左京の『復活の日』は、核戦争ではなく細菌兵器の恐怖を描いている」

「ずいぶん、たくさんあるんだな」

「ああ。このテーマだけは、いくら書かれても書かれすぎということは絶対にないとある人がいっていたが、今となっては、ぜんぶ無駄になってしまったわけだ」野依はゆっくりと、かぶりを振った。「そう。何もかも終った。戦争さえ終ってしまった。原水爆は人民戦争を根絶することができたのだ。手術は成功したが患者は死んだという形でね」

「結局、この戦争の原因はなんだい」

「さあ。なんだろうね。最初に核ミサイルの偶発事故を起したのは中国で、それがまあ、直接の原因とはいえるだろうが」

「中国が最初の核実験をやった時から、危険だ危険だとは思っていたよ。気ちがいに刃物だ。もう今さら何をいったってしかたがないが」

中学時代に毛沢東《けざわあずま》という名前の同級生がいたことを、おれは思い出した。今はどこで何をしているか知らないが、そいつはきっと周囲の人間から袋叩《ふくろだた》きにされているだろうな——そう思った。

「しかし、中国だけを悪くはいえないよ」と、野依はいった。「気ちがいといえば、アメリカだってソ連だって気ちがいだ。だいたい人間という存在そのものに、気ちがいじみたところがあって、人類が核爆発物を発明したということが、そもそも気ちがいが刃物を見つけたのと同じだ」

「こら。女子供は、ここへ入っちゃいかん」自衛隊員の怒鳴《どな》る声がした。

「お願いです。澱口さんに会わせてください」

首をのばして編集局の入口を見ると香島珠子とツヨシの姿が見えたので、おれはデスクの間を縫い、あわてて駈《か》け出した。

「澱口という記者はいるか」一等陸尉の階級章をつけた隊員が、部屋をふりかえってそう叫んだ。

「ぼくです」おれは珠子に駈け寄った。「アパートで待っていろといったろ。どうしてここへきたんだ」

そういってから、おれは初めて珠子のひどい様子に気がついた。服は着換えていたが、髪がくしゃくしゃで顔も腕も傷だらけだ。血を流していた。ツヨシの方はあいかわらず下半身まる出しのままで、何を怒っているのかすごい眼でおれの顔を睨《にら》みつけている。

「いったい、どうしたんだ」おれはおどろいて、叫ぶようにそういった。

珠子はわっと泣き出し、おれに武者ぶりついてきた。今まで泣くのをこらえていたらしく、そのままおれの胸の中で、いつまでも泣き続けた。野依と、数人の記者が、おれたちの周囲に集ってきた。一等陸尉も茫然《ぼうぜん》としておれたちを見つめていた。おれはわけがわからず、ツヨシに質問の眼を向けた。

「姐《ねえ》ちゃんの部屋に、悪い奴が三人かくれていたんだよ」ツヨシが難詰するような調子で、おれにそういった。

「わたし、ひどい目にあわされたわ」珠子が、しゃくりあげながらいった。「何度も、何度も、こ、この子の、見ている前で」そしてまた、はげしく泣いた。

野依は眼をそむけ、一等陸尉や他の記者たちも視線を床に落した。

珠子は、しばらく泣き続けた。

おれは何もいえなかった。なぐさめようがなかった。

「こんなところに、集っていちゃいかん」やがて、一等陸尉がわれにかえってそういった。「さあ。女子供は部屋を出ろ。お前も帰れ」

彼は、おれたち三人を部屋の外へ押し出そうとした。

「きたならしい。ぼくにさわるな」ツヨシが、一等陸尉の腕をふりはらってそう叫んだ。

彼は額に青筋を立て、大声でわめきちらしはじめた。「お前たちは人殺しだ。兵隊はみんな、人殺しだ。おとなの奴はみんな、ブタだ。ぼくにさわるな、あっちへいけ」彼はかんかんに怒っていた。

「何をいうか」一等陸尉はびっくりして、ツヨシを黙らせようとした。「ここで大きな声を出しちゃいかん。黙れ」

「黙らないぞ」ツヨシは、一等陸尉の腕の下をすり抜け、わあわあ泣きわめきながら部屋の中央まで走っていき、テレタイプを据えた机の上にとびあがり、青唐辛子のようなペニスを振りたてながら声をかぎりに叫んだ。「おとながどんないやらしいことをするか、ぼくは見てしまったんだ。お前たちは、けだものだ。お前たちが、戦争を始めたんだ。みんな、人殺しだ」

自衛隊員をはじめ、部屋中の者が、おどろいてツヨシを眺めた。

「ブタ。死んじまえ。おとななんか、みんな死んじまえ」彼は一台のテレタイプを床へ蹴落《けおと》した。

「こら、何をするか小僧」指揮者らしい二等陸佐が、怒って声をはりあげた。「承知せんぞ」

「もう、おとななんか、ちっともこわくないぞ」ツヨシは、ののしり返した。「ぼくはもう、どうなってもいいんだ。殺されてもいいんだ」彼はおいおい泣きながら叫び続けた。

「おい。この子供をつかまえろ」二等陸佐は苦りきった表情で、さっきの一尉にそう命じた。

「はい」一尉はツヨシに近づき、彼を机からひきずりおろそうとした。

「くるかっ」ツヨシはいきなり小便をした。

「わっ」まともに顔へ小便をひっかけられ、一尉はたまげてとび退いた。

ツヨシは周囲に向かって、すごい勢いで排尿し、机や床に白い湯気としぶきを立てながら怒り狂った。「みんな死ぬんだ。どうせ、ぼくも死ぬんだ。だから、殺されたっていいんだ」

顔を涙と小便のしぶきでべとべとにし、彼は、机の上へ大の字になって仰向《あおむ》きにころがった。なおもあたりへ尿を振りまきながら、彼は四肢をばたばたさせて、いつまでも泣き叫んだ。「さあ殺せ。さあ殺せ」

下町裏長屋

「おいお光《みつ》。今帰《けえ》ったぞ」

大工の康吉《やすきち》はその日、めずらしく早く帰ってきた。

がらがらぴしゃんと格子戸を開けて閉めたとなると、はなはだ威勢がいいのだが、そこは紺屋《こうや》の白袴《しろばかま》、建てつけが悪いのでそうはいかない。

三和土《たたき》へ草履をぬぎ捨ててあがり框《がまち》の腰障子をがらりと開けると、そこはたったひと間の四畳半である。

「ああびっくりした」

縫いものをしていた女房のお光が、おどろいて顔をあげた。最近康吉が、こんなに早く戻ってきたことはないのである。たいていは夜中の十二時過ぎか一時前、それも相当きこしめしての赤ら顔、とろんとした眼で鼻息荒く帰ってくるのだ。ところが今夜はしらふである。時間もまだ九時ちょっと過ぎたばかりだ。

「いったいどうしたっていうんだいお前さん。こんなに早く帰ってきて」

「馬鹿《ばか》野郎。亭主が家に帰《けえ》ってきたのに、びっくりしたもねえもんだ」康吉は投げつけるようにそう言い、お光の鼻さきへ、立ったままぐいと手にさげていた折詰をつき出した。「さあ、みやげだ」

この殊勝さ加減はどうであろう。お光はすっかりたまげてしまって、眼をぱちぱちさせるばかりである。「気、気味が悪いねえ。い、いったい外で、何があったのさ」

「何があったもねえもんだ。おい。お前《めえ》はこんな家ん中でくすぶってたんだから、まだ何も知っちゃあいねえだろうがな、今、世間じゃどえらい事がおっぱじまってるんだぞ」康吉は卓袱台《ちゃぶだい》の前にどっかと尻《しり》を据え、大声でいった。「ええい、何をぼんやりしてやがる。酒だ酒だ。酒を買ってこい」

「ああ。お酒ならまだ家にあるよ。晩酌さえさせてくれたら、おれはよそで酒飲んだりしねえんだっていうから、あたしがお酒買ってきたらこんどは、家で飲む酒はやっぱりまずくていけねえとか何とかいって……」

「うるせえ。うるせえ。そんなこたあどうでもいい。あるんなら早くつけろ」康吉はわめきちらした。

「あいよ。そんなに怒鳴らなくてもわかるよ」

お光の方も、めずらしく口ごたえせず、いそいそと土間におりた。どんなことかはわからないが、何か大きなことがあったに違いない――そう感じたのだ。

「ええことになったんだ」薬缶《やかん》で沸かした酒を茶碗《ちゃわん》に注いで飲みながら、康吉はいった。手が顫《ふる》えていた。「おれたちのいのちは、あとわずかしきゃねえそうだ」

「何だって」お光はおどろいて、康吉の顔を眺めた。大きな眼をさらに見ひらいたため、まん丸になった。

「お前《めえ》も飲め」

康吉のさし出した茶碗を受けとり、ひと口飲んで、お光はからだをゆすった。「じれったいねえ。早く教えとくれよ。いったい何がどうしたってのさ」

「支那《しな》の大砲が、まちがえて弾丸《たま》を撃った」と、康吉はいった。「それが露西亜《ロシア》と日本に落ちた。悪いことに、日本に落ちた弾丸は、亜米利加《アメリカ》の飛行場を滅茶《めちゃ》苦茶にした」

「お前さんのいうことは、いつもよくわからないよ」お光は首をかしげた。「そんなによく飛ぶ大砲なんて、あるのかねえ」

「半分、ロケットみてえになった弾丸《たま》だ」

「亜米利加の飛行場が、日本にあったのかい」

「あったそうだ」

「よくわからないけど、それでどうなったのさ」

「露西亜じゃ、亜米利加のやったことだと勘違いして、亜米利加へ大砲を撃った」

「それも、半分ロケットみたいになった弾丸かい」

「半分ロケットみてえになった弾丸だ。撃たれた亜米利加じゃかんかんに怒って、露西亜と支那へ無茶苦茶に弾丸をぶちこんだ。大喧嘩《おおでいり》になった。今、世界中が戦争になって、弾丸や飛行機がみだれ飛んでらあ。弾丸といっても、ありきたりの弾丸じゃねえ。原子爆弾だ」

「原子爆弾だって」お光があわてて腰を浮かした。「広島や長崎に落ちた、あれかい？」

「あれだ」と、康吉はいった。「もっと酒をくれ。お前ももっと飲め」

「あいよ。ねえ。でも、日本は関係ないんだろ」お光が、酒を薬缶に注ぎながら、土間から訊《たず》ねた。

「いや。そうはいかねえ」康吉は折詰のこんにゃくを頬張《ほおば》りながら答えた。「亜米利加てえ国は日本の兄貴分だ。だから助《すけ》っ人《と》しなきゃならねえ義理があらあな。それを知ってるもんだから、露西亜だって日本に向けてどかんどかん大砲をぶっぱなすだろう。今ごろはもう、日本のあちこちに落ちてる筈《はず》だ」

「じゃあ、ここにも」お光は泣き声を出して、康吉にいざり寄った。「お江戸にも落ちてくるんじゃないのかい、お前さん」

「そりゃ、そうだろうよ」康吉はやけくそのように茶碗酒をあおった。「日本が攻められて、お江戸が無事である道理はねえ。うめえ具合に爆弾が落ちなかったとしても、四方八方で爆発した原爆の瘴気《しょうき》がどっと押しよせてくらあ。そうなっちまやもう、誰《だれ》ひとり助かりっこねえ。みんな死んじまうのよ」

「いやだ。あたしゃいやだよ。死ぬなんて」お光はだしぬけに、康吉に抱きついた。康吉は食べかけていたカマボコをのどにつめ、ぐっといって眼を白黒させた。

「あたしゃあまだ、死にたかないよ」お光は泣き出した。「爆弾で死ぬなんていやだよ。あたしゃまだ生きていたいし、死ぬにしたって、まともな死にかたをしたい」

「どうにもならねえ。あきらめろ」カマボコのつっかえた胸を拳固《げんこ》で叩《たた》きながら、康吉がいった。

「あたしにも飲ませておくれ」お光は康吉の手から薬缶をひったくり、茶碗に注《つ》いでぐいぐいあおった。

「もうすぐ、ばくらんが落ちてくるんら」ろれつのあやしくなった康吉が、ふるえる手で自分の茶碗に酒を注いだ。「とても飲まずにゃいられねえ」

「お前さんとふたりきり、さし向かいで飲めるのも、今夜が最後かもしれないんだねえ」お光は頬いちめんにぎらぎらと涙を光らせ、おいおい泣きながらそういった。「今夜が最後なんだよ、お前さん。思いっきり飲もうよ。もっとお飲みよ」

「まともな死にかたをしたかった」康吉も泣き出した。「原子爆弾で死ぬのは、痛えだろうなあ。熱いだろうなあ」

「どうして戦争なんか、あるんだろうねえ。どうしてもっと仲よく、できなかったんだろうねえ」お光は涙で辛口になりにがりのきいてきた酒を、ぐいぐいあおりながらさらに泣きごとをいった。「あたしたちゃあ何にもしてないのに、つつましく堅気に暮してるのに、どうして戦争の飛ばっちりを受けなきゃならないのさあ」

「わからねえ。おれみてえに学のない者にゃ、なんにもわからねえ」康吉は酔った時の癖で、しきりにかぶりを振った。「たとえば熊公ん所なんかだと、始終夫婦喧嘩《げんか》してやがるけど、あれは本当は仲が良いんだ。ところが国と国とのつきあいなんてもなあ、うわべは仲良くしといて腹ん中じゃあののしりあいだ。蔭《かげ》でこそこそ何たくらんでるかわかったもんじゃねえ。見せかけの平和が長く続いたあとでいがみあいになった時にゃひでえことになる。こいつは昔からそうなんだな。夫婦喧嘩でもそうなんだが、癇癪《かんしゃく》をふだん小出しにしてる分にゃどうってこたあねえが、腹ん中にあるものが沢山《たくさん》溜《たま》ってると喧嘩も派手だ。戦争だってそうよ」

「考えてみりゃあ、あたしたちもずいぶん喧嘩をしたねえ」お光がしみじみとそういった。

　康吉に酒を注いでやりながら、彼女は康吉にすり寄って、彼の頑丈そうな肩に頬を押しあてた。「堪忍しとくれお前さん。あたしゃああんまり、いい女房じゃなかったねえ。口ごたえばかりして、お前さんを怒らせたりしてさ」

「おれもいい亭主じゃなかった」康吉も、お光の殊勝な言葉についほろりとして、眼に涙をにじませながらいった。「いちどもお前に楽をさせてやったことがなかった。ぶん殴ったりしたこともあったな。悪かった。おれは悪い亭主だった。勘弁してくれ許してくれ」

「まあ。何をいうんだねお前さん」お光はわっと泣き出し、だしぬけに康吉の胸にかじりついた。

康吉は酒にむせ、顔いちめんを赤黒くして咳《せ》きこんだ。

「そんなこと言い出したら、あたしだって、お前さんにものを投げつけたり、鍋《なべ》の中のものをぶっかけたりしたことがあったじゃないか」お光は泣きわめきながら、おかまいなしに康吉の胸の中で身もだえた。「お前さんみたいないい人にあんなことをして、あたしゃほんとに馬鹿な、悪い女だったよ」

「玄翁《げんのう》でお前をぶん殴ったこともあった」康吉もわあわあ泣き叫んだ。「何度もお前を死にそうな目にあわせた。堪忍してくれ許してくれ。おれみたいな男に、よくぞ今まで尽してくれた」

夫婦は抱きあい、頰をべったりとくっつけあったまま、おいおい泣き続けた。涙とよだれと洟《はな》を互いに相手の顔になすりつけ、気ちがいのように泣きわめいた。

しばらく泣き続け、やがて泣き疲れ、ふと気のついたお光が顔をあげて、不審そうにいった。「まだ、爆弾は落ちてこないようだね」

康吉もわれに返り、顔をあげ、耳を立てた。「静かだな。どうなってるんだいったい。

うす気味の悪い……」

「世間の様子が知りたいねえ」お光は不安げにそういった。「こんな時、テレビかラジオがありゃあいいんだけど」

「ふたつともお前が質に入れたから悪いんだ」と、康吉がいった。

「何いってるのさ。あれを質に入れなきゃ、わたしゃ今ごろ餓《う》え死にしてたんだよ」

「大袈裟《おおげさ》にいうな」

「だってそうだよ。このお酒だって、それで買ったんだよ」

「そんなこたあ、どうだっていい」康吉はあわてて話をそらせた。「お前、大家のところへ行って、様子を聞いてこい」

「いやだよ。大家さんとこには、もう四か月分も家賃が溜ってるよ。あたしゃ行けないよ」お光は恨みっぽい眼つきで康吉を見あげていった。「この間からあたし、外へも出歩けないんだよ。近所はみんな勘定の溜ってる店ばかりでさ。大家さんと道で出会っても、言いわけばかりしなきゃならないしさ」

「やいやい。黙って聞いてりゃ、いい気になりやがって。気にさわることばかり言うじゃねえか」康吉がむっとして、お光を睨《にら》みつけた。「手前《てめえ》のやりくりの下手糞《へたくそ》なのを棚にあげて、そのいい草はなんだ。いかにもおれの稼ぎが少ねえのを当てこすってるみてえじゃねえか」

「稼ぎがちっとくらい多くったって、どうせ同じだろ」お光は鼻さきで笑った。「どうせお前さんは、ぜんぶ飲んじまうんじゃないか。やりくりが下手糞だって。ふん。聞いてあきれるよ。やりくりできるほどのお金がありゃあ、あたしだってこんなに苦労しやしないよ」

「なにおっ。口の達者な女だ。つべこべ文句をいうな。黙って酒を注げ」口喧嘩ではとてもかなわぬと知っているから、康吉はお光を黙らせようとして、ぐいと茶碗《ちゃわん》をつき出した。「さあ。もっと酒をくれ」

「もうないよ」

「なけりゃ買ってこい」

「買うお金がないのさ」お光はとうとう、かんしゃくを起してわめきはじめた。「なんだい。亭主らしいこと何ひとつしたことがないくせに、威張り散らしてさ。亭主面したいなら、たまにゃあ家にお金を持って帰ってきたらどうなのさ。あたしゃあ熊さんのおかみさんから聞いて、知ってるんだからね、ちゃあんと」

「な、何だと。いったい何を知ってるってんだ」

「とぼけるのはおよしよ。あんたがどこかの居酒屋の女にのぼせあがって、入れあげてるってことさ。ふん。知らん顔してりゃいい気になりやがって」

「馬鹿野郎。亭主のことばかり吐《ぬ》かしゃあがって。お前こそ何だ」

「おや。あたしがどうしたってんだよ」お光はきっとなって、康吉に向き直った。

「お前がおれの留守中、魚屋の八公といちゃついているのを知らねえと思ってるのか。

証拠がねえから今まで黙っててやったが、自分のことを尻《しり》にかくして亭主に文句をいうたあふてえ女《あま》だ」

「どっちがふといんだよ」お光は眼を吊《つ》りあげ、唾《つば》をとばして康吉に食ってかかった。「誰から聞いたのか知らないけど、根も葉もないこと言わないどくれ。ふん。手前《てめえ》が泥棒根性だもんだから、ひとまで盗《ぬす》っ人《と》扱いしてさ」

「さあ承知できねえ。亭主を盗っ人呼ばわりしやがったな」康吉もお光に向きなおり、怒鳴り始めた。「手前こそなんだ。泥棒猫みてえに、よその男を家へくわえこんで来やがって」

「泥棒猫たあ何さ」お光は顔中を口にして叫んだ。「いつあたしが、男をくわえこんだんだよ」それから彼女は、康吉から少しからだを離し、横眼を使ってうす笑いをして見せた。「はあん。お前さん嫉《や》いてるのかい。そうなんだね」

「う、うぬぼれるねえ。何でえ。ど、どてかぼちゃみてえな面しやがって、嫉いてるもくそもあるもんか」

「どてかぼちゃだって?」お光は息をのみ、眼を見ひらき、のどをぜいぜいいわせてから、また声をはりあげた。「何だよ。自分こそ台湾金魚みたいな顔してやがって」

「台湾金魚たあなんだ。こ、このあばずれめ、すべため。売女《ばいた》め夜鷹《よたか》め」

「酔っぱらい。すけそうだら」

「だまれ淫水《いんすい》女郎め」

「くやしいいいいいっ」お光は金切り声をあげ、爪《つめ》を立てて康吉におどりかかり、顔を引っ掻《か》いた。

「何しやがる」康吉はお光の横っ面をはりとばした。

お光は部屋の隅へころがって行き、柱にはげしく頭をぶつけ、その痛さのために、さらに怒りをあおられ、すぐ起きあがって叫んだ。「お前さん、なぐったね」

「おう。殴ったがどうした」

「これでもくらえ」お光は傍《そば》の茶碗を、力まかせに康吉に投げつけた。

茶碗は康吉の頭に命中してふたつに割れた。

「イテテテテテ」かんかんに怒った康吉は、立ちあがりざま前の卓袱《ちゃぶ》台《だい》を蹴とばした。「こ、殺してやる」

「殺せるなら殺してごらん。ふん。どうせもう永かあないいのちなんだものね。惜しかあないよ」

「この阿魔《あま》」

「何だってんだよこのうすら馬鹿」

からっぽの薬缶《やかん》を、康吉はお光に投げつけた。薬缶は宙をとんでお光の額にあたり、があんと音を立ててはね返り、障子を突き破って縁側へとんで出た。

「やったわね」お光は眼の前にころがっている折詰を、康吉に投げ返した。

康吉の眼窩《がんか》に煮抜き卵が、切り口の断面をおもてに向けてへばりついた。頭からは髪飾りのように、魚の骨がぶらさがった。

「くそっ」カマボコを口にくわえたまま、康吉は卓袱台を両手で振りあげ、お光めがけて振りおろした。

　卓袱台がぶつかり電球の笠《かさ》が割れた。卓袱台は振りおろされる途中で柱にぶつかった。あやうくその下をくぐり抜けて土間におりたお光は、擂粉木《すりこぎ》と火吹き竹を両手に持ち、出刃包丁を口にくわえて座敷におどりあがってきた。

「や、や、やる気か」少したじたじとなった康吉は、針箱をとり壁ぎわで身がまえた。火吹き竹が宙をとび、壁にあたってはね返り、腰障子をつき破って土間へとび出した。つづいて擂粉木がうなりを立てて飛び、康吉の毛《け》脛《ずね》に命中した。

「ぎゃっ」と、康吉は叫んだ。

　お光が最後に投げつけた出刃包丁は、針箱の裏にぐさりと深くつき刺さった。針箱をふりかざし、康吉はお光に迫った。お光は康吉の胸めがけて、力まかせに体あたりをした。

　腰障子が倒れ、ふたりは組みあったまま土間へころげ落ち、さらに格子戸をばらばらにして戸外へころげ出て、溝板《どぶいた》を踏み破って家の前の幅の広い溝《どぶ》に、頭からまっさかさまに墜落した。

　ふたりは溝の中で、びしょ濡《ぬ》れになったまま、さらに激しくつかみあい、ののしりあい、ひっかきあい、殴りあった。

いつもなら近所の家から、かならず誰かが出てきて仲裁をしてくれるのだが、今夜に限って長屋はひっそりしていた。どの家の灯も消えていた。

やがてふたりは、腹の下まで溝の水につかったまま、ぜいぜいと息を切らせ、寒さに胴ぶるいし、ぼんやりと立ったまま互いの顔を眺めあった。どちらもへとへとに疲れきっていた。

しばらくふたりは、睨みあっていた。

お光がしくしくと泣き出した。

それを見て、康吉も何となく悲しくなり、おいおい泣き出した。

ふたりは抱きあい、溝の中でいつまでもわあわあ泣き続けた。あたりは静まり返り、蒼《あお》い月がぽっかりと夜空に浮かんでいた。東京にはめずらしくその夜空には、またたき続ける星がいっぱいに満ちていた。

羽田空港

東京国際空港への高速道路は、芝浦付近から、もう車がぎっしりと詰まっていて、鈴ヶ森から先になると、すでに動かざる長蛇の列となり、ぴくりと前進することさえ不可能だった。

夜はしらじらと明けはじめていて、朝靄《あさもや》の空に嵐《あらし》の如《ごと》き警笛が高鳴り、そのうおん、、、うおんという気ちがいじみたクラクションの咆哮《ほうこう》は、都心から羽田まで続いていた。人間の鼓膜がそれ以上耐えられるとはとても思えぬやかましさに、車内で発狂する者が続出した。げらげら笑いながら停《とま》ったままの車から降り、車の屋根づたいにぴょんぴょんとんで行く気ちがいも大勢いた。

都心行きの道路は比較的車が少ないため、間仕切りのガードレールを叩《たた》き壊して車を乗り入れ、逆方向へすっ飛ばす者もいた。自殺行為だった。だが、車の中でじっとしていることが、そのまま死につながることがはっきりしている以上、たとえ自殺行為とわかっていても、それをやってみることには価値がある筈《はず》だ——そう考えて自分の行為を正当化する者もいたし、また、車という密室の中に閉じこめられたまま次第に気を狂わせて行くよりも、ひと思いに他の車と正面衝突して死んだ方がましだ——そんな計算をした者さえいた。事実、正面衝突は都心行き高速道路のいたる所で起っていて、夜が明ける頃《ころ》には、こっちの方もすでに通行不能になっていたのである。

モノレールの走行軌条の上を走って行く者も大勢いた。この、浜松町—羽田間を走るアルベーグ型モノレールの車輛《しゃりょう》は、すべて『はねだくうこう』駅に行ったまま戻ってきていなかったので、轢《ひ》き殺される心配はなかった。それでも、子供を背負って走って行く主婦らしい女が、あとから自転車で走ってきた若い男につきとばされて、海へ墜落するといった光景は、あらゆるところで見られた。軌条の上を単車で走ってきた男は、垂直にカーブを描いている軌条を駈《か》けのぼったはいいが、勢いあまってそのまま空中へダイビングし、二転三転して海岸の泥沼の上へ落ち、オートバイごと数メートルの地底へすっぽりともぐりこんでしまった。

東京国際空港——ここの建物の前の広場は、車道はもちろんのこと、花壇といわず駐車場といわず、人間と車によってぎっしり埋め尽されていた。高速道路へ車を捨て、あとからあとから徒歩でやってくる連中が詰めかけ、車の屋根さえ見えなくなるほど人間が積みあがっていた。特に、建物の壁面に近くなるほど人間が積みあがっていた。そのありさまは、まるで人間の集団のようには見えなかった。蟻《あり》だった。

広場の中央にある鳥居の上によじ登り、咽喉《のど》も破れよとばかりにわめきちらしている男もいたし、絶望のあまりストッキングで首を吊《つ》って、鳥居からだらりと垂れさがっている女もいた。

建物の中も、人間でぎっしりだった。特に国際線の発券場などは、カウンターの内部の壁ぎわまで押し詰められた群衆が、山をなしていた。もちろん「日本航空」「民航空運公司」から、「AIR FRANCE」「CATHAY PACIFIC」に至る十数か所の発券場は、すべて締切られていた。カウンターの上に立ちあがり、搭乗券をあたりへ撒《ま》きちらしている者もいたが、そんなものが何の役にも立たないことは皆が知っていた。

発着場に通じる「DEPARTURE」と書かれたグリーンのガラス行灯《あんどん》の横の階段も、押されて倒れた人間がうず高く二重三重となり、その人体で形作られた傾斜面を、さらに群衆がよじ登っていこうとしていた。怒号と、悲鳴と、断末魔の絶叫は、建物いっぱいにわんわんと響きわたり、それは今や轟音《ごうおん》と化していた。汗と血のりの熱気が蒸気となり、群衆の上から白くゆらゆらと立ちのぼっていた。
揉《も》みくちゃにされながら建物の中を通り抜けた群衆は、各ゲイトから発着場の広場へ走り出た。送迎デッキからとびおりる者もいたし、整備場や海岸の側から、わらわらと駈けてくる者もあった。いずれも髪ふり乱していて着物はぼろぼろ、中には余分な衣類すべて脱ぎ捨てたふんどし一枚の男や、ハンドバッグひとつ持っただけのヌードの女までいた。

群衆がやってきて大混乱になることを予想し、空港関係者のすべてが、いち早く、ありったけの飛行機で逃げたあとだったため、発着場に飛行機は一機も見あたらなかった。それでも、整備場に一機だけ残っていた、航行可能らしげに見える四発ターボ・プロップの中型旅客機が群衆の中の数人の手によって、発着場へ、牽引車《けんいんしゃ》で引っぱり出されてきた。

かくて、蟻の大群のど真ん中へ、角砂糖をひとつ落した状態に近いことが起った。群衆がわっと寄ってきて、この中型旅客機にたかった。操縦する人間がいるのかどうか、どこへ飛んでいく飛行機なのか、そんなことはどうでもよかった。とにかく、これに乗らぬよりは乗った方が、まだしも生命の失われる率が少ないのであると思いこんだ群衆が、われ勝ちに乗りこもうとしてひしめきあった。

たった一機の中型旅客機に、タラップが十台も二十台も寄せられると、そのタラップはすべて、たちまち上から下まで人間が鈴なりになった。

前部と後部の出入口ドアが開けられると、まだ完全に開ききっていないうちに、正面から、横から、また、半張殻《はりから》構造の機体の屋根に登った者が上から、いっせいに中へ入ろうとして、その部分はたちまち人間が団子のようになってしまった。円型窓のガラスを破って、客席へ入る者もあった。

また、なかば狂気のようになって物ごとの見さかいのつかなくなった連中が、機体外部のあちこちへ、自分のからだをくくりつけようとしていた。屋根にあるHFアンテナ、VHFアンテナにとりすがる者。尾翼の垂直翼にあるVOP/ILSセンス・アンテナ、機体下部のADFセンス・アンテナにぶらさがる者。主翼、尾翼に紐《ひも》を巻きつけて、自分のからだを結びつける者。車輪の作動支柱を握りしめるもの。プロペラ後部のエンジン・カウリングに抱きつくもの。中にはあろうことかあるまいことか、プロペラにとりすがる者さえいた。

七十人用の客席には、たちまちぎっしりと人間が詰まり、さらに出入口から、窓から、次つぎと乗り込んでくる連中のため、やがて前部の操縦室、化粧室、後部の料理室、休憩室、そして客席の棚の上に至るまで、人間が満ちみちた。シートに腰をおろしている者、通路にうずくまっている者の頭上へ、次つぎと人間がよじ登り、のしあがり、ついには機内の空間さえ残り少なくなりはじめた。

機内に乗りこんだ者のすべてが若い男だった。女子供、老人などは、機内にたどりつく過程のどこかで、瀕死《ひんし》の重傷を負ったり、圧死したりしていたのである。

　とても乗れないと見切りをつけた者は、整備場から持ってきたハンマーで機体やプロペラを殴りつけたりしていた。どうせ自分が乗れぬ飛行機なら、いっそのこと叩き壊して飛べぬようにしてしまってやれという、浅ましい考えらしかった。

「なんだなんだ。操縦できるやつは、誰もいないのか」操縦室にぎっしりの人間たちが、口ぐちにわめきはじめた。「こんなにたくさん乗っていやがって、誰も操縦できないのか」

　やっと乗り込んだのはいいが、操縦する人間がいないと知り、彼らはあわてはじめた。

「おい。誰かいないか」

「客席の方に、誰かいないか」

　操縦できる人間がいないかという声が、口づたえに機内へひろまった。その声は、前部出入口の付近で、まだ揉みあっている連中にも伝わった。

「ここにいます」と、タラップの中ほどで揉みくちゃにされていた、気の強そうな若い女が叫んだ。「わたしの主人が操縦できるんです。あなた。何してるの。どこにいるのよ。あなたったら」

「はい。はい。はい。はい」女の少しうしろにいた若い柔弱そうな男が、あわてて背をのばした。

「あなた。何をもたもたしてるのよ。あいかわらず愚図ねえ」女がヒステリックなきいきい声をはりあげ、亭主を叱《しか》りつけた。「返事しなきゃ、だめじゃないの」

「はい。はい。はい」男はせいいっぱいの声を出して叫んだ。「わたし、操縦できます」

「その男を、乗せてやれ」と、出入口にいた連中が叫んだ。「早く、こっちへこい」

「この男を乗せるな」男のうしろにいた連中が、彼の服をつかんで、タラップからひきずりおろそうとした。「おれたちが乗れねえうちは、この男を乗せるな」

男の周囲で、つかみあいが起った。

「勝手なこと、いわないでください」男の女房が怒って、ハンドバッグを振りまわし、まわりの男たちの頭をぶん殴りはじめた。「あなた。そんな人たち押しのけて、早くきなさいったら。何もたもたしてるのよ」女は絶叫した。「あんたったら」

「はい。はい。はい」男は大あわてで腕をふりまわし、彼をひきずりおろそうとする連中の手から逃がれながら、タラップを登りはじめた。

「通れません」男が泣き声を出した。「通してください」

「主人を通らせてやってください。主人を通らせてやってください。でないと、飛行機が出ませんよ」女は声をかぎりに叫び続けた。「おどきなさい。そこの人、おどきなさいったら」

「順送りにしてやれ」

「ひっぱりあげろ」

出入口の連中が手をのばして男の衿《えり》をつかみ、ひきずりあげようとした。

「早くこい」

「さあ。手を出せ」

「わたしも乗せてください」今度は女があわてはじめた。「わたしはその人の妻です」

「美代子ォ」男が妻の方を振りかえり、また泣き声を出して手をさしのべた。

「そんな女など、ほっとけ」

「何をいうのです」女が怒り狂った。「あなた。わたしが乗らないうちは操縦しちゃだめよ。わかったわね。あなたったら」

「はい。はい。はい。はい」男は人間たちの頭上を乗り越え、機内へひきずりこまれながら、おろおろ声でいった。「美代子も、美代子も乗せてやってください。ぼくの美代子も乗せてやってください」彼は泣き出した。「美代子さあん」

　男の姿が機内へ消えた。

　女は、あたりの連中を見さかいなくハンドバッグでぶん殴ったため、怒った周囲の男たちから服をむしりとられ、タラップの下へ突き落されそうになった。

「何するのよ。ゴリラ。けだもの。くそ。何しやがるんだい。こん畜生」女は荒れ狂い、そのためますます憎しみを買い、とうとうタラップから突き落されて発着場の砂を舐《な》め、わあっと泣き出した。

「さあ。操縦しろ」

「早く飛ばすんだ」

きまわされた。

無理やり機長操縦席へ坐《すわ》らされた男は、周囲の者から早く早くとせき立てられ、小突

「美代子さんが乗っていないのに飛ばすと、叱られます」

「何言やがる」いら立ったうしろの男が、彼の頭を力まかせにぶん殴った。「飛ばさね

えと、しめ殺すぞ」

「はい。はい。はい」男は泣きながら、エンジンのスロットル・レバーを握った。「ど

ちらへ参りましょう」

「南極だ」すかさず、うしろの男が叫んだ。「南極へやれ」

「これは国内線用の中距離旅客機です。南極までは、とても無理です」

「長崎へやってください」と、ひとりの男が頼んだ。「母親がいるんです。ひと眼会っ

てから死にたいんです」

「そんなおかしなとこへ行きやがったら、ただじゃおかねえぞ」周囲の男たちが、いっ

せいにわめきはじめた。「とにかく南だ。南の方へ逃げるんだ」

「押さないでください」と、男は叫んだ。「操縦桿《そうじゅうかん》が引けません。すみません。前の人、

どいてください。前が見えない。計器が見えません」

「ぜいたくいうな」

「文句ばかりいわずに、早くしろ」

「はい。はい。はい。はい」

エンジンがかかった。

男はプロペラ操作レバーを握った。

プロペラがまわりはじめ、エンジン・カウリングや、主翼にしがみついていた男たちが、はるか後方へ吹きとばされた。プロペラにとりすがっていた男は振りまわされて手をはなし、十数メートルの空中に舞いあがった。あっというまにプロペラに巻きこまれ、五体ずたずたになった女もいた。

操縦席では、男がフラップ操作レバーを握った。

主翼のフラップが、ぱたぱたと上下した。フラップにはさまれて、補助翼にかじりついていた男の首がちぎれ、胴体を残して風でとんでいった。

飛行機が滑走路を無視して走りはじめた。地上の人間たちが吹きとばされ、発着場の上をころがり、滑っていき、積み重なった。飛行機の進行方向にいた人間たちが、仰天《ぎょうてん》して逃げ出した。飛行機は人間たちを追いまわしながら、次第にスピードをあげ、発着場にゆるい弧を描いて走った。

「さあ。早くとびあがれ」

「どうした。走ってばかりだぞ。飛びあがれないのか」

「いわんこっちゃない」操縦席の男が泣きわめいた。「操縦桿が引けなくては、飛びあがれません。あなた。そんなに押さないで、そこをどいてください」

「そんなに簡単にどけられるもんか。身動きもできないんだぞ」

「あっ。早く飛びあがらないと、前は海岸の泥沼だ」

「カーブしろ。早くカーブしろ」

「はい。はい。はい。はい。はい」

飛行機は海岸の手前できわどくカーブし、方向を逆転して、もときた方へ時速二百キロで驀進《ばくしん》した。群衆の中へ機首を突っこんでいった飛行機は、数千人、数万人の人間を、蹴《け》ちらし、踏みにじり、吹きとばし、はねとばし、地べたへ叩《たた》きつけ、舞いあげ、プロペラへ巻きこみ、切りきざんだ。三百五十ヘクタールの発着場は、たちまち阿鼻叫喚《あびきようかん》の巷《ちまた》となり、一面に人体の各部分が散らばり、見わたす限り血でまっ赤に染まった。

中天高く、スカートをぱっとひろげて舞いあがった女の屍体《したい》が、機首近くに落ちてきて、風防ガラスにぺしゃりとへばりついた。女はぺしゃんこになった顔で、恨めしげに操縦室をのぞきこんだ。

「美代子ォ」操縦席の男は、絶叫して両手で顔を覆った。「許してくれえっ。許してくれえっ」彼は妻の顔から眼をそむけたまま、狂気の如く叫び続けた。

やがて、静かに笑いはじめた。

「わっ。こいつ、発狂しやがった」

「たいへんだ。前に、何かあるぞ」

一面、血と臓物にまみれた風防ガラス越しに、近づいてくる空港の建物がぼんやり見えた。

「カーブだ。カーブだ」

あわてた男たちは、見よう見真似《みまね》で操縦装置をいじりまわした。

飛行機は、また機首を転じた。

血のりと臓物の海を旅客機は走りまわった。飛行機の屋根のVHFアンテナを、肩からもげた男の片腕が握りしめ、それは旗のように、風になびいていた。油冷却用の空気取入口からたらふく人間の血液を吸いこんでしまったため、四つのプロペラのうち、ふたつが止っていて、その止ったプロペラには、衣服の切れっぱし、女の長い頭髪、腸や胃袋など消化器系のながい臓物がひっかかっていた。

飛行機は発着場をぐるぐるまわった。人間を追いまわしながら、燃料がなくなるまで走りまわっていた。

関東上空

「君はたしか、ヘリコプターの操縦ができるとかいってたな」毎読新聞社の屋上ヘリポートに、ただ一機、忘れられたようにとり残されていたベル47G－2型の前に立ち、野依がおれにそういった。

「ああ。見よう見まねでな」と、おれは答えた。「二、三回、操縦させてもらったことがある。その程度だ。資格は持っていない」

「それじゃ、危いなあ」

「でも、こいつはどうせ、故障してるんだろ」

「そうだ。昨日故障して、そのままだ。今朝、技術士が修理にきてくれることになっていたんだが、こうなってしまっては、おそらく来ないだろう」

すでに夜は明け、浅草方面の空は朝焼けでピンクに染まっていた。

「どこが故障してるの」おれのうしろに珠子と並んで立っていたツヨシが、そう訊《たず》ねた。

「わからんな」と野依がいって、おれに向きなおった。「操縦装置を見てみるかい。もし君で修理できるような故障なら、儲《もう》けものだぜ」

「とんでもない」おれは苦笑した。「機械には弱いんだ」

「操縦装置、見たいなあ」と、ツヨシがいった。

「じゃあ、見せてあげよう」野依がツヨシと共に、ヘリコプターに向かって歩き出した。

そのうしろをついて歩きながら、おれは珠子に小声で訊ねた。「傷の具合はどうだ」

「たいしたことはないわ」珠子は、こころもちびっこをひきながら、せいいっぱい、何でもなさそうな様子で答えた。

ずいぶん気丈になったものだと思い、あんなに甘えん坊でありながら、これだけ気丈にならざるを得なかった珠子に、おれはまた哀れさを感じた。

野依とツヨシは、ヘリの左側のドアを開けて中に乗りこんだ。おれも、そのあとから操縦席に入った。このベル47G－2型は三人乗りだが、三人乗っただけでもいい加減窮屈である。

「イグニッション・スイッチはどれなの」と、ツヨシが訊ねた。

「ヘリの場合は、イグニッションとはいわない」と、おれはいった。「マグネット・スイッチというんだ。そいつはこれだ」おれは、スイッチをONにした。

それだけで、もう、すべてがのみこめたといった様子でツヨシは、全部OFFになっている計器盤のスイッチを、片っ端からぱっぱっとONにしたり、OFFにしたりして点検した。その手つきのあざやかさに、おれと野依は眼を見はった。

ツヨシは最後に、バッテリーとゼネレーターのスイッチをONにしようとした。

スイッチは、動かなかった。

「なあんだ。これならすぐ修理できるよ」ツヨシは、嬉《うれ》しそうに叫んだ。「このタイプの計器盤の電気系統は、どれもすごく簡単な筈《はず》なんだよ。ねえ。カバーをはずしたいんだけど、ドライバーはありませんか」

おれたちはぶったまげて、茫然《ぼうぜん》とツヨシを眺めた。

「それを今、修理したとしても」と、ややあって野依がいった。「飛行中に、また壊れるんじゃないのかね」

「いや。それは大丈夫なんだ」ツヨシは自信ありげにいった。「このバッテリーやゼネレーターのスイッチは、閉にしておいたって飛び続けることができるんだ。それに、このタイプのやつは、あちこちにサーキット・ブレーカーがあるから、それが安全装置になるしね」

おれの拾った子供は、どうやら機械に関する天才少年だったらしい。野依が階下から持ってきたドライバーを使い、ツヨシは、電源系統の故障をひとりで修理しはじめた。

野依のいう通り、もしこのヘリが飛ぶとしたら儲けものである。ここへたどりつくまでの道路の混雑状況を考えれば、とてもおれの車で都内を脱出することができるとは思えない。だが、このヘリに乗りさえすれば、途中で燃料を手に入れなくてはならないだろうが、車なんかよりはずっと楽に大阪まで行ける筈だし、ツヨシを由比ヶ浜まで送ってやることもできる。

おれと野依は、並んで屋上をぶらぶらと歩きまわった。

「あのヘリが飛ぶとしたら」と、おれは野依に訊ねた。「君はどうする。いっしょに来るかい」

「そうだな」野依は立ちどまって、手摺《てすり》にもたれ、動くもののひとつも見あたらない、化石のような町を見おろしながら、少し考えこんだ。

やがて、顔をあげた。「いや。ぼくはやっぱり、ここにいるよ」指さきで、眼鏡を押しあげた。「逃げたって、意味がない」

「その通りだ」

おれたちはしばらく黙って、朝靄《あさもや》の中にあるビルの群れの、静かなたたずまいを眺め続けた。

「この馬鹿でかいビルディングの群れも、やがて廃墟《はいきょ》になるんだな」ややあって、おれはいった。「ミサイルが落ちなかったとしても、やっぱり廃墟になるんだな」

「その廃墟が、宇宙のほかの星の生物に発見されるなんてことも、まず、あるまい。何もかも無駄になってしまった」野依はそういいながら、ポケットから馬券の束をとり出した。「これも無駄になってしまった。連勝複式だ。全部、勝ってたんだ。金に換えてないだけだったんだ」

彼は競馬気ちがいで、あちこちの雑誌に競馬評論さえやっていたのである。野依は馬券の束を半分にちぎり、空中へぱっと投げ捨てた。馬券は朝日に美しく染まり、風にひるがえって、ブルーグレイのビルの壁面から次第に遠ざかりながら、眼下の家並みの上をちりちりと舞い落ちていった。町は沈黙していた。

「故障がなおったわよ」ツヨシを手伝っていた珠子が、ヘリの傍《かたわ》らから、おれたちを呼んだ。

「よし。試運転してみよう」おれと野依は、ヘリの傍《かたわ》らに戻った。

「試運転するなら、ぼくも乗せてよ」ツヨシがボロ布で手を拭《ふ》きながらいった。

おれは、かぶりを振った。「いや。危険だから、おれひとりでやる。絶対安全とわかってから、降りてきて君たちを乗せる」

操縦席に乗りこみ、高度計をセットし、スティックとピッチ・レバーを動かしてみた。次に、バッテリーとゼネレーターのスイッチをONにいれ、それから油圧計や温度計の指度を点検した。どこにも異常はなさそうだった。

最後に、マグネット・スイッチをRにいれ、スターター・スイッチを押し下げた。ぐいっ、ぐいっと力強く、クラン軸の空転音が腹にこたえてきた。ぱっぱっぱっという爆発音と手ごたえに続き、爆音が起って発動機が始動した。

「しめたぞ」おれはマグネット・スイッチをBOTHにいれた。

その時、ヘリポートの前方左手にある階段室から、ひとりの男が走り出てきた。手をあげ、何か叫びながら、男はヘリの方へ駈《か》け寄ってきた。

おれはすぐ発動機をとめた。

「そのヘリコプター、待った」

男は、おれが昨日の昼間、青山の喫茶店で珠子といっしょに会った、あの銀河テレビ・ディレクターの、亀井戸とかいう歯の悪い男だった。

「やあ。間にあってよかった」亀井戸は、ヘリの発動機が停止したので少しほっとしたらしく、野依に笑ってうなずきかけながら、われわれの傍らまで歩いてきた。「ぼくも乗せてくれ」

「亀井戸さん」珠子が少し驚いて、彼に声をかけた。

「え」亀井戸は、珠子の姿を不思議そうな顔でじろじろと見あげ見おろした。それから眼を丸くした。「珠子」げらげら笑い出した。「なんだ。君だったのか。わからなかったよ。どうした。その恰好《かっこう》は。まるで強姦《ごうかん》でもされたあとみたいだぜ」

珠子が、さっと身をこわばらせた。

それに気づかず、亀井戸はにやにやしながら彼女にすり寄っていった。「おい。どうだった。あのチンピラ記者とのデイトは。楽しかったか」そこまで喋《しゃべ》ってから、彼は急に、哀れな弱い動物をいたわるような調子で珠子の背を撫《な》でながらいった。「そうか。わかった。あいつだね。君をこんなひどい目に会わせたのは。きっとそうだ。あのチンピラ記者なんだね」

「そうじゃないわ」珠子は身を固くした。「溷口さんなら、そこにいるわ」

亀井戸は操縦席のおれを見て、一瞬しまったという表情を浮かべた。だが、わざとらしくおれを無視して、野依に向きなおった。「やあ。久しぶりだな」

「久しぶりだね」

「このヘリコプターは、どこまで行くんだい」そう訊ねてから、弁解がましく、どうでもいいといった口調で彼はいった。「いや。なあに。どこへ逃げたところで、結局は同じだってことぐらいはわかってるんだがね。ただ、東京で死ぬのはいやなんだ。この、ごみごみした町ん中で死ぬのだけはいやなんだ。わかるだろ。な」

「わかるよ」野依はゆっくりとうなずいた。

亀井戸も、うなずいた。「ここにヘリコプターがあったのを思い出して、歩いてやってきたんだ。いやあ。やっぱり、来てよかったなあ。で、このヘリはどこまで行くんだい」

「瀬口君は、大阪まで行くそうだ」と、野依はいった。「彼が操縦してね」

「ああ」亀井戸は、何もかもわかったといった様子でおれを振り返り、笑ってうなずきかけた。「なんだ。記者だっていうから、ほんとかと思ってたら、ヘリコプターの操縦士だったのか」

おれは黙っていた。

「瀬口さんは記者よ。失礼ね」と、珠子がいった。

「だって彼は、ヘリコプターを操縦するんだろうが。操縦するんだろうが。ほらみろ。だったら操縦士じゃないか」

珠子も黙ってしまった。

「それがなぜ、失礼になるんだい。何も失礼なことはないじゃないか。操縦するんだから操縦士じゃないか」彼は珠子が黙っているので、むきになって野依に同意を求めた。「なあ。おい。そうだな。なあ」

野依は苦笑した。「瀬口君は記者だよ」

亀井戸は聞こえなかったふりをし、背のびするように空を眺めた。「そうかあ。大阪へ行くのかあ。じゃあぼくは、その途中のどこかでおろしてもらおうかな。お珠。君はどこへ行くんだ」

珠子は、そっ気なく答えた。「大阪よ、瀬口さんといっしょに」

彼は嫉妬《しっと》に眼を光らせ、おれと珠子を見くらべてから、また空を見あげた。「どこがいいかなあ。琵琶湖あたりがいいかなあ。そうだ。琵琶湖がいいな」彼は鼻息を大きく吐いた。「そうだ。そうしよう」おれに向きなおり、命令口調でいった。「ぼくを琵琶湖まで乗せていってくれ」

おれは、かぶりを振った。「ぼくは、あんたを乗せるのはいやだね」

亀井戸の頰の筋肉がひくひくと痙攣《けいれん》する有様を、おれは興味深く眺めた。

彼は助太刀を乞《こ》うように、野依を眺め、野依が吹き出しそうになるのをこらえながら、じっと自分の靴を見おろしているため、次に珠子を見た。

珠子はそっぽを向いた。

亀井戸は、ふんとうそぶいてまた空を眺め、諭《さと》すようにおれにいった。「操縦士が、そんな勝手なことといっちゃいけないよ。ね」

「どこへ逃げたって、どうせ死ぬんだぜ」と、おれはいってやった。

「そんなことは、君なんかに教わらなくてもわかっている」亀井戸は、急に怒りはじめた。「そんなことぐらい、ぼくが知らないとでも思ってるのか。ぼくがさっき、そういったばかりじゃないか」彼は眼球を充血させ、野依に向きなおった。「なあ。おい。ぼくはさっき、そういったな。ここへ来たとき、すぐ、そういっただろ」

野依は、頭部を上下させた。「ああ。いった。いった」

「ほら見ろ。ほら見ろ」亀井戸は嚙《か》みつきそうな顔で、おれを振りかえった。「野依君も、ぼくがちゃんと、そう言ったといってるんだ」

まともに話せる男ではなさそうである。「そうか。それは悪かった」彼はとどめを刺すように、もういちどいった。「ぼくはさっき、ちゃんとそういったんだ」それからそっぽを向き、吐き捨てるようにいった。「記憶力が悪いね。まったく」「このヘリコプターは、三人乗りなのよ」と、珠子がいった。「三人乗っただけでも、窮屈なの。とても四人は乗れないわ」

亀井戸は、野依に訊《たず》ねた。「君は、どこへ行くんだ」

「ぼくは行かない。ここに残る。その子が乗るんだ」野依は、ツヨシを指さした。

亀井戸は、はじめてツヨシに気がついた様子だった。「この子供は誰」

「ツヨシ君っていうの。由比ヶ浜の家まで、送ったげるのよ」

「そうか」亀井戸はうなずいた。「誰の親戚《しんせき》でもないんだな。じゃ、その子供を乗せなけりゃいい。そうすれば、操縦士と、それからぼくと君と、三人乗れる」

「何をいうの」珠子は眼を吊《つ》りあげ、怒気鋭くいった。「このヘリコプターの故障を修理して、飛べるようにしてくれたのは、この子なのよ」

「そんな馬鹿な」亀井戸は、へらへらと笑った。「そんな。この子供が、ヘリコプターなんか修理できるはずがないだろ。ははは。はははは。は。嘘《うそ》をついたってだめさ」

珠子はじっと亀井戸の顔を凝視して、静かにいった。「わたしが嘘つきだっていうの」

亀井戸は急にどぎまぎし、それからおろおろ声でいった。「だって、そんなこと、ぼくに関係ないだろ。もし仮に、その子供がほんとに、このヘリコプターの故障を修理したんだとしてもだな、そんなこと、ぼくがここへくる前のことじゃないか」彼の声はだんだんヒステリックになっていき、ついには叫びはじめた。「そんなこと、ぼくの知ったことじゃないだろ。そうじゃないか」そしてまた野依に向きなおり、同意を求めた。「なあ。あんただってそう思うだろ。ぼくに関係ないことだろ。そんなことは」

「時間が無駄だ」げっそりしながら、おれはふたたび発動機を始動させた。「もめてる間に、ちょっと試運転してくるよ」

「こら。待て。何をするんだ」亀井戸は眼球がとび出しそうになるほど眼を剝《む》いてふり返り、おれに叫んだ。「どこへ行く」

「どこにも行かない。ちょっと試運転してくるだけだ。このヘリコプターは、今、故障がなおったばかりだからね。一度、飛んでみないことには」

「嘘だ。嘘だ。信用しないぞ。こんなチンピラ操縦士のいうことなんか、誰も信じるもんか」彼は、気がくるったようにわめきちらした。「こいつは、このヘリに乗って、たったひとりで逃げるつもりなんだ。わかってるぞ」

おれは彼を無視し、マグネット・スイッチをBOTHに入れようとした。

「待て」亀井戸が絶叫した。彼は全身をがくがくと、瘧《おこり》のように痙攣させ、頰の肉をぶるぶる顫《ふる》わせながら、ポケットから拳銃《けんじゅう》を出して、おれを狙《ねら》った。彼は興奮のため、完全にしわがれてしまった声で叫んだ。「試運転なんてことは、認めない。この子供も、乗せなくていい。おれと珠子を、琵琶湖まで乗せて行くんだ。いいか。わかったか。さもないと……さもないと……」銃口が、大きくふるえていた。

気ちがいだ――と、おれは思った。こういう男は、逆上すると、ほんとに拳銃をぶっぱなす可能性がある。

だが、おれは彼にいった。「撃つっていうのか。やってみろよ。おれが死んだら、ヘリコプターが飛ばないぜ」

いってから、しまったと思ったが、もう遅かった。亀井戸はすぐ、ツヨシの頭に銃口を向けなおした。

「よし。それなら、この子供を殺す。邪魔者を始末する」引き金にかけた指さきへ、力を加えはじめた。

ツヨシはがくがく顫えながら、強く眼を閉じた。珠子が、ツヨシを抱き寄せた。ツヨシは、珠子のスカートに顔を埋めた。

「お珠。その子供から離れろ」と、亀井戸がいった。

珠子は蒼《あお》ざめながらも、かぶりを振った。「いやよ」

「わかった」と、おれは叫んだ。「あんたを乗せてやる。試運転も、なしで行こう」

亀井戸は勝ち誇って、薄笑いを浮かべながら、ゆっくりとおれにいった。「最初から、そういえばよかったんだ」うなずいた。

「そのかわり、その子も乗せる」と、おれはいった。「窮屈だが、なんとかして四人乗れないことはないだろう」

それには答えず、亀井戸はおれに背を向け、野依にいった。「四人乗れることは、最初からわかってたんだ。三人しか乗れないなんて、あいつの厭《いや》がらせなんだよな」弁解がましく、彼は続けた。「おれだって子供を撃つ気なんてなかったさ」

野依は、汗を拭《ぬぐ》いながらいった。「撃つかと思った」

「撃つわけないじゃないか。おれがこんな子供を撃つもんか。そうだろうが」

「うん。そうだな」

「そうだよ。そうだとも」亀井戸は、野依の肩を叩《たた》いた。「それじゃな」彼は操縦席と副操縦席にはさまれた、中央のシートへ乗りこんできた。

「君たちも、早く乗れ」おれは、珠子とツヨシに叫んだ。ふたりは、副操縦席へ窮屈そうに乗りこんだ。

野依がドアの傍までやってきて、亀井戸にいった。「君。その拳銃を、ぼくに寄越したまえ」

亀井戸は、くすくす笑った。「いや。こいつは渡せないよ」そういってから、大声で、そらぞらしい芝居をはじめた。「野依。結局君が、ぼくの一番の親友だったな。君のことは忘れないよ。君もいっしょに行けるといいんだがねえ。じゃ元気でな」

野依は、黙っておれにうなずきかけた。

おれも彼に、眼《め》だけで別れを告げた。

野依が外から、ドアを閉めた。

おれはスロットルを開き、ピッチ・レバーをあげた。

機体は上昇し、毎読新聞社の屋上約二メートルの高さで停止した。

「もう、浮かんでるんだ」と、ツヨシが叫んだ。「いつ浮いたのか、ぜんぜんわからなかった」

スティックを前方に押した。

足もとの屋上が、後方へ流れはじめた。

次第に早く流れ出し、機体は次第に高度をあげた。

ヘリコプターが、屋上を出はずれた。おれたちは大空にあり、ビルの大群は眼の下にあった。関東平野の上空は晴れ、朝焼けはおれたちの後方にあった。高度二百フィート、おれは機首を南に向けた。ヘリポートでは野依が、豆粒のようになったまま、まだ立ってこっちを見あげていた。

皇居上空を横切り、今や無人の超高層ビルと化した様子の霞ケ関《かすみせき》ビルと、なぜか頂上の尖塔《せんとう》が砕けている国会議事堂を右手に見て、ヘリは新橋までやってきた。見おろすと、すでに街路に動くものはなく、壊れた車、燃えつきた車などでぎっしりだった。新橋駅は燃えていた。駅の構内で、きっと暴動じみた騒ぎがあったのだろう。新幹線のレール上にも、燃えて骨組みだけになったひかり号、こだま号の車輛《しゃりょう》がずらりと並んでいて、それは東京駅まで連なっていた。

新橋駅前ビル、新橋富士ビル、第五中銀ビル、田中田村ビル、大同ビルなどの裏通り、汚い人家の小さな屋根がひしめくそのあたりにも、すでに人影はなかった。

「うす汚ない文明だった」亀井戸は、顔を歪《ゆが》めてそういいながら眼下を眺めた。「見ろ。このちっぽけな屋根。こんなごみごみしたところなんか、ぜんぶなくなってしまえばいいんだ。燃えてしまえばいいんだ。さっぱりするだろうよ。こんなところに住んでいる、蛆虫《うじむし》みたいな奴《やつ》ら、ぜんぶ死んじまえばいいんだ。そうとも」

彼は、わざとらしくせせら笑った。無理をして、悪党ぶっていた。だが、なぜそんなに悪党ぶっているのか、おれにはわからなかった。

「わたしたちだって、この町に住んでいたのよ」珠子が、反感をこめた眼差《まなざ》しでいった。

「だから、わたしたちだって蛆虫みたいに死ぬのよ」

おれは笑った。「人間だれでも、高い所にくると、地上の人間を蛆虫だと思いたがるのさ」

亀井戸は、じろりとおれを睨《にら》み、これ見よがしに拳銃を片手でいじりまわしながらいった。「あまり、おれにさからわない方がいいな。おれは今、虎《とら》みたいに兇暴《きょうぼう》になっている。怒らせると危険だぞ」

「それはむしろ、おれの方からあんたに言いたいね。ヘリコプターを操縦しているのは、おれなんだからな」

竹芝埠頭《ふとう》の上を越して、ヘリは東京湾に出た。竹芝栈橋、日の出栈橋、芝浦埠頭には、船は一隻もいなかった。

「すごい」と、ツヨシが左下方を指して叫んだ。

晴海埠頭では、数十万人と思える大群衆が、押しあいへしあいをしていた。その蟻《あり》の大群を思わせる黒山の人だかりの中にある一隻の大きな船――それは、見ちがえるはずもなく、ちょうど日本へ帰ってきていた南極観測船『ふじ』であった。

「どうだ。あれでも人間を蛆虫だと思わないか」と、亀井戸がいった。

「人間が蛆虫じゃないとは、いっていないさ」と、おれは答えた。「蛆虫だよ。おれだって、あんただって蛆虫だ。たまたま空を飛んでいる蛆虫だ。だからみんな、蛆虫みたいに死ぬんだ。蛆虫は踏み殺されるが、おれたちは焼き殺されるってわけだ」

おれがそういったとたん、亀井戸のからだがぴくりとはねあがった。

そうか――おれは亀井戸のポーズの裏にあるものを知り、苦笑した――この男は、死の苦痛を病的に恐れているのだ。そのため、わざと悪党ぶり、図太さを装うことによって、それをごまかしているんだ。おれはまた声をあげ、けらけらと笑った。

「何がおかしいっ」恐怖と怒りのため、ピンク色に濁った白眼を向け、亀井戸がそう怒《ど》鳴《な》った。一種のヒステリーだ。

こういう時、いちばん効果があるのは平手打ちなのだが、操縦桿《そうじゅうかん》を握っていて手がはなせないから、おれは咽喉《のど》も破れよとばかりに絶叫した。「やかましい。黙れ」

おれの声は、狭い操縦室いっぱいにがあんと響きわたり、亀井戸の顔は驚愕《きょうがく》で、数センチもながくのびてしまった。

「いいか。このヘリコプターに乗っているかぎり、お前のいのちはおれが預っているんだ。早くいやあ、生かそうと殺そうとおれの自由なんだ。操縦にさしつかえると判断した時には、おれは貴様を外へおっぽり出すからな。そう思え」

亀井戸は黙りこんだ。怒りに顫《ふる》えていたが、さすがに拳銃はポケットに入れた。やがて、ちらりとおれの顔色をうかがいながら、つぶやいた。「まあ、そんなに怒るな」彼はおれの顔を眺め、うなずきかけた。「そりゃあ、あんたは偉いよ。ヘリコプターの操縦ができるんだからな」おれが黙っていると、彼は図に乗ってますます顔を近づけてきた。「世の中がこうなっては、とにかく乗物を動かせる能力を持っているものが勝ちさ。なあ、操縦士さん。こうなってしまってはおれみたいなインテリは無力なもんさ。なあ、ははは。やあ。ご免なさい。気にしない。気にしない」

ちらりちらりと厭味《いやみ》を小出しにし、どこまで言えばおれが怒り出すかを観察しながら、いわば厭味のエスカレーションをして行く気らしい。

「お珠。この男と席を代ってくれないか」と、おれはいった。「この男、歯が悪いもんだから、おれの顔に唾《つば》がとんでしかたがないんだ」

亀井戸は一瞬、むっとした表情をしたが、すぐに卑屈なにやにや笑いをした。「そうら、やっぱり怒っちゃった」

珠子と亀井戸は、窮屈な操縦席の中で場所を代ろうとした。珠子の膝《ひざ》の上にいたツヨシを自分の席に坐《すわ》らせて、珠子の膝をまたぎ、向こう側へ移ろうとした亀井戸が、よろめいてドアに手をかけた。

ドアが開いた。

亀井戸のからだは、ヘリコプターの外の空中へとび出した。「わあっ」

「落ちたか」と、おれは珠子に訊《たず》ねた。

「落ちなかったわ」と、珠子は足もとを眺め、無表情に答えた。「パイプにぶらさがっているわ」

パイプというのは、ヘリコプターの下にある、着地用のスキッドのことである。おれが左手下方を見ると、亀井戸は両手でスキッドを握りしめてぶらさがり、背広の裾《すそ》と頭髪を風になびかせていた。

「助けてくれっ。助けてくれっ」亀井戸の叫ぶ声が、風の中から切れぎれに聞こえてきた。「早く、早くおれを引きあげてくれっ。落ちる。落ちる。下は海だ。おれは泳げないんだ。助けてくれ。腕が抜ける。肩が痛い。おれは痛みに弱いんだ。死ぬ。死ぬ。落ちる。落ちる。もう落ちる。今落ちる。わあ。助けてくれっ。助けてくれっ」

ユーレカ・シティ

米空軍少尉メイナードは、ユーレカ市に帰ってきた。

ユーレカ市は、彼の故郷だった。そしてそこは、核ミサイルの落ちたどの地点からも、三百キロ以上はなれていた。

彼は市内の大通りを走り続けていた。誰もいなかった。みんな、メキシコや南米や、南極の方へ逃げてしまっているに違いなかった。しかし、暴徒がひそんでいるかもしれないことを思い、彼は走り続けながらも、腰に拳銃《けんじゅう》を構え、周囲を油断なく見まわしていた。

スーパー・マーケットの前を駈《か》け抜け、町かどの大きな古美術商の店さきも走り過ぎた。そこはメイナードの家だったが、そこにも誰もいるはずのないことを、彼はよく知っていた。

市中を横断し、市を出はずれてからも、彼はまだ走っていた。

この町で、一応完璧《かんぺき》なシェルターを作るほどの余裕のある人物といえば、建築会社の社長で、ユーレカ市の市会議員をやっているスコット氏くらいのものだった。そしてスコット氏のひとり娘のローラは、メイナードの許婚者《いいなずけ》だった。少なくとも、彼が入隊するまではそうだった。

見おぼえのあるクラシックな二階建てと、クリーム色の塀が見えてきた。ブルー・ブラックに塗られた鉄格子の門には、鍵《かぎ》がかかっていた。メイナードはそれを乗り越えた。邸《やしき》の右手にある、よく手入れされた芝生の庭へまわった。そこに、シェルターの入口があった。鈍重な鉛色をした扉は、もちろん閉じられていた。その上部には、浄気装置のフィルターの先端がとび出ていた。

メイナードは扉の前で息をととのえた。それから力まかせに、大きく扉の中央を三度叩《たた》いた。しばらく待ち、次にまた三回叩いた。

「だれ」インターフォンから、金属的に変質された女の堅い声がとび出してきた。

「ローラ」メイナードは、インターフォンにとびつくように駈け寄った。安心感で、一瞬、膝関節《ひざかんせつ》がぐにゃぐにゃに崩れそうになった。「ローラ。ぼくだ。メイナードだ」

「ま……」女の声が、地下で息を呑《の》んだ。

メイナードは、沈黙したインターフォンの前でしばらく待った。ローラは息をはずませているようだった。だが、彼女が扉を開けようとする気配はなかった。

「今まで、どこにいたの。メイナード」

「南極の氷の上だ」と、メイナードは答えた。「新型機のテスト飛行中に、戦争が始まったんだ。ぼくは南極へ逃げた。軍を脱走したんだ。誰が笑おうとかまうものか。命が惜しかった。君にもういちど会いたかった。君のその可愛《かわい》い顔がもういちど見たかった。君の声が、もういちど聞きたかった。さあ。顔を見せてくれ。ローラ」

「南極には、爆弾は落ちなかったの」

「あんなところへは、爆弾は落ちないよ」

「地球上で、いちばん安全なところへ避難していたわけね」

「そうだ。だからぼくは、放射能にも汚染されていないよ」

「そんな安全なところから、なぜ戻ってきたの」

「わかるだろ。君に会いたかったからだ。さあ。この扉を開いてくれ」

「でも、あっちこっち、歩いてきているんでしょう」

「ローラ……」メイナードは咽喉《のど》を鳴らした。声がつまった。額が熱くなった。眼の上のあたりを、彼は手の甲でこすった。「ローラ。この扉を開いてくれ。ぼくは誓って、放射能は受けていない。飛行機で南極からここまで直接とんできて、沼地の横に着陸したんだ」

「沼地ですって」ローラはまた、しばらく黙った。やがて、ゆっくりと言った。「じゃあ、町の中を通り抜けてきたわけね」

「ロ……ローラ……」彼の声はかすれた。唾をのみこんだ。「君に……君に会いたくて帰ってきたんだ」

ローラは無言だった。

「ローラ。そこに誰かいるのかい」

「誰もいないわ。パパとママはシカゴへ旅行中だったの。きっともう、死んでるわ」

「じゃあ、そこには君ひとりか」

「そうよ。町の人や友達がきたけど、誰も入れてあげなかったわ。誰もよ」

しばらく、どちらも黙った。

メイナードは空を見あげた。黒い雲が低くたれこめていた。

「メイナード」

「なんだ」

「戦争は、まだ続いているの」

「まだ続いている。今にもこの町へ、ミサイルがとんでくるかもしれない。入れておくれ。ローラ」

「町で、だれかに会った」

「誰にも。きっと皆、南の方へ逃げたんだ。ぼくだって、あのまま南極にいればもっと安全だったんだ」

「なぜ帰ってきたの」

「わかってるだろう。ローラ。君に会うためだ。聞いてくれ。ローラ。君を愛してる。君が好きだ。だからこの扉を開いてくれ。雨が降りそうなんだ」

ローラは黙っていた。しばらく黙り続けた。

「ローラ。発電装置はあるのか」

「あるわ」

「食糧や水は」

「ひとりなら、二年分くらいあるわ」

「じゃあ……完璧だな」

「もちろんよ。パパは専門家だったもの。酸素やガスのボンベもあるわ」

「そりゃあ……よかったな」

「戦争は、どちらが勝っているの」

「指導者はみんな死んだ。どちらもだ。モスクワは地上から消えた。ニューヨークはハドソン川の中へ沈んだし、ワシントンは蒸発した。ロンドンもパリも、灰の山だそうだ」

「それでも、まだ続いているの」

「ああ。まだ続いている」

雨が降り出した。一滴が、メイナードの鼻にあたった。黒く汚れた雨だった。

「ローラ」メイナードは悲鳴をあげた。「雨だ。雨が降ってきた。助けてくれ。ぼくを中へ入れてくれ。早く。でないと、死、死んでしまう」

「わたしだって、命は惜しいわ」ローラが、ためらいがちにそう答えた。

「ローラ。き、君は、君はぼくを愛してはいなかったのか」

「愛していたわ。でも、あなたを入れると、わたしも死んじゃうわ」

「君ひとりで、どうやって生きていける」

「あなたは大食いだから、すぐに食糧を食べ尽しちゃうわ。きっとそうよ」

「君は……君はぼくを裏切った……」メイナードは泣き出した。「これは不貞だ。あきらかにそうだ」

「あきらめてちょうだい」ローラの声には、もう、ためらう様子は見られなかった。彼女は決然として言った。「どこかへ行ってちょうだい。わたしはひとりでいいわ。あなた、もういちど南極へ戻ったらどう」

「あそこで餓死しろというのか」メイナードは、おいおい泣きながら叫んだ。「君は冷たい女だ。思い出してくれ。あの夜のことを。ぼくが入隊する日の、前の夜のことだ。ぼくと君は抱きあって……」

「軍を脱走するような人は、きらいよ」

「それが婚約者にいうことばか。君はぼくの妻なんだぞ。妻だ妻だ。それが夫にいうことばか」

「まだ、妻じゃないわ」

「君を愛してる。君が好きだ。好きでたまらない。君は可愛い。ぼくは君に夢中だ」

「子供にいうようなこと、言わないで」ローラは冷たくそう言った。

メイナードは、しゃくりあげながら扉にもたれ、爪《つめ》を嚙んだ。それからゆっくりと、軍服のポケットに両手をつっこんだ。

彼の眼が、急に光った。歯を見せ、顔が笑った。

「ローラ」彼は、ゆっくりといった。「いい話がある。扉を開いてくれ」

「何だっていうの」

「町を通り抜けた時に、宝石店から、貴金属や宝石をあらいざらいかっさらってきたんだ。君を喜ばせてやろうと思ってね」

ローラの声が、少しはずんだ。「ほんと。そこに持ってるの」

メイナードは、ポケットを振った。貴金属が音を立てた。

「聞こえるだろ」

「聞こえるわ」

「扉をあけてくれ」

「それを全部、わたしにくれるの」

「もちろんさ。さあ、開けてくれ」

しばらくは、開かなかった。ローラが、ためらっているのか、あるいは、地下からの階段を駈《か》け登ってきているのか、メイナードにはわからなかった。

しかし、やがて鉛の扉が、もったいぶった音を軋《きし》ませて、ゆっくりと開きはじめた。

メイナードは笑った。

扉の隙間《すきま》から、微笑を浮かべたローラが覗《のぞ》いた。

ふたりとも、興奮していた。

メイナードが言った。「さっきの声は、まるで君じゃないみたいだったぜ」そして彼は、声を出して笑った。

ローラも笑った。

メイナードはポケットの中で貴金属をジャラつかせていた。ジャラつかせながら、彼はシェルターに入った。

鉛の扉が、ゆっくりと閉じた。

だがその時、すでに貴金属は、それ自身、貴金属であることをやめていた。それらはすべて、恐るべき放射性同位元素に変化していたのである。

南太平洋

タケ・タケ島の大酋長《だいしゅうちょう》トンガは、島民の叫ぶ声に眼をさました。彼はむっくりと起きあがり、粗末な草ぶき小屋から、家の前のヤムイモの畑に出た。

数十人の島民が、彼の姿を見つけて、叫びながら畑の中を駈けてきた。

「お前たち、どかーと、何大きな声騒ぐか」と、酋長は大声で訊《たず》ねた。

「海岸にでかい飛行機、どかーと降りてきた降りてきた」島民たちは、いっせいに眼を丸くし、ブタの歯で作った首飾りをがちゃがちゃいわせながら、手振り身ぶりを加えて、なおも騒ぎ立てた。

「騒ぐそれ、どかーとよくない」酋長はいった。「ひとり、ふたり、三人、喋《しゃべ》る、よい」

「色の白い男、女、どかーとやってきた。男か女かわからないのもきた。子供きた。老人きた。肥《ふと》った男と肥った女、どかー、どかーと、たくさん、たくさん、おりてきた」

「どかー、それ、まちがいでないか」

「まちがいでない。こっちにひとり、ふたり、三人がふたつ。ひとり、ふたりが三つ。それひとかたまりが三つ。その三つのかたまり、もう三つ。みんな、海岸を、どかーと、こっち、やってくる」

「よし」酋長は、舌なめずりしながらうなずいた。「出迎えに行く。長老、どかーと起す。みな起す」

酋長は数人の長老に盛装をさせ、さらに数十人の島民をひきつれ、海岸へと歩きはじめた。

タケ・タケ島はニューヘブリディーズ諸島の南端、アネイチウム島からさらに少し東寄りにある小さな島である。この群島は、すべてイギリスとフランスの共同統治領なのだが、エファテ島のビラにある政庁の行政も、このタケ・タケ島にまでは及んでいず、早くいえばほったらかしである。なぜかといえばそれは、この島の住民が手のつけられぬ暴れ者ばかりだったからだ。

タケ・タケ島は、もともと無人島だった。それが、あちこちの島であばれて追い出されたり、自分でおん出てきたり、かつてこのあたりで盛んだった食人の風習から抜けきれない連中が、二人、三人とこの島に集ってきて部落を作り、ついに現在の百人あまりの人口にまでふくれあがったのである。

海岸にはボーイング707大型ジェット旅客機が、べったりと砂に腹をくっつけ、のめりこむような恰好《かっこう》で着陸していた。この飛行機には、アメリカのハワイ観光団百人が乗っていた。ハワイ到着の直前に戦争勃発《ぼっぱつ》のニュースを聞き、彼らはあわててそのままハワイを飛び越し、一万キロの距離を飛び続けて、この南太平洋の最南端にある離れ小島まで逃げてきたのである。

後部の出入口から砂浜に降り立って、じろじろあたりを見まわしている白人たちに、大酋長トンガの一行は近づいていった。白人たちは、ものものしいいでたちの酋長一行を見て、不安そうに身を寄せあった。

ふたつのグループは、南国の陽光照りつける白い波打ちぎわに、十数メートルの間隔をとって向かいあった。

やがて、白人たちの中から、ひとりの若い男が島民たちの方へ数歩進み出て、おずおずと片手をあげた。「ハウ」「インディアンじゃない」と、白人たちの中から野次がとんだが、誰《だれ》も笑わなかった。

酋長たちは、だまってその男を眺め続けた。

男は片手にさげたウイスキーの瓶を、ゆっくりと酋長の方へ差し出した。

酋長の傍らに立っていた長老のひとりが男に歩み寄り、瓶を受けとって酋長の前まで駈け戻った。

瓶を酋長に渡しながら、長老は耳うちした。「どれもこれも、みんな、よい。肉、ついてる。どかーと、柔らかそう」

酋長はうなずきながら、瓶を高くかざし、中身を陽光にすかし見た。それから瓶の蓋《ふた》をとり、喇叭《らっぱ》飲みをした。

白人たちは息を殺し、酋長の飲みっぷりを見まもっていた。

酋長は瓶を半分ほど空にしたところで、ゆっくりと男の方へ歩き出した。緊張して、がたがた顫《ふる》えている男の前に歩み寄り、ほんの数十センチの間隔で顔つきあわせ、酋長は立ちどまった。男の顔をじろじろ眺めながら、酋長はおもむろに瓶をあげ、残りの半分をごくごくと咽喉《のど》を鳴らして飲み乾《ほ》した。

からっぽの瓶を海へ投げ捨て、酋長はいった。「どかー」

白い歯を剝《む》き出して、にやりと笑い、彼は男の肩に片手をのせた。男が手を出し、酋長と握手した。

わっ、と、両側のグループがいっせいに歓声をあげて、ふたりの方へ寄ってきた。彼らは酋長と若い男を中にはさんで横隊となり、集団見合いのように向かいあった。

「わたしは機長だ」若い男が自分の胸を叩《たた》き、自己紹介した。「名前はサミイ」

酋長はうなずき、自分の胸を叩いた。「おれ、大酋長トンガ」

長老たちも、順に自分の胸を叩いた。

「おれ、ボンガ」

「おれ、ガランガ」

「おれマンガ」

白人たちがそれぞれ、島民たちに贈り物をした。そのほとんどが酒だった。白人たちは、この連中に酒を飲ませることがどれほど危険かということを、まったく知らなかったのである。

「早く食べる」と、さっきの長老が酋長にすり寄ってきて、そうねだった。

長老たちはすべて食人の経験者ばかりだから、よく肥った白人たちを眼の前にして、もはや矢もたてもたまらなくなっていたのである。

「もう少し待つ」と、酋長はいった。「油断させる。それから殺して食う。あわてるよくない。いずれ、腹いっぱい、どかーと食える」

砂浜で、交歓は続いた。白人たちも、島民と共に酒を飲み、酔っぱらいはじめていた。いちばん最初に、危険の徴候を感じとったのは、いい気分に酔っぱらった長老のひとりと握手をかわしていたスチュワーデスだった。彼女は、長老の表情を見てぎょっとした。長老は、濃紺の制服に包まれた彼女の肉体をじろじろ見あげ見おろしながら、眼をぎらぎら輝やかせ、気味の悪いにたにた笑いをしていた。その笑いかたは、好色のにたにた笑いではなさそうだった。なぜなら彼は、まっ赤な口から、泡の混った大量の白いよだれを、だらだら流していたからである。

「大酋長。大酋長。大変だよ大変だ」それから半日ののち、今度は部落の裏の、タロイモの畑の方から、島民が走ってきて大酋長トンガに叫んだ。「裏の海岸に、SASとBOACおりてきた。それからノースウエストおりてきた。白人、どかーとおりてきたよ」

「今日われわれ、とてもしあわせ」酋長は喜んで、おどりあがった。彼は大いそぎで、長老を呼び集めた。「白人たち、また来た。どかーと来た。もうすぐここへくる。さっきの、ハワイ観光団から奪った持ちもの、服、みんな見えない所隠す。あのハワイ観光団、もうみんな、始末したか」

「もうみんな始末した」と、長老のひとりが報告した。「みんな咽喉切って、木へ逆さま吊《つ》るした。血、どかー全部出た。くさい匂い抜けた。半日乾したから、よい肉できた」

「それみんな、小屋へとりこむ」と、酋長は命じた。「見つからないよう、すぐに隠す」

「血、どうするか」と、長老が訊ねた。「木の根もと、どかーと血だらけ。訊《き》かれたら、どういうか」

「訊かれたら、豚殺した血と答える。ごまかす。白人みんな馬鹿。白人みな土人のこと純朴思っているから、何言ってもすぐ信用する」

島民のひとりが走ってきた。「白人、来た」

「みんな部落の広場集って、歓迎する恰好宴会の用意する。すぐする」

疲れきった表情で、数百人《みな》の白人が部落へぞろぞろと到着した。いずれも上流階級の人間たちらしく、いい身装りはしているが、今にもぶっ倒れそうなほど腹を減らせていた。

「あなたがた、タケ・タケ島よくきてくれたな」と、酋長が両手をあげて叫んだ。「われわれみんな、あなたがた見て、腹の底からうれしい」

「わたしはロックフェラー財団の理事だ」と、ひとつの肥満体が、悲鳴まじりの声を出した。「金はいくらでもやる。何か食わせてくれ」

「わたしの主人は、スチュードベーカーとIBMの重役です」ありったけの貴金属装身具や宝石に包まれたぶよぶよの肉塊が、まるで人食い人種のようにまっ赤に塗りたくった唇の間から、負けじとかん高い声を出した。「ダイヤモンドをあげるから、誰かお風《ふ》呂《ろ》と寝るところを用意してくださいな」

「食う寝るところに住むところ」くたびれて眼球が吊りあがり白眼に近くなっている骨だらけの老人が、悲しげな裏声をあげて叫んだ。「財産を半分やる。わたしはロールス・ロイスの常務取締役じゃ」

ヘリコプターがやってきて、部落の中央の広場に舞いおりた。中からヌードに近い姿の若い女が十数人、まろび出てきて口ぐちに叫んだ。

「水。水」

「食べもの。食べもの」

ヘリコプターから、いちばん最後におりてきた男が叫んだ。「わたしはギリシャの、エクスタシス・オナニース・コイトスだ。飯をくれ」

「みんな、殺して食うか」と、長老のひとりが酋長《しゅうちょう》に小声で訊《たず》ねた。

「今、殺すよくない」酋長は答えた。「食いもの今どかーとある。今殺す食いものどかー増える。始末に困る。この白人たち生かしておく。もっと肥《ふと》らせてから順に殺していく。長持ちする」

「こいつら、何食わせるか」

「さっき肉にしたハワイ観光団食わせる」

酋長の命令で、島民たちは小屋にとり込んだばかりの肉を料理しはじめた。それと同時に、部落中央の広場では宴会の用意がすすめられ、ハワイ観光団の持ってきた洋酒類が土器に注《つ》がれて出てきた。

やがて、肉の料理も出てきた。

思いがけぬ美味珍味に、白人たちは眼を丸くして喜んだ。

「わっ。この酒はウィスキーより上等だぞ」

「わっ。おどろいた。おどろいた。こんな無知な土人どもが蒸溜酒《じょうりゅうしゅ》の製法を心得ているとはな」

「わっ。この肉の味はすばらしい」

「わっ。調味料がすごい。この土人たちはアジノモトを発見したらしいな」

「われわれは幸運だ。地上の楽園にやってきたのだ」

「ここへきてよかった。ここは天国だ」

ここがこの世の地獄とは知ろう筈《はず》もなく、餓《う》えていた白人たちは咽喉を鳴らして酒を飲み、ハワイ観光団をむさぼり食った。島民たちも酒に酔い、輪になって生け贄《にえ》を屠《ほふ》る時の踊りを踊りはじめた。白人たちもいっしょになって踊り出した。

「これから当分、このまま宴会続けることできる」と、酋長が傍らの長老にいった。

「われわれ、どかーとしあわせ」

「大酋長。大酋長。大変だよ大変だ」ヤムイモの畑の方から、島民のひとりが走ってきて叫んだ。「海岸に、エール・フランスとインド航空おりてきたよ。それからフィッシュベッドおりてきて、紅衛兵《こうえいへい》出てきた」

「大酋長。大変だよ大変だ」裏のタロイモの畑からも、島民が駈《か》けてきた。「裏の海岸に、アリタリヤとルフトハンザ、それにパン・アメリカンおりてきたよ。それからヘリコプターにあい乗りで、キューバとドミニカの大統領やってきた」

その時、広場の上空に爆音が響きわたり、オランダ航空、日航、カナダ太平洋航空、カンタスなど数機の旅客機がやってきて、着陸場所を求めながら旋回しはじめた。

大酋長トンガは、ゆっくりと立ちあがり、眼を丸くして上空を見あげた。しばらく、眺め続けた。

「多すぎる」やがて彼は、眼を見ひらいたままで、弱よわしくかぶりを振った。「わたしはそんなに、どかーと食えないよ」

由比ヶ浜

逗子の上空を飛び、相模湾を左に見ながら、おれたちは湘南ハイウェイに沿って由比ヶ浜に近づいた。前方はるかに鎌倉の大仏、右手には鶴岡八幡宮《つるがおかはちまんぐう》に通じる若宮大路が見えてきた。

比較的車の量の少いこの湘南ハイウェイでは、まだオート・レースが続いていた。おれたちの乗ったヘリコプターより、ずっと早いスピードですっとばしていく車もたくさんいて、真昼の陽光に輝くハイウェィ沿いの黄金色をした砂浜には、道路からとんで出たらしい車が、甲虫《かぶとむし》の死骸《しがい》みたいに、ごろごろひっくりかえっていた。

「ぼくの家、あそこだよ」ツヨシが前方を指した。

彼の家は滑川《なめりがわ》の少し先にある、緑の木々に囲まれた、赤い屋根の大きな西洋館だった。白い壁が陽《ひ》に映えてまばゆく光っていた。

前庭の芝生の上へ着地しようとし、おれは一定の降下角度でゆっくりと進入した。

川崎上空あたりから、やっとスキッドの上へよじのぼり、全身でしがみついていた亀井戸が、また何ごとかわあわあ騒ぎ出したが、その声は完全にしわがれてしまっていた。地上五フィートで、亀井戸は芝生にとびおり、まきあがる砂塵《さじん》とともに、ころころと数メートル転がった。

おれは四フィートの高度で空中停止《ホバリング》し、静かに垂直降下して着地した。

「ママ」ツヨシが芝生にとびおりて、ビーチテントを張ったテラスの方へ、叫びながら駈けていった。「パパ。ママ」

着地して気がゆるんだらしく、珠子はぐったりして、おれの肩に頭をのせた。操縦桿《そうじゅうかん》を握りしめていたため、汗びっしょりのおれも、ほっとして珠子の肩に手をまわした。

寒くもないのに、珠子はふるえていた。

「おれの操縦が、そんなに物騒だったかい」と、おれは訊ねた。

珠子は笑いもせずに、かぶりを振った。たったひと晩で彼女は、微笑することもできない女になってしまったらしい。「高いところを飛んだから、気分が悪くなっただけよ」

「ふるえてるぞ」

彼女はかすれた声で、投げやりにいった。「悪寒《おかん》がするの。暖めてよ」

「よしきた」おれは彼女の後頭部を片手で支え、彼女の唇に顔を近づけた。

軽くキスしようとしただけだったのだが、唇が触れあったとたん、珠子は力をこめて抱きついてきた。おれも彼女を抱きすくめた。彼女のやわらかな背の肉に、おれの指さきが知らずしらず食いこんだ。おれはいつか、彼女を力まかせに抱きしめていた。歯と歯がはげしくぶつかり、音を立てた。むさぼるようなキスだった。最後のキスになるかもしれないキスだった。

ながいキスが終った時、珠子は泣いていた。おれに見られるのを恐れるかのように、彼女はあわてて手の甲で涙を拭《ぬぐ》った。「今のキスは、まるでわたしを、本気で愛してるみたいなキスだったわよ」

おれは、じっと彼女の顔を見つめた。おれは今や、珠子を本気で愛していた。おれはその通りいった。「愛してるよ。本気で」

珠子は、また泣き出した。おれに抱きついてきた。「嬉《うれ》しいわ。嬉しいわ。信じるわ」

「そうか」おれも彼女を抱き返した。「信じてもらえるとは、思っていなかったが」

「信じるわ」珠子が、かぶりを振った。「男の人が、ふたりの女性を同時に愛することができるってことぐらい、わたし、知ってるわ」

おれたちはまた、唇と唇を、はげしくぶつけあった。おれは彼女の体臭を、体温を、肌ざわりを、すべて味わい尽そうとあせった。残された時間は、少ない筈だった。おれたちは、いつまでも抱きあっていた。

「やめろ」ヒステリックな声が、耳もとで響いた。「いい加減にしろ」

開いたままのドアの向こうから、いつの間にか亀井戸が嫉妬《しっと》と憎悪に眼球を血走らせて、おれたちを睨《にら》みつけていた。彼の顔は、数時間にわたった恐怖のため、老人のように皺《しわ》だらけになり、頭髪は白くなっていた。

おれは珠子を抱き寄せたままの姿勢で訊ねた。「何か用か」

「お前はおれを、こ、こ、殺す気だったな」亀井戸は泣き顔でわめいた。「そうだろう。殺す気だったんだろう。おれをヘリコプターから突き落しやがった」

おれはそれには答えず、にやりと笑った。「ほほう。まだ、生きていたか」

彼は激怒した。「ひ、ひ、人殺しめ。お前は人殺しだ。人でなしめ。人非人め」泣き出した。「おれをヘリコプターから、突き落しやがったんだ」

おれは、珠子のからだをはなした。「さあ。燃料をとりにいこう」この家のガレージに、ハイオクタン・ガソリンが置いてあることは、ツヨシから聞いて知っていたのである。

ゆっくりと操縦席から芝生の上におり立つと、まるでおれが獰猛《どうもう》な野獣でもあるかのように、亀井戸があわててとび退《の》いた。

「待って。わたしも行くわ」亀井戸と二人きりにされてはたまらないと思ったらしく、珠子もおりてきた。

「おれも行く」と、亀井戸が叫んだ。「どこまでも、ついて行ってやるぞ。逃げられては困るからな」

彼はまだおれたちを監視しているつもりらしかった。おれと珠子がテラスの方へ並んで歩き出すと、彼はまた拳銃《けんじゅう》をポケットから出し、銃口をこちらへ向けながらおれたちを追ってきた。

「ああ。腕が痛い」彼は聞こえよがしにそういった。「ながいことヘリコプターの下にかじりついていたもんだから、腕が痛い。しびれている。指さきが痙攣《けいれん》している。こんなに指がふるえていては、うっかりして引き金をひいてしまいそうだ」

脅迫しているつもりらしい。珠子が、歩きながらおれに身を寄せてきた。おれは安心させるため、彼女の手の甲を黙って二度叩《たた》いた。

「危険だなあ。あぶないなあ。こんなに指さきがふるえていては、いつぶっぱなすかわからないものなあ」次第に調子にのってきた亀井戸は、泣き笑いのような表情でおれに近づき、珠子とは反対側から、おれに身をすり寄せてきた。「でも、万一のことがあっても、それはおれの責任じゃないだろ。な。そうだろ。だって、腕がしびれているんだものな。おれはながいこと、ヘリコプターにぶらさがっていたんだもんな」彼はおれの顔色をうかがいながら、へらへらと笑った。「ほうら。また顔色が変っている。そんな、こわい顔しなくてもいいだろ。すぐ怒るんだからなあ。怒りっぽいなあ」

テラスの奥のリビング・ルームから、ツヨシが出てきた。やっとズボンにありつけたらしく、白い短ズボンをはき、上半身も白のセーターに着換えていた。

「パパもママも、いないんだ」彼は不安そうにあたりを見まわしながら、おれにいった。「どうしたのかなあ。ぼくをほっといて、逃げたんだろうか」

「そんなことはあるまい」と、おれはいった。だが、あるいはそうかもしれないと思った。「ガレージへ案内してくれ。車がまだ置いてあるかどうか見よう」

「こっちだよ」

ツヨシに案内され、おれたちは、玄関のポーチの下に土地の傾斜を利用して作られている、大きなガレージの前へまわった。頑丈そうな片開きの木製ドアには鍵《かぎ》がかかっていなかった。おれはドアを押しあけた。おれたち四人は、埃《ほこり》の匂いのするガレージの中へ入った。車はなかった。

「やっぱり、逃げちゃったんだ」ツヨシが泣き出した。

「パパもママも、ぼくをほっって逃げたんだ」本格的に泣き出した。

珠子が、ツヨシを抱き寄せた。

その時、背後で、押し殺すような低い笑い声がした。

「そこにいるのは誰だ」亀井戸が、ドアの裏側の薄やみを振りかえって凝視し、数人の人影に向かって、かん高い声で叫びながら、拳銃を構えた。「出てこい」

反対側の、ガレージの奥の暗やみから誰かがとび出してきて、亀井戸の背中に体あたりした。

「ひっ」亀井戸は、拳銃を手からはなしコンクリートの床に倒れた。

同時に、おれの背中へも、荒い息づかいとともに誰かがとびかかってきた。軽い音を立てて床に落ち、ガレージの隅まですべっていった拳銃が、誰かの手に拾いあげられるのを、おれは床に押し倒されながら眼の隅でちらと見た。背に乗ったやつをはねとばそうとした。だが、重かった。乗っているのは、ひとりやふたりではなさそうだった。ツヨシも、珠子も、背後から抱きすくめられてもがいていた。みんな、若い連中だった。服装から判断すれば、東京から逃げてきた連中らしく思えた。おれは後頭部を殴られ、額をコンクリートの床に激しくぶつけた。咽喉《のど》が、げほっ、と鳴った。額が割れたらしく、眼に血が入りはじめた。

「チンピラめ」と、亀井戸がわめいた。「はなせ」

若者のひとりが、靴で亀井戸の顎《あご》を蹴《け》あげた。亀井戸が、ぐっと咽喉を鳴らしてのけぞった。若者たちの中には、デニムのズボンをはいた、髪のながい娘もふたり混っていた。少女のような娘だった。

「ようルミよう」珠子を背後から抱きしめている若者が、舌なめずりしながら少女のひとりにいった。「こういう姐《ねえ》ちゃんのことを、ほんとの女っていうんだぜ」

珠子が、はげしくもがいた。彼女の服が、音をたてて破れた。

「このどでかい家には、誰もいないそうじゃねえか」さっきツヨシがいったことを聞いていたらしく、拳銃を拾いあげて弄《もてあそ》んでいた、リーダー格らしい若者が、にやにや笑いながらいった。「このどでかい家の中で、どんちゃんパーティをやらかそうぜ」珠子を顎《あご》で指した。「その姐ちゃんを、肴《さかな》にしてな」

珠子はふたたび身をよじり、絶望的にかぶりを振った。

「酒のあるところへ案内しろ」と、ツヨシを抱きかかえている、カニのような顔をした小柄なやつがいった。

「いいや」珠子を背後から抱きしめ、彼女の両方の乳房を鷲《わし》づかみにしている眼尻《めじり》と眉《まゆ》のさがった若者がいった。「ベッドのあるところへ案内してもらおうぜ」

「エッチ」少女のひとりが怒って、さがり眼の尻を蹴った。

若者たちはいずれもハイティーンで、全部で八人いた。おれの背に乗っているやつが二人、それから亀井戸を押さえつけている、相撲とりみたいな巨大なやつ、リーダー格のにきび面、さがり眼とカニ、そしてふたりの少女——背の高い娘と、高くない娘である。一同は申しあわせたように、それがこのグループの、いわばトレード・マークであるらしい、独特の下品な笑いかたをしながら、おれたちを立たせ、ガレージを出た。

「あばれやがると、ぶっぱなすぞ」にきび面が、拳銃の銃口を上げ下げしながら低い声で凄《すご》んだ。

珠子の顔色は、紙のようにまっ白だった。ツヨシは眼を充血させ、とても子供とは思えない強い視線を、若者たちに向けていた。彼らはおれたちを庭の方へつれて行き、テラスから土足でリビング・ルームへ入った。

「酒があった」洋酒棚の中にずらりと並んでいる酒瓶を見て、おれの両手をうしろからねじりあげていた二人のうちの片方が、ぱっとおれから離れた。まだ若い癖に鼻の頭が赤いところを見ると、よほどの酒好きらしい。

片方の手が自由になったので、おれは左側にいるどんぐり眼《まなこ》の若者の顎に、力まかせの拳骨《げんこつ》をくらわせた。どんぐり眼は、テラスとの境にある一枚ガラスの戸を突き破り、外へころげ出て、石だたみで頭を強打し、ながくのびてしまった。

にきび面が、おれの背中を大きな靴の裏で蹴とばした。おれは転倒し、食卓のパイプの足で頭を打った。ひどく打ち、一種の淋《さび》しさのような気分に襲われた。知らずしらず背が丸くなり、手足がちぢんで腹の下に入った。胎児のような恰好《かっこう》のまま、おれは呻《うめ》いた。

背の高い方の少女が、ハイヒールの踵《かかと》で、おれの脊椎骨《せきついこつ》を、ぐいと踏んづけた。おれは絶叫し、のけぞった。息を吸いこむことができず、おれは苦しまぎれに、リノタイルの床をばりばりと爪で引っ掻《か》いた。爪が割れ、血が出た。

にきび面が、おれの頭髪をひっつかんで顔を起し、拳銃の銃口を、まだ出血し続けているおれの額の割れ目にガリガリとねじこみながら怒りの形相もすさまじく叫んだ。

「あばれたらぶっぱなすといっただろ。この野郎」

おれは馬鹿《ばか》のように口をあけ、ともすれば白眼になろうとする眼球を、もとへ戻そうとするだけでせいいっぱいだった。彼の顔に唾《つば》をはきかけてやりたかったが、そんな超人的な芸当は、とてもできそうになかった。

「やりやがったな。こいつ」テラスから、どんぐり眼が血相を変えて駈《か》けこんできた。彼はおれの両腕をつかんで、ずるずると壁ぎわまでおれを引きずっていき、壁に立てかけるなり、満身の力をこめて、おれの腹に拳固《げんこ》をめりこませた。

腹筋に力をいれて準備する余裕など、なかった。おれの大きく開いた口から、おれの意識がとんで出そうになった。おれはあわてて意識を吸いこみ、呼び戻そうとした。どんぐり眼の第二撃が、さらにおれの無防備の腹に炸裂《さくれつ》した。つづいて第三発めが、胃の中央部に、にぶい音を立ててめりこんだ。おれの意識は白旗を振りながら、おれの内部から抜け出ていった。おれは俯伏《うつぶ》せに倒れた。リノタイルが見るみる近づいてきたかと思うと、おれの鼻柱が根もとから、がきっと折れて砕けた。

おそらく、倒れてから数十分ののちであろう。おれは鼻血の血だまりの中で、意識をとり戻した。

連中は、酒を飲んでいた。奥の部屋との間のアコーデオン・ドアはいっぱいに開かれ、連中はふたつの部屋にひろがって、狼藉《ろうぜき》の限りを尽していた。珠子は奥の部屋のソファの上で、さがり眼と赤鼻に押さえつけられ、服を脱がされて、すでに半裸に近い姿になっていた。

珠子の服が破かれ、裂かれるたびに、あの相撲とりのような若者にねじ伏せられたままの亀井戸が、大声でわめいた。「お前らはけだものだ。人間じゃない。だから、人間の女を犯す値打ちはお前らにはない。やめろ」

「けだものだとさ」若者たちはさっきから、亀井戸の罵声《ばせい》を肴にして、笑いながら酒を飲んでいるらしかった。「じゃあ手前には、その値打ちがあるっていうのかよ」

「でも、この姐ちゃん、ひょっとしたら人間の男よりは、けだものの方が好きかもしれねえよ」と、肘掛椅子《ひじかけいす》でふたりの少女といちゃつきながら、にきび面が答えた。「お前みたいな、ぐにゃぐにゃの、人間の男よりは、ずっとな」

全員が、あの独特の卑猥《ひわい》な笑い声をあげた。

「その女だって、どうせそのうちには、けだものみたいになるにきまってるわ」と、背の低い方の娘が、にきび面の首ったまに抱きつきながら、薄笑いを浮かべていった。

ツヨシは、部屋の隅にうずくまったまま、何も見たくないといった様子で、ずっと顔を伏せ続けていた。

亀井戸は、いくら罵《ののし》っても効果がないと思ったらしく、戦法を変えて急にしんみりと喋《しゃべ》りはじめた。「まあ、いいさ」あきらめきった調子だった。「どうせ、もうすぐ、みんな死んじまうんだからな」

　珠子を犯そうとしていたふたりが、ぎょっとした様子で、手の動きをとめた。

「だから、何をしようと勝手だ。おれだって、お前たちだって、死んじまうんだから」

「やめろ」と、にきび面が低い声でいった。

　全員が、だまりこんでしまい、表情から笑いを消し去ったのを見てとると、亀井戸はしめたという眼つきをした。彼は舌なめずりをして、さらに喋り続けた。「東京にいた方が、楽に死ねたかもしれないなあ。ぴかりと光ったとたん、蒸発だろうからね。ここでやられたら苦しいぞ。直撃を食うことは、まず、ないものね。ぎらりと光ったとたんに、着ているものがぼろぼろになって、皮膚ぜんたいが一瞬にして水ぶくれだ。それもすぐに、ずるりと剝《む》けてしまって桜色の筋肉が露出する。白い神経繊維もむき出しで、からだのあちこちからたらりと垂れる。顔だってそうだぜ。瞼《まぶた》がなくなっちまって、眼球が露出するんだ。髪の毛もずるずると抜け落ちる。君だって、そうなるんだ。あんただって、そうなるんだ」亀井戸は若者たちの顔を順に指さした。「頭は割れそうに痛むんだ。そりゃあもう、ひどい痛さだ。薬を飲んだって治りゃしないんだよ。死ぬまでその痛みが続くんだ。口ん中は血でいっぱいだ。歯ぐきがぐじゃぐじゃに溶けているから、血を吐こうとすると、抜けた歯がいっしょに、ばらばらとび出すんだ。女はみんな膣《ちつ》の中に蛆《うじ》がわいて、あたりを駈けまわりながら、だんだん発狂していく」

少女ふたりが、しくしく泣き出した。

亀井戸は眼を輝やかせて喋り続けた。若者たちに恐怖心を起させることの愉《たの》しさに酔っているため、自分の恐怖心を忘れているらしい。

「やめろといったら、やめろ」にきび面が、蒼白《そうはく》になって立ちあがった。「それ以上喋ると、ぶち殺すぞ」

「そうかね」亀井戸は勝ち誇って、にやにや笑った。「おれはただ、ほんとのことをいってるだけなんだがね」

にきび面が、拳銃《けんじゅう》の銃身を握りしめ、銃把を亀井戸の口に叩《たた》きつけた。亀井戸は、がっと叫び、のけぞった。しばらく呻いてから、げえと咽喉《のど》を鳴らし、折れた前歯を吐き出した。白金のハリガネでつらなっている数本の前歯が、床をころがっていった。

「お前は、おれの歯を折ったな」口の周囲を鮮血でまっ赤に染め、彼は泣きわめいた。「おれの歯を折りやがった」歯のない口をあけ、唇の端からだらだら血を流しながら、彼はわあわあ泣いた。

「うるせえやつだなあ」にきび面が、あきれかえったような声を出し、今にも引き金を引きそうな様子で、銃口を亀井戸に向けた。

亀井戸は身をこわばらせた。急に泣きやみ、がくがくと顫《ふる》えはじめた。

「ち、ち、ちくしょおっ」リビング・ルームでウイスキーを喇叭《らっぱ》飲みしていたどんぐり眼が、亀井戸のことばで忘れていた恐怖心を急にあおり立てられたらしく、瓶を投げ捨てながら立ちあがった。「く、くそっ、やい。お前ら。なに、もたもたしてやがるんだよう。その女、早くやっちまえ」恐ろしさをまぎらせようとしてか、彼は大声でそう叫び、上着を脱ぎ捨てながらソファへ突進した。

「がんばれえ」われにかえった少女ふたりが、喜んでおどりあがり、どんぐり眼に声援を送った。

にきび面が、にやにや笑った。

亀井戸は相撲とりに押さえつけられたまま、自分の方に向けられたままの銃口から逃れようとしてけんめいになっていた。ツヨシはいつのまにかいなくなっていたが、誰も気にはしていない様子だった。

どんぐり眼は、赤鼻とさがり眼をはねのけ、仰向《あおむ》けに横たわっている珠子のからだの上にのしかかっていった。珠子が悲鳴をあげた。肌着がむしり取られ、彼女は全裸になった。一同が息をのんでふたりを見まもった。

珠子は悲鳴をあげ続けた。その声は悲痛だった。その声を聞きながら、平気で彼女を犯すことのできるやつは、とても人間ではないと、おれは思った。

彼女は最後の抵抗を続けた。いつまでも、続けた。

どんぐり眼は、彼女を犯すことができなかった。彼は焦りと、いら立ちと、恐怖のために、不能に陥っていた。

「できないんだ」ここぞとばかり、亀井戸が高笑いした。「からだばかりでかくても、まだ子供なんだ。できないんだ」優越感に満ちて、馬鹿笑いした。「やりかたも知らないんだ」

どんぐり眼が珠子のからだをはなし、立ちあがった。彼は花瓶をとり、ぶらぶらさせながら、亀井戸にゆっくりと近づいた。

「笑ったな」どす黒い憎悪をたぎらせ、激怒に全身をぶるぶる顫わせていた。眼が赤かった。「殺してやる」

亀井戸の顔からは、一瞬にして笑いがけしとんだ。「何をする気だ」弱よわしく、かぶりを振った。「やめろ。や、や、やめてくれ」

どんぐり眼が、ほんとに自分を殺す気だと悟り、彼は悲鳴をあげた。「殺さないでくれ。たのむ」それから、どんぐり眼に笑いかけた。「怒るなよ。そんなに。な。な。悪いことをいったわけじゃないだろ。な。そうだろ。冗談だよ。冗……冗……」

どんぐり眼が亀井戸の前に立ちはだかり、相撲とりは亀井戸のからだから、はなれた。亀井戸は、身をすくませた。

「お、おれは……おれは」亀井戸は強く眼を閉じ、早口に低くつぶやいた。「死ぬのか。おれはここで死ぬのか。こんなやつに殺されるのか。銀河テレビ、チーフ・ディレクターともあろう、このおれが、こんなやつに、こ、こ、こんなやつに……」

どんぐり眼が、亀井戸の脳天に、花瓶をふりおとし、たたきつけた。花瓶は砕け散った。

亀井戸は、感電したように、ぱっと立ちあがった。直立不動の姿勢をとった。彼の頭は、ぱっくりと割れていた。幾条もの赤い筋が、垂直に彼の顔面を、上から下へと縦断しはじめた。紅白幕のような顔になり、亀井戸は遠くにある何ものかをあこがれる眼つきのままで、にやにや笑った。それから、棒のように床へぶっ倒れ、手足を痙攣《けいれん》させながら、意外そうに呟《つぶ》やいた。「殺された」死んだ。

亀井戸の息が完全に絶えてしまうと、凝固していた全員が肩の力をいっせいに抜いた。「死ぬって、こんなことだったのね」背の低い方の少女が、泣きはじめた。「これが死ぬことなのね」

沈黙の中に、しばらく彼女の泣き声だけが響いていた。「ひとひとり殺したぐらいで、どいつもこいつも、めそめそしやがって」にきび面が、両側の少女を押しのけ、肘掛椅子からゆっくりと立ちあがり、下半身まる出しのどんぐり眼にいった。「よし、おれが手本を示してやる。女を犯すってのは、こういう具合にやるんだ」

拳銃をさがり眼に渡し、彼は珠子に近づいた。脱がされた下着をかき集め、いそいで身につけようとしていた珠子を、にきび面は背後から羽交《はが》い締めにし、足をはらって床に転がした。抵抗しようとした珠子に、彼は強烈な平手打ちを続けさまに浴びせかけた。珠子の白い頰《ほお》はたちまちまっ赤になり、精も根も尽き果ててしまったらしく、彼女はぐったりと手足を投げ出してしまった。にきび面は得意満面、にやりと笑って立ちあがり、鼻高だかで一同を眺めまわしながら、おもむろにズボンを脱ぎはじめた。

おれは、手足をゆっくりと動かしてみた。もちろん、体力が完全に回復しているわけはなかったが、立ちあがることくらいはできそうだった。おれは血だまりの中で、からだ中の筋肉が動くかどうかをこっそりと確かめ、にきび面が珠子を犯す体位をとった瞬間に、ぱっと立ちあがった。

にきび面めがけて、体あたりした。

にきび面が、仰向けに転がった。

仰向けになった彼の顔を、おれは力いっぱい踏《つぶ》んづけた。

頭蓋骨《ずがいこつ》が、おれの靴の下でぐしゃりと潰れた。にきび面は、おれの足の下でにきび面ではなくなってしまい、四肢を天井に向けて直立させた。

全員が、総立ちになった。

相撲とりと赤鼻が、両側からおれにとびかかってきた。おれはたちまち、組み伏せられてしまった。

「清ちゃん。清ちゃん」背の低い方の少女が、にきび面の名を呼び、泣きながら死骸《しがい》に駈《か》け寄り、抱きつこうとした。

だが、死骸の無残に潰れた頭部——脳漿《のうしょう》に押し出されて眼窩《がんか》からとび出した眼球と、血と肉の中に折れた歯が散らばっている様子をひと眼見てぎゃっと叫び、悲鳴をあげ続けながら、腰を抜かさんばかりのあわてかたで部屋から駈け出ていき、リビング・ルームを通り抜けて、テラスから外へ逃げていった。

とばした。

リーダーを殺されて憤った若者たちは、おれを床に転がし、上から靴で踏みつけ、蹴《け》とばした。

「殺せ。殺せ」ヒステリックに叫びながら、背の高い方の少女は、ハイヒールの踵《かかと》をおれの肋骨《ろっこつ》の間へたて続けにめりこませた。

おれは呻《うめ》きながら、床をころげまわった。顔を潰されることだけを避けるため、両手で顔を覆い、大声で呻きながらころげまわった。いくら大声で呻いても痛みが和らぐことはなく、呻けば呻くほど、彼らはさらに激しい痛みをおれの全身に加えてきた。

「そうだ。殺してやろう」拳銃を持っているさがり眼が、他の連中を押しのけ、おれの胸に銃口を向けた。「おれはまだ、人を殺したことがないんだ」へらへら笑った。

他の連中は、あわてて後退《あとずさ》った。

さがり眼は笑顔を消し、おれの心臓に狙《ねら》いを定めて、拳銃の引き金を引いた。

だが、弾丸《たま》は出なかった。

「なんだ。この拳銃、壊れてやがる。引き金が動かねえや」さがり眼は部屋の隅へ、拳銃を投げ捨てた。

「ピストルでなくったって、殺す方法はいくらでもあるんだろ」と、カニがいいながら、部屋の中を見まわした。

ツヨシが、リビング・キチンの隅の、地下におりる階段から、そっと上ってきた。だが、誰も彼には、注意をはらわなかった。ツヨシは、電線のコードのようなものを引きずっていた。

「こいつがいい」カニは、太い木製の灰皿立てを握り、さがり眼に渡した。「撲殺だ。こいつで頭の鉢を叩《たた》き割ってやれ」

さがり眼は、少したためらった。「おれがやるのか」

「なんだよう。やれねえのか」カニが軽蔑《けいべつ》したようにいった。「ピストルでなきゃ、殺せねえのか」

「そりゃあお前、拳銃《けんじゅう》でぶち殺すのと、撲《なぐ》り殺すんじゃ、わけが違うよな。なあみんな。そうだろ」

「じゃあ、いったい誰がやるんだ」カニが一同を見まわした。「誰もやれねえのかい」

「そんなことというなら、お前やれ」さがり眼がむっとして、灰皿立てをカニの手に戻した。

カニは、でかい眼をしばたたいた。灰皿立てを受けとりながら、しばらくさがり眼の顔をぼんやりと眺めた。それから一同の顔を見わたし、ゆっくりとうなずいた。「よし。やってみるか」

カニは、虚勢をはって灰皿立てをふりまわしながら、倒れたままのおれに近づいてきた。

こいつにやられるのか——おれは、腹の中で舌打ちした——これはひどいことになった。力まかせに撲られて殺されるならまだいいが、こんな力の弱そうな小男に、しかも中途半端にやられたのでは、とてもじゃないが一撃で即死というわけにはいくまい。死ぬまでに、だいぶ苦しむことになりそうだぞ――。

その時、ツヨシがカニの足もとに駈け寄り、握りしめていたコードの先端の、針状の金属をぐさりとカニの尻《しり》に突き刺した。

ばしっ、と、火花が散った。

カニは全身を蒼白《あおじろ》く光らせ、握っていた灰皿立てを天井近くまで抛《ほう》りあげながら、自分自身も高く宙に踊りあがり、青黒い煙を立てて床にころがった。ぷすぷすといぶりながら、彼は次第に赤黒く焦げていった。

ツヨシはカニの尻から針を引き抜き、コードを構えて若者たちを睨《にら》みつけた。「高圧線から引いてきた電流だ」彼はしわがれ声で、そう叫んだ。「お前ら、この家から出ていけ。出ていかないと、どいつもこいつも感電死させてやるぞ」

どうやら、地下室で電気の実験か何かをするため、近所の高圧線からとっていた高圧電流をひいてきたものらしい。

またひとり仲間が殺されたのを見て若者たちは立ちすくみ、ツヨシと、床の黒焦げ死体を、交替に眺めた。こんな子供が自分たちの仲間を殺したのだということを、なかなか信じられない様子だった。

「まあ、そう怒るなよ。子供」ややあって、まだ下半身まる出しのままのどんぐり眼が、猫なで声を出しながらツヨシに近づいてきた。「そりゃあ、たしかにこの家を荒らして悪かったよ。この家はお前の家だったな。そうだな」ツヨシは、身構えたままで後退りしながら、泣き声で叫んだ。「こっちへくるな。そばへ寄るな」

「お前の家は、でかい家だなあ。とてもいい家だよなあ。だからおれたちだって、ここにいたいんだよ」どんぐり眼はにやにや笑いながら、なおもツヨシに近づいた。

「出ていけ」ツヨシは、ふるえながら絶叫した。「すぐ、出ていけ」

おれは全身の痛みに、呻き声をあげながら、ゆっくりと立ちあがった。「いいや。出て行かなくてもいいぜ」びっこをひきながら部屋の隅へ行き、どんぐり眼の投げ捨てた拳銃を拾いあげた。「お前たち、ここを出て行ったら、またよそで悪いことをする筈《はず》だ。そうだろ」

「さあね。やるかもしれねえが、だから、どうだっていうんだ」赤鼻が、口をぽかんと開き、憎らしげな薄笑いを浮かべてそう訊《たず》ねた。

「だから、この家から出て行かせないようにする」おれは少しずつ位置を変え、テラスを背にしながらそう答えた。

「ほう。この家にいると、何かいいことがあるのか」どんぐり眼が、小馬鹿にしたような顔つきでおれにいった。

「あるとも」おれはうなずいた。「お前ら全員、射殺してやる」

「こいつは面白いな」どんぐり眼が、さらに大きく眼を見開いた。「その壊れた拳銃で、撃っていうのかい」

「ところが、こいつは壊れていないんだ」おれは拳銃の安全装置をはずした。「拳銃に安全装置ってものがあることも知らないチンピラの癖して、ギャングの真似《まね》ごとをやるようなやつらは、生かしちゃおけない。社会の為《ため》にならないからな」

形勢は一挙に逆転した。若者たちはいっせいに数歩後退し、食いいるように、おれが握りしめている拳銃の銃口を眺めた。

「社会なんていったって、その社会ってものが、もう、ないんだぜ」どんぐり眼が、急に愛想笑いのようなものを頬に浮かべ、喋《しゃべ》りかたまでがらりと変え、なだめるようにいった。

「いや。あるんだ」おれは、かぶりを振った。「人間がふたり以上生きていれば、そこにはまだ社会ってものがあるんだ。ところがお前らは人間じゃない。野獣だ。野放しにしてはおけない。お前らを始末するのは、社会人としての義務だ」

「殺す権利はないわ」背の高い少女が、まっ青になって叫んだ。

「いや。ある。社会があれば法律もある。おれは法律を代行するだけだ。おれが法律だ。手はじめにお前を撃ち殺してやる」おれは銃口を少女に向けた。

「いや。いや」少女はべったりと床に膝《ひざ》をつき、四つん這《ば》いになって泣き出した。「死ぬのはいや。死ぬのはいや」

おれは引き金を引いた。

弾丸は、おれに向かって頭を下げていた少女の頭蓋《ずがい》に命中し、彼女の胴体を縦に貫いた。少女は地の底へ向かってダイビングするような恰好《かっこう》をし、床に顔を押しあてて死んだ。

「わっ」

おれの殺意に、まだ半信半疑だった若者たちは、悲鳴をあげ、あわてふためいて椅子やテーブルのうしろへ逃げこんだ。赤鼻と相撲とりが、おれの横をすり抜けて、テラスの方へ逃げようとした。

「逃げると撃つぞ」おれはそう警告してから、その警告も耳に入らぬ様子で逃げ続けるのをいいことに、相撲とりの胸板を背後からぶち抜いた。

相撲とりは、テラスの隅のポリバケツを蹴とばしながら土俵入りの真似を演じて見せ、地ひびきたてて石だたみの上へ倒れた。彼の重い頭部が、ごちんとはげしい音を立てて石にあたり、ぱっくり割れた。赤鼻は、相撲とりの横で腰を抜かし、いざりの恰好をしながら庭へ逃がれようとした。

「アル中。貴様も殺す」

おれが彼の背中に向かってそう叫ぶと、赤鼻はだしぬけに石だたみの上へ反吐《へど》を吐いた。おれは赤鼻の脊椎骨《せきついこつ》を狙って撃った。だが、銃口が少し、はねあがった。弾丸はうしろから赤鼻の首の骨を砕いた。彼はだらりと背中に頭部を垂らし、おれの顔をさかさまに睨んだ。魚の眼になっていた。それから吐瀉物《としゃぶつ》の中へ俯伏《うつぶ》せに倒れた。はげしく倒れたため薄紫色をしたそのげろげろのしぶきが、おれの足もとにまでとんできた。

おれは室内をふりかえった。

「た、助けてください」肘掛椅子《ひじかけいす》の凭《もた》れのうしろから、さがり眼がまろび出てきて這いつくばり、驚くべき早口で助命嘆願をはじめた。「ぼくは死にたくない。ぼくはまだ若い。死ぬには早い。ぼくは悪いことはひとつもしなかった。さっきあなたに拳銃を向けたが、悪気はなかった。あれは冗談だったのだ。あれはなかったものと思ってください。助けてください。殺さないでください」

だがおれには、彼を生かしておく理由が見つからなかった。おれは思った通り、彼にいった。「折角だが、お前を生かしておく理由がひとつも見あたらない」

「わあん」彼は大口をあけて泣き出した。

おれは泣き続ける彼の顔面に、銃弾をぶちこんだ。彼の顔は砕け散り、首から上には彼の下顎《したあご》だけが残った。下顎の上では赤い舌がへらへらと、まだ助命嘆願を続けていた。

あとにひとり、テーブルを立ててそのうしろに身をひそめているどんぐり眼だけが残っていた。この男は、いちばん苦しめてやらなければならない——そう思いながら、おれはテーブルのうしろへまわり込んだ。

「ひ、ひい」どんぐり眼は、丸出しの尻を床にべったりと据え、がくがくと痙攣《けいれん》するように顫《ふる》えた。もう助からないと悟ったらしく、眼を閉じてしまった。「こわい。おれはこわい」

今ごろになって、彼の陰茎は勃起《ぼっき》していた。陰茎を勃起させたままで、彼は天井へ向け、はげしく排尿した。アルコールの匂いのする黄色い小便だった。おれは頭からかぶらないよう、とび退《の》きながら引き金を引いた。彼の腹に、弾丸がめりこんだ。彼は土気色の顔をして、呻《うめ》きながら腹を押さえ、俯伏せに倒れた。なかなか死ねないらしく、いつまでも呻いていた。とどめを刺そうとし、おれは彼の頭を狙って引き金を引いた。だが、弾丸がなくなっていた。

おれはツヨシとともに、珠子を抱き起し、寝室につれていって彼女の傷の手あてをした。おれ自身も傷だらけだったし、ツヨシの心も傷だらけだった。二、三日は、この家で休養しなければならないだろうと、おれは思った。

数時間してから、もういちどリビング・ルームへ行ってみると、どんぐり眼は虫の息だった。彼は苦しさのあまり脱糞《だっぷん》していて、黄褐色をした大量の大便が、俯伏せている彼の黒い尻の上にこんもりと盛りあがり、白い湯気を立てていた。

彼らを殺していいことをした——と、おれは思った。ここで彼らの命を助けてやれば、彼らはますます野獣に近づいただろう。その意味でおれは、彼らが少しでも人間に近いうちに、人間に近いものとして殺してやったのである。もっとも彼らの死骸《しがい》を葬ってやる気はなかった。屍体《したい》は人間ではないし、野獣ですらないのだから。

晴海《はるみ》埠《ふ》頭《とう》

その日、南極観測船『ふじ』が停泊している晴海埠頭には、約八十万人の大群衆が押しかけた。

岸壁にぴったりくっついたオレンジ色の船腹を、巨大な動物の屍体にたかる色さまざまな蛆虫《うじむし》の大群のように、人間がよじ登り、甲板に這い登っていた。

船の周囲の、濃緑色をした海面には、つき落されて泳いでいる人間、船に乗ろうとした者が邪魔になって投げ捨てたらしい荷物、その他ヘア・ピースや、レオンカ・トーペや、背広や、ステテコや、預金通帳や、札束や、ストッキングや、パンティなどが一面に浮かんでいた。女や、老人や、幼児の溺死体《できしたい》まで浮かんでいた。幼児を背負った主婦らしい若い女の溺死体もあった。彼女は背の重みのために仰向《あおむ》きになって海面に浮かび、今日だけはスモッグもなく晴れわたった青空の中央の、ぽっかり浮かんだ白い雲を、いとも不思議そうな眼差《まなざ》しで眺めていた。

船の上は、甲板も見えぬほど人間でぎっしりだった。船に人間がたかっているというより、人間が船の形に積み重なっているといった方がよかった。船体の中で、人間によって覆われていないところはほとんどなく、わずかにメイン・マストの中央部、煙突から吐かれる煙のため煤《すす》に汚れた灰色の部分だけが露出していた。

船腹前方の砕氷部にも、アンカーやフェアリーダを手がかり、足がかりにして、人間がこびりついていた。ウインドラスやボラードのある前甲板には、人間が山のように積みあがっていて、デッキ・クレーンの先端にまでよじ登っている者がいた。貨物艙《かもつそう》に入るハッチの大きな長方形の蓋《ふた》が開いていて、人間が船艙の中へ、ぞろぞろと吸い込まれ続けていた。

もちろん、ブリッジの上はいうに及ばず、探照燈《とう》の上、メイン・マストの中ほどにある上部操舵室《そうだしつ》にも、人間はよじ登り、ぶらさがり、しがみつき、かじりついていた。メイン・マストの先端、白いまん丸のタカンや、方向探知機や、観測用レーダーにも数十人がとりついていて、先端にいる者がのべつまくなしにばらばらとブリッジにいる者の頭上へこぼれ落ちた。だが、その空いた所を埋める人間が、次つぎとメイン・マストをよじ登っていった。煙突の周囲も、人間が勾配《こうばい》をなして積みあがり、頂きにいる者は下から押しあげられてそれ以上上はなく、当然のことながら煙突の中に落ちこんでいた。消音機室をつき破って、煙路や機械室に落ちこむ者もあった。

手摺《てす》りの上に吊《つ》られている三隻の救命艇のうちの一隻は、救命索とボートフォールが切れて落ち、船腹と岸壁の間で壊れていた。あとの二隻には人間が鈴なりになっていて、こっちの方もいつ落ちるかわからぬ有様だった。

S61－A二機とベル一機を収容してあるヘリコプター格納庫には、破られた上甲板の天窓から、次つぎと人間が中へとびこんでいた。

白い球型のレーダー・ドームの上、後甲板のヘリコプター発着場も、人間で満ちていた。

足のふみ場もないところへ、さらに次つぎと人間がなだれこみ、人の上に人が乗り、その上へさらに人が乗った。あたり一帯が金切り声、咆哮《ほうこう》、怒号、遠吠《とおぼ》え、悲鳴、号泣、呪詛《じゅそ》、ぐうの音、罵倒《ばとう》、威嚇《いかく》、よがり声、断末魔の絶叫などで満ちみちていた。この晴海埠頭だけで、すでに数万の人間が死んでいた。数時間にわたる、史上最高の、そして最後の大恐慌を経験してきた今となっては、彼ら大群衆のひとりひとりに、もはや人間としての自制心や判断力がなくなっているのも当然だった。そこには、本能しかなかった。それぞれが、ただ自分というひとつの個体を大事に思い、その愛する動物としての肉体、そのいとしい動物としての生命のみを、ほんの一瞬でも長く生き続けさせようとしか、意識していなかった。人間が動物である以上、他の動物にもしばしば起るように、平衡《へいこう》した思考力を失うことは充分あり得たし、その場合、他の動物がそうなるように、愛する者はやはり自分だけだった。わが子を踏み殺して、人間の山の頂きに登ろうとする父親。半死半生の幼児を海へ投げ捨てて身軽になろうとする母親。手がかり、足がかりを奪いあって罵《のの》りあう夫と妻。殺しあう兄弟。死を前にして、人間たちは、どこまでも、どこまでも、人間らしくなくなっていった。人間らしさなどというものがあったことは、幻影としか思えぬような光景だったが、あるいはそれは、ほんとに幻影だったのかもしれなかった。ここでのどのような死も、人間らしい死ではなかった。だが、船の周囲や甲板上での死は、船室や船艙の中での死にくらべれば、ずっとずっと、生きものらしい死だった。なぜなら、定員二百五十名の居住区はもとより、機械室、食堂、ヘリコプター格納庫、食糧庫、はては火薬庫や冷蔵庫に至る、あらゆる船室に詰め込まれた人間の数は十数万人にものぼり、さらにそこへ入ろうとする人間が次から次から押し寄せてきていたからである。

もっとも悲惨だったのは、ハッチの巨大な揚げ蓋《ぶた》の真下にある、第一貨物艙、第四貨物艙などへ乗りこんでいた人間たちだった。彼らはすでに、床も見えぬほどいっぱいに拡《ひろ》がり、ぎっしりと詰まっていて、びくりと身動きすることさえできなかった。

「もう、乗れないぞう」ハッチからさらに入ってこようとする連中を見て、ひとりの若い父親がたまりかね、周囲の人間を力まかせに押しのけ、子供を抱いたまま立ちあがり、そう叫んだ。「もう満員なんだ」

だが、人間たちは、さらにぞくぞくと彼らの頭上から乗りこみ、詰めかけてきた。突き落とされ、まっさか様に墜落してくる者もあった。下にいる人間の頭上へ乱暴にとびおりてくる者もあった。いろいろな人間がいた。サラリーマンの家族づれ、フーテンらしいパンタロンの女、サングラスをかけたやくざ、専務取締役、八百屋のおかみ、相撲とり、セールスマン、学生のアベック、バーのホステス、家事評論家、テレビ・タレント、後家さん、SF作家、オールド・ミスの姉妹、異った種類の人間が、次から次から船艙へつめかけた。最初床の上にひろがっていた人間たちの姿は、たちまち、あとから乗りこんできた人間たちのからだの下になって見えなくなってしまった。「やめて。やめてください。赤ん坊がいるんです」一瞬、若い母親の哀願が船艙いっぱいに響いたが、頑丈な半裸の人足風の男たちの黒い巨大なからだの下敷きになって、骨の折れる鈍い音とともに、その声はすぐ聞こえなくなってしまった。「乗るな。もう乗るな」自分の骨張ったからだの上へ次つぎと覆い被《かぶ》さってくる人間たちに、ひとりの老人が横たわったまま死にもの狂いで叫んだ。「もう乗らないでくれ。骨が折れてしまう。いや。死んでしまう」その老人も、咽喉《のど》をごろごろ鳴らすと、すぐ静かになってしまった。「おれが悪いんじゃない。おれが悪いんじゃない。おれの上に乗っているやつが悪いんだ」そういって泣きながら、自分の顔を恨めしげに眺めている、自分の腹の下の、からだの弱そうな少女を押し潰《つぶ》してしまう若い男もいた。二重、三重に積み重なっただけではすまなかった。セメント袋のように、人間のからだの上に人間のからだが、際限なく積みあがっていった。呻《うめ》き声はすべて、今、圧死しようとしている人間たちの断末魔だった。ゆらゆらと船内に立ちのぼる白い蒸気は、死ぬ寸前の人間の呼気と、あぶら汗の熱気だった。泣き声は、あまり聞かれなかった。今にも死のうとしている時、人間は泣くどころではない。誰もが少しでも人の上に這《は》い登ろうとして、眼を見ひらき、無言であがき続けていた。そのありさまは、まさに蛆虫《うじむし》の大群だった。汚物にまみれて蠢《うごめ》く、巨大な蛔虫《かいちゅう》の大群だった。上へ、さらに上へと積み重なり続ける人間の山の、その底では、すでに圧死した人間たちのからだが音をたてて潰れ続けていた。肋骨《ろっこつ》は折れ続けていた。血は噴き出し続けていた。血と汗が泡立ちながらまじりあい、潰れた肉体が泥のようにこねまわされていた。抱きあった母親と赤ん坊の肋骨と肋骨が、互いのからだの中へ、入れこになって食いこんだ。抱きあった恋人たちの胸と胸が同時に平たくなり、内臓が口と肛門《こうもん》からとび出て混りあった。専務取締役の柔らかな腹部に、八百屋のおかみの折れた足の骨が、どこまでもどこまでも、深く突き刺さっていった。フーテン女の口からだくだくと吐き出される血が、やくざの筋肉組織へ浸透していった。はじけるような音を立てて、オールド・ミスの姉妹の頭蓋骨《ずがいこつ》が同時に割れた。どの腕も、どの腕も、指さきを折り曲げていた。その爪《つめ》の先は、他人の筋肉に深く食いこんでいた。セールスマンとテレビ・タレントの大腸がからみあった。大学教授と学生の血が混りあった。相撲とりと後家さんの内臓がもつれあった。死の直前、苦しまぎれにかっと大きく開いたサラリーマンの口の中の、虫歯だらけの歯の間へ、家事評論家の眼球がめりこんでいった。たった一枚の薄っぺらな皮に包まれていた、水分の多い人体の複雑で繊細な各組織が、絶え間なく潰れ、砕け、破裂し、折れ曲り、歪《ゆが》み、そして無限に圧縮されていった。体内の熱気が潰れた人体から逃げ出し、船艙いっぱいにむんむんと立ちこめていた。だがその熱気も、ついには行きどころがなくなった。船艙の高さいっぱいにまで人間が満ち、空間がなくなったからである。それでもまだ、半死半生の連中をかきわけてハッチからもぐりこもうとする人間はあとを絶たなかった。

その頃ブリッジでは、狭い操舵室内にぎっしり詰まっていた人間たちの、だれの指かもわからぬ多くの指さきが、主機遠隔操縦盤のスイッチやダイヤルをいじりまわし続け、だれのかわからぬ腕が操舵輪をまわし続けていた。最新式の船舶では、機関室には人員を配置せず、すべて船橋で遠隔操作することにし、エンジンの始動停止までできるようになっている。出力三千五百、六百回転のディーゼル機関四台が、だしぬけに動きはじめた。

機関室には、数万人の人間が乗りこんでいた。身動きもできぬまま機械類に武者ぶりついていた者が、次つぎに絶叫しはじめた。ピストンに首をはさまれて息絶える者、噴射弁やボイラーで全身に火傷《やけど》し、死ぬ者、推進電動機にまきこまれて五体ばらばらになる者。火花が散り、熱せられた蒸気が噴出し、燃料がとび散り、屍体《したい》が燃え、肉が焦げ、骨が溶けた。たちまち機関室は焦熱地獄と化した。人間の血が、脂肪が、そのまま機械油となった。機械は、人間を食いちらしながら作動し続けた。

全長百メートル、軸馬力一万二千の南極観測船、砕氷艦『ふじ』は、船腹にしがみついた人間たちをばらばらと周囲へ絶え間なくこぼし続けながら、のろのろと晴海埠頭《ふとう》の岸壁をはなれた。そのままゆっくりと直進し、芝浦埠頭にぶつかり、強力な連続砕氷能力を持つ艦首の四十五ミリの鋼鉄で、がりがりと岸壁を噛《か》み砕いた。この時、船腹中央部の三十ミリの鋼鉄に穴があいた。

『ふじ』は後退し、艦首を南に向け、ふたたび直進した。今度は船腹を品川埠頭の岸壁のかどにぶつけた。穴がさらに大きくなり、新しい穴がまたふたつあいた。

大井埠頭を右に見ながら『ふじ』は東京湾に出た。あいかわらずのろのろとおわん型の船体を南南西に向けて進みながら、徐々に、徐々に、その吃水線《きっすいせん》を上げていった。東京国際空港の沖あいで『ふじ』の吃水線は下甲板に達した。その速度はさらにのろくなった。

多摩川河口で、ついに『ふじ』は船橋を海面下に沈めた。煙突に海水が渦を巻いてごぼごぼと浸入し、残るところはメイン・マストと、前後二本のアンテナだけになった。メイン・マストは、さらにゆっくりと南へ進んだ。

メイン・マストの頂き、白い半円型のタカンに抱きついていたひとりの男は、海面が自分の首に達した時、はっはっはっと笑いながら、あたりを見まわした。

彼は、はっはっはっと笑いながら、ゆっくりと海面下に沈み、黒ぐろとした頭髪を藻のように水面近くでゆらめかせた。

松屋町筋《まっちゃまちすじ》

天神橋上空で大川を横切り、おれは松屋町筋に沿ってベル47G-2型ヘリコプターをとばした。阪神高速1号の道路上はどこまでいっても故障や立ち往生の車がぎっしりで、とても着陸できそうな空間はない。

「人間がひとりもいないよ」街路を見まわしながら、ツヨシがいった。

由比ヶ浜にひとり残るのはいやだというので、彼も大阪へつれてきたのである。

大阪へ近づくにつれ、次第に無口になりはじめていた珠子が、今や完全に沈黙してしまった。時どきおれの顔色をちらりちらりと窺《うかが》うだけで、あとはただ俯向《うつむ》き、眼下の市街地を見おろしているだけである。

もし大橋菊枝にめぐりあうことができたとしたら——おれは考えた——おれはいったい、このふたりをどうするつもりなんだろう——。いくら考えてもわからなかった。そもそもおれは、大橋菊枝に会うつもりで、苦労して大阪までやってこようとしたのである。ところが、苦労を共にした珠子とツヨシが、今やある意味で菊枝よりはずっとおれの身近な存在になってしまっているではないか。しかもおれは、ここへくるまでの間に珠子を本気で愛するようになってしまったのである。どうすればいいものやら、見当がつかない。どちらを選ぶかなどという問題ではないからだ。

珠子にしてみれば、何もかも承知でおれについてきた以上、たとえその途中でおれが彼女を好きになったとはいえ、今さらおれを独占しようとすることはできないし、おれが大橋菊枝に会いに行こうとするのを咎《とが》め立てすることもできない。だから黙っているのである。また、おれの厄介な立場もよく承知しているはずだ。だから黙っているのである。

どうするかの決断がつかないまま、ヘリは末吉橋までやってきた。末吉橋の交叉点《こうさてん》は、比較的空いていた。おれは交叉点のまん中めざして着地態勢に入った。ここは大橋菊枝の家のある問屋町のすぐ傍《そば》なのである。

乗り捨てられた車が散らばり、人っ子ひとり見かけない交叉点に垂直降下して着地し、おれはしばらく考えこんだ。

珠子は、あいかわらず俯向いたまま黙っている。ツヨシも、うすうす事情は知っているらしく、気づまりな様子で、やはり黙ったまま、しきりにあたりをきょろきょろ見まわし続けていた。

「ここで、待っていてくれ」しばらくして、おれはそういった。

珠子が、さっと顔をあげ、おれの表情を読み取ろうとした。

「必ず戻ってくる」おれはポケットから拳銃《けんじゅう》を出し、ツヨシに渡した。「弾丸は入っていないが、威嚇《いかく》の役には立つだろう。ここにいてくれ。できるだけ、早く戻ってくる」

「待ってるよ」ツヨシが、うなずきながらそういった。

おれは、珠子を見つめた。

「待ってるわ」珠子は、かすれた声でそういい、うなずいた。「だって、どこも行くところがないんだもの」それだけいうのが、せいいっぱいだったらしい。すぐにおれの顔から眼をそむけてしまった。

おれは操縦席からおりて車道を駈《か》け、東横堀川を越えた。あたりに動くものの姿はなかった。最終戦争が起ってから、すでに三日経《た》っている。みんな、どこかへ逃げてしまったのだろう。だが、いったいどこへ逃げたのだろう。ただ街の中で死にたくないというだけの理由で、山や村へ逃げたのだろうか。それとも家の中で、ひっそりと静かに死を待っているのだろうか。

ガイガー・カウンターを持っていないから、それがどれ程の量かはわからないが、しかしこのあたりも、すでに大量の放射能によって汚染されていることはまちがいない。死が、静かな死が、時間の問題として、大通りを走り続けるおれの背に重苦しくのしかかってきていた。あと四日、いや、三日ぐらいだろうか。放射能が急激に襲ってくれば、明日死ぬということだって考えられる。

細い道を左に折れ、問屋町に入った。見憶《みおぼ》えのある家並みに懐しさがつのり、ふたたび切実に大橋菊枝に会いたい気持がわき起った。一瞬、珠子のことを忘れた。大橋菊枝が、自分の家でひっそりと死を待っている人間のひとりであることを祈った。やさしく、あたたかく、おれを迎えてくれ、抱きしめてくれることを、赤ん坊が母親を慕うような気持でおれは願った。

勝手なものだ——そこでまた珠子のことを思い出し、おれは自分への腹立ちをこめてそう思った。おれが、東京での愛人をつれて戻ったと知ったら、大橋菊枝はどうするだろう。何というだろう。

間口が十メートル以上ある大橋商店の大きな店先には、ひっくりかえったリヤカー、梱包《こんぽう》されたままの荷物、荷ほどきされかかったままの商品などが雑然と散らばっていて、店にも、板の間の帳場にも、誰《だれ》もいなかった。耳をすませてみたが、奥の間《ま》に人のいる気配もなかった。異様な感じだった。いつもここは喧騒《けんそう》に満ちていたのである。

大橋菊枝の礼儀正しさを思い出し、おれは礼儀正しく靴を脱いで帳場にあがった。帳場の奥ののれんをくぐると、そこは長い廊下になっていて、左側が中庭、右側には座敷の障子が並んでいる。大阪の商家は奥行きが深く、菊枝の部屋は廊下のつきあたりにある。廊下はそこからさらに中庭に沿って左に折れ、家族の人たちの寝室に通じているのだ。おれは廊下を歩き、つきあたりの障子をあけた。大阪本社にいたころ、この部屋には数回来たことがある。なつかしい部屋だった。だが菊枝はいなかった。やっぱり、家族といっしょにどこかへ逃げたんだ――おれはがっかりし、その四畳半の和室の中ほどで、しばらくは茫然《ぼうぜん》と佇《たたず》んでいた。

部屋には、それでもまだ、懐しい菊枝の匂《にお》いが残り、漂っていた。部屋の隅の、裏庭に面した窓の手前の菊枝の座机の前に、おれはどっかりと腰をおろし、あぐらをかいた。気抜けがして、しばらくは何をする気も起らなかった。

菊枝は、おれが戻ってくるとは思わなかったのだろうか。おれに戻る意志があっても、どうせ道路の混雑や何かで、とてもたどり着くことは不可能に違いないと早合点したのだろうか。それとも、自分のことを、おれが東京から苦労して戻ってくるほども愛してはいないだろうと判断したのだろうか。いや、そんな筈《はず》はない――おれはかぶりを振った――彼女はおれの愛を信じていた筈だ。それは、はっきりといえる。あのおっとりした菊枝が、たったひとりで上京し、おれの部屋に泊ったことからも、彼女がおれを愛し、またおれの愛を信じていたことがわかる。とすれば、あの菊枝のことだ、おれの下宿で半日以上もじっと座っておれを待っていたあの時のように、今度もやはり、じっとおれを待ち続けていた筈なのである。

家族の人たちに、無理やり連れて行かれたのか——そう思い、おれは彼女の机の上や抽出《ひきだし》の中を調べた。もしそうなら、何かおれに書き残していった筈だった。だが、おれへの手紙らしいものは見あたらなかった。

最後におれは、机の横の、スリガラスをはめこんだ小さな本箱を開いた。ぎっしり並んでいる小型の本の背表紙を眺め、おれはあっと叫び、眼を丸くした。

『新婚初夜の心得二十章』『夫婦生活と生理』『性生活の知恵』『妻と夫の性生理』『セックス臨床学』『体位グラフ全集』『避妊のすべて』『性生活早見表』『初夜——これだけは知っておかねばならない』『愛』『愛情生活三週間』『夫婦とは何か』『結婚の性態』『性体位四十八手』『セックスのすべて』……エトセトラ、エトセトラ、いずれもセックス解説書ばかりである。冊数にして百冊近くはあるだろう。おれは背筋がぞっと寒くなった。おれとの結婚を、こんなに待ち望んでいたのか——おれはしばらく息をのみ、本の背表紙を眺め続けていた。

大橋菊枝は二十四歳である。結婚適齢期は過ぎようとしているし、もちろんセックスに関心を持ったとしても、ちっともおかしくない年頃《としごろ》だ。しかし、家庭での厳しい躾《しつけ》と、そのため身にそなわった立居振舞いの端正さと、身を持する態度の潔癖さが、一方では逆に彼女を、人並み以上に、いや、むしろ異常なまでにセックスへの興味へと走らせたのだ。おれははじめて、女というものの複雑さに、身ぶるいするほどの恐怖を感じた。

その時、低い唸《うな》り声のようなものが次第に高まりながら、寝室の方から廊下を近づいてきたかと思うと、がらりと障子が開き、何か赤いものが絶叫しながら部屋の中へまろびこんできた。

女だった。

赤い花柄の長襦袢《ながじゅばん》にしごき一本だけの姿で、髪ふり乱し、まっ赤な口を大きく開いた気ちがい女だった。彼女はおれを見てふたたび嬌声《きょうせい》をはりあげ、抱きついてこようとして仰向《あおむ》けに転倒した。長襦袢がまくれあがり、生殖器がむき出しになった。

声も出せず立ちすくんでいるおれに、彼女は立ちあがるなり武者ぶりついてきた。その色情狂の女が大橋菊枝だとわかったのはその時である。

「わあっ。わあっ。わあっ」続けざまに、おれは悲鳴をあげた。

血の凍りつきそうな恐怖だった。これほどの恐怖を味わったことは、今まで一度もなかった。由比ヶ浜で、あのチンピラから拳銃を向けられた時も、これほどの恐怖は感じなかった。もちろん、あの時とは恐怖の質がぜんぜん違う。しかし恐怖のために心底から動顚《どうてん》し、気を失うのではないかと思うほどとり乱したのは初めてだ。

「わあっ。わあっ。わあっ」おれは大橋菊枝をつきとばし、障子をつき破って廊下へ走り出た。もはや菊枝を、菊枝と思うことはできなくなっていた。あれは菊枝ではない。怪物なのだ。菊枝と同じ顔をした、醜悪なセックスの怪物なのだ。おれは悲鳴をあげ続けながら廊下から帳場へ出ると、そのまま靴もはかずに店さきへとび出し、路地を走り、あともふり向かずに逃げた。髪の毛がさか立っているのを感じた。そのため、よけい恐怖心をあおられた。恐怖のあまり、おれはわけのわからないことをわめきちらしていた。

「わあっ。いやだ。いやだ。助けてくれ。こわい。こわい。追いかけてくる。追いかけてくる。助けてくれ。お珠。助けてくれ」

末吉橋の上まで逃げてきて、おれはやっとひと息いれ、おそるおそる背後を眺めた。怪物の姿はなかった。追ってはこないらしい。急に全身の力が抜け、おれは子供のように道ばたにしゃがみこんでしまった。悲しさがこみあげてきて、嗚咽《おえつ》が知らずしらず口から洩《も》れた。おれは女のように顔を覆い、むせび泣き、しゃくりあげた。涙を流して泣いたのは中学生時代以来のことである。自分が子供に戻ったような気がした。

やがて、もう大橋菊枝のことは考えるまいと心に決め、立ちあがった。なぜなら、大橋菊枝という女はもうこの世にはいないのだから。

ヘリコプターに戻ると、珠子とツヨシがじっとおれの表情を観察した。意外に早く戻ってきたので、珠子はわずかに安心の表情を見せていた。

「彼女は、いなかった」と、おれは平静を装いながらいった。「どこかへ逃げてしまったらしい」

「どこへ行ったか、わからないのかい」ツヨシが同情の眼を向けて訊《たず》ねた。

「わからない」おれはそう答えた。

「でも、何かあったんじゃないの」珠子がそういった。おれの顔つきや態度で、敏感にそう悟ったらしい。

「その話は、もうやめよう」おれはぴしりといった。「とにかく、おれたちは三人きりだ」自分にいい聞かせるように、うなずいた。「そう。おれたちは、三人きりなんだ」

珠子が、嬉《うれ》しさと安心感から、突然おれの胸の中にからだを投げかけてきて、わっと泣き出した。おれは彼女の背を、やさしく撫《な》でた。

「もう、死んでもいいわ」彼女は、わあわあ泣きながらいった。「いつ死んだっていいわ」

「結婚しよう」と、おれはいった。

珠子がびっくりして、おれの顔を見あげた。「え」

「結婚するんだ。おれと君は夫婦になるんだ。わかるか。今すぐ結婚するんだ」

「結婚式をあげるのかい」ツヨシが、眼を丸くして訊ねた。

「いや。式なんてものは不必要だ。役所へ結婚届を出すだけでいい」

「結婚できるの」珠子の涙にうるんでいた眼が、次第にいきいきと輝やきはじめた。

「わたし、結婚できるのね」

「でも、役所はどこだろ」ツヨシがあたりを見まわした。

「おれが知っている。南区役所が、すぐそこにある筈だ。さあ行こう」

おれは珠子とツヨシをつれ、松屋町筋をさらに南へと歩きだした。

「死ぬ前に、結婚ぐらいはしておかないとね」と、おれはいった。

「あなたと結婚できるとは思わなかったわ」珠子が、子供のように手の甲で涙を拭《ふ》き、泣き笑いをしながらいった。

「相手がおれなんかで悪かった」と、おれは柄にもなくそういった。「君なんか、いくらでもいい相手と結婚できたんだ」

そういった自分のことばで、おれは単純に感動した。涙が、また出てきた。ひどく涙もろくなっているのに自分でもおどろいた。

珠子がわあわあ泣き出した。泣く必要のないツヨシまでが、つきあいよくおいおい泣き出した。おれたち三人はわあわあ泣きながら並んで歩いた。誰もいない大通りを、大声はりあげて泣きながら歩いた。

次の大通りを右に折れ、東横堀川を渡って少し行くと、右側に南区役所があった。がらんとした建物の中には、やはり誰の姿も見えず、書類が机の上やカウンターや床に、乱雑に散らばっている。

「婚姻届の用紙はどこにあるのかな」

おれがそういいながら、あたりを見まわしていると、区民税徴収係のカウンターの向こうから、ひとりの若い役人が顔を出した。

らしい。

「何か用か」

ひどく横柄な口調である。どうやら今まで椅子《いす》を並べて横になり、不貞寝《ふてね》をしていた

「やあ、婚姻届を出したいんだがね」

おれの馴《な》れなれしい口のききかたが気にくわなかったらしい。彼はじろりとおれたちを見て、ふんと鼻で笑った。「こんな状態の時に、婚姻届も糞《くそ》もあるかいな。誰とくっつこうが、そんなもん構《かま》へんやないか。勝手にやったらええねん」

「正式に結婚したいの」と珠子がすがるような眼を彼に向けた。「わかるでしょ。お願い。婚姻届を受け付けて頂戴《ちょうだい》」

だが、若い役人はロマンチックな感情をひとかけらも持ちあわせてはいないようだった。彼はじろりとツヨシを見た。「そんな大きい子供まである癖して、何が婚姻届やねん。いちびるな」

「いや。この子はおれたちの子じゃない。しかし、婚姻届を受け付けてもらいさえすれば、おれたちの養子にする」おれはそういってツヨシの頭を押さえた。

ツヨシはあきらかに、嬉しそうなそぶりをした。

「あかん」と、役人はそっ気なくいった。「わい、戸籍係と違うさかいな」

「戸籍係は、いないじゃないか。君、かわりに受け付けてくれ」

「偉そうに指図するな。戸籍係がおらへんのは、わいの責任違うわい」

「こんな時にまで、役人風を吹かすな」悪い癖で、おれはまたかっと頭に血をのぼらせ大声を出した。「何だ。そのいい方は」

「そっちこそ、何ちゅう口のききかたや」役人は、にくにくしげにおれたちを横眼で見た。「人にものを頼む時に、その偉そうないい方、なんやねん。ええ加減にさらせ」そっぽを向いた。「あやまれ」

「すみませんでした」珠子が頭をさげた。

「あんたに言うてるんやない。その阿呆《あほう》に言うとるんや」彼は顎《あご》でおれを指した。

今さら喧嘩《けんか》したって、しかたがない。おれは頭をさげ、あやまった。「すまなかった。少し言いすぎたようだ。悪く思わないでくれ」

「もっとていねいにあやまれ」彼は頭ごなしに、そう怒鳴《どな》った。「なんやそのあやまり方は。それであやまっとるつもりか。ど阿呆。地べたへ膝《ひざ》ついて、お辞儀せえ。悪うございました言え」

おれは床へ膝をついた。「悪うございました」

「ま、ええやろ」彼は機嫌をなおした。「婚姻届やいうたな。印鑑と印鑑証明」手を出した。

「ありません。拇印《ぼいん》では駄目でしょうか」珠子が、おろおろ声でいった。

「戸籍謄本」

「それもありません。わたし、本籍地が東京なんです。わかってください。この状態じや、とても東京まで取りに戻ることなんか……」

役人は、また怒鳴った。「戸籍謄本もない。印鑑も印鑑証明もなんにもない。それで婚姻届出すいうんか。ど阿呆。いちびるな。ひと何や思うてけつかるねん」

たまりかね、おれはカウンター越しに彼にとびかかった。

「この」

「うわ」

役人が腰をおろしていた椅子はひっくりかえり、おれたちは床にころがった。督促状の束が、おれたちの頭上に落ちてきて散らばった。おれは彼の首を締めあげようとした。彼は靴で、おれの胸を蹴《け》とばした。おれはロッカーのドアに背中を叩《たた》きつけ、俯伏《うつぶ》せに倒れた。役人がおれにつかみかかってきた。

「何さらす。この」

「ええい。この」

古い戸籍台帳数十冊が、ロッカーの上から降下してきて、おれたちの脳天を続けざまに強打した。おれたちは二人とも、一瞬軽い脳震盪《のうしんとう》を起し、互いの胸ぐらを摑《つか》みながらぼんやりと相手の顔を見た。

「わしら、何でまた、こんな阿呆なことしとるねん」やっとわれに還《かえ》った様子で、役人がぼそりと呟《つぶ》やいた。

「おれたちは馬鹿《ばか》なんだよ」おれも、そういった。「あんたやおれだけじゃない。みんな馬鹿なんだ」

「その、馬鹿なとこが、また、よかったんやないか」役人が、しくしく泣き出した。「阿呆やさかい、愛嬌《あいきよう》があってよかったんや。それが人間のええとこやったんや」

おれは、わあわあ泣いた。「しかし、馬鹿だったから、みんな死んじゃうんだ」

役人も、声をあげておいおい泣いた。「なんでや。なんで死なんならんねん。馬鹿で阿呆で、愛嬌があって、おっちょこちょいで、おもろい人間が、その人間が、なんで全部死んでまいよるねん。そんな阿呆なこと、あるかいな」

おれたちは抱きあい、わあわあ泣き叫んだ。「こんなしょうむないこと、あってたまるか」

ひとしきり泣きわめくと、おれたちは互いのからだをはなし、床に尻《しり》を据えたまま子供のように泣き続けた。

やがておれは、泣きじゃくりながら彼に頼んだ。「頼む。婚姻届を受けつけてくれ」

役人も、泣きじゃくりながら答えた。「印鑑と、印鑑証明と、戸籍謄本と……」

南極点

最終戦争が起ってから約二か月半——正確には七十七日と十時間ののち、南極点から一キロ離れた地点に、一台の黒い雪上車が姿を見せた。雪上車は氷点下六十度の寒気と吹きすさぶ風の中を、キャタピラの粗野な音とともに目的地——南極点アムンゼン・スコット基地に迫りつつあった。

　雪上車にはただひとり、イギリス南極観測隊員ブライアン・ジョン・バラードという若い男が乗っていた。彼はハリイ・ベイ基地の医者であり、また本国では前途有望と目されている新進SF作家でもあった。

　黒い、つらつらだらけの雪上車は、自分のまき起した雪けむりの中で、やがて停止した。がらがらという音が消え、あとは風の音だけが白い世界を支配した。

　ブライアン・ジョン・バラードは、油光りのするヤッケ姿で、黒いショルダー・バッグをひとつ肩からさげ、雪上車から地上に降り立った。髭《ひげ》はのび、顔はまっ黒になり、眼は落ちくぼみ、頰《ほお》はこけていた。

「壊れやがった」彼は吐き出すようにそう呟やいた。それから思いなおし、かぶりを振った。「いやいや。たったひとりで、ハリイ・ベイからここまで、このおんぼろ雪上車でくることができたのは、むしろ幸運といっていい。途中で食糧と燃料を積んだカブースをなくしたり、高原で転覆しそうになったりしたが、いのちだけは失わなかった」彼は絶え間なく、ぶつぶつとひとりごとをいい続けていた。ながい間の孤独が、彼にひとりごとの癖をつけたのである。

　彼は雪上車から、ガイガー・カウンターを出した。そしてあたりの放射能量を測定した。ガイガー・カウンターは、ばりばりとはげしい音を立てて警告を発した。

「うむ。ここまで追いかけてきやがったか」彼は天を仰いだ。「お前さんの追跡の手は、とうとうおれに届いたぜ。もちろん、まだ致死量以下だがね」

彼は地上に、ガイガー・カウンターを抛《ほう》り投げた。もう必要ではなかった。放射能の押し寄せてくるのがいちばん遅いと思われる地球上最後の地点でガイガー・カウンターを持ち、次第に大きくなる音を聞いていたところで何になろう。

ブライアン・ジョン・バラードは雪上車を捨て、南極点めざして歩きはじめた。空腹と疲労と、そして風のために、よろめき続けながら歩いた。氷雪の上の、目的地までの一キロは遠かった。

「だが、おれはたどりつけるのだ」彼は風に向かって叫ぶようにそういった。「なぜなら、おれが最後の人類だからだ。そして南極点には、地球上最後のひとりを救うべく待っている者がいる。そいつは、そこにいる筈《はず》だ。おれを待っている筈だ。そいつはおれがやってくることを知っているのだ。人類が、いや、生命がこの地球上にあらわれた時から、そいつは、今日のこの日のくることを知っていたのだ」

最終戦争勃発《ぼっぱつ》の情報が入り、そしてハリイ・ベイ基地で暴動が起るまでの僅《わず》かな期間に、彼はこの哲学を自分で作りあげたのである。そして彼は、神とも、異星人とも、宇宙意志とも今だにわからぬ、その「人類の最後のひとり」を救おうとする者が選ぶのは、自分をおいて他にないと確信していた。なぜなら、そのことを知っていて、しかも確信しているのは、彼、ブライアン・ジョン・バラードただひとりだったからである。だからこそ彼は、地球上のあちこちからハリイ・ベイへ避難してきた大勢の人間を、数人の仲間といっしょになって殺戮《さつりく》し、はてはその数人の仲間さえ平気で殺し、ただひとり、この南極点めざして出発したのである。

「ああ。最後の地点でおれを待つものは、はたして何ものか」やや正気を失った眼で空を眺め、彼はセンチメンタルに詠嘆した。「それは、人類進化の極致であるこの現代人を、仲間に入れてやろうと待ち受けている神々か。はたまた、次の機会にこそは人類を破滅させまいとして、より高度な知性を持つ超人類を作り出そうと望み、わが心と肉体を改造せんと待ち受ける宇宙意志か。あるいは、人類の遺産であるおれというひとりの文明人を、高度に発達したその異星連合へ加盟させんとする異星人か」彼は歩きながらふり返り、天に向かって握りこぶしを振りあげ、振りまわした。「ざまあ見ろ。おれを追ってきても何もならないんだ。新生への道を歩むこのおれに、汚ならしい地球の排泄《はいせつ》物《ぶつ》でもって挫折《ざせつ》させようとしたところが無駄なこと。さらば、汚れきった地球よ。選ばれたただひとりの人類であるこのおれに、もうお前は何の役にも立たないのだ。さらば地球よ。お前さんのみみっちい猥褻《わいせつ》な数十億年の歴史は、ただおれひとりを生み出すためだけのものだった。今、生まれ変ろうとするおれに、何の関係もなくなった地球よ。さらば。お前にはもう、何の用もない」

今、ブライアン・ジョン・バラードを、前へ前へと進めさせているものは、彼の驕《おご》りたかぶったエリート意識だった。宇宙の哲理を見きわめたのは、ただ自分だけと思いこんでいる、彼の浅薄な自負心だけだった。そのエリート意識と自負心は、ただ、彼の書いたSFを理解できる人間が、あまりいなかったという今までの経験に基き、彼の心に知らずしらず培《つちか》われたというだけのものに過ぎなかったのである。

氷雪に足をとられてよろめきながら歩き続ける彼の眼に、やがてアムンゼン・スコット基地の数本のポールと標識の群れが見えはじめた。

「おかしいな。誰もいない」

首をかしげながら歩き続け、やっと南極点に到達したブライアン・ジョン・バラードは、やや血走った眼で四周を眺めまわした。当然のことながら、どちらを向いても北であった。

彼は次に、空を見た。そこにも、何もなかった。

「どこにいるのだ。おれを待っている者は」彼はそう呟やいた。「いない。いないぞ。そんな筈はない」彼はゆっくりとかぶりを振った。「これ以上、ここで、おれが彼らを待つわけにはいかない。なぜなら、すでにここまで放射能が押し寄せてきているからだ。致死量までにあとほんの僅かの危険度の放射能だ。だから彼らは、おれがくるまでにここへ来て待っているべきだったのだ。だが、きていない。と、いうことは。と、いうことは」

彼ははげしくかぶりを振った。彼の即製の哲学が、はや、もろくも崩れ去ろうとするのをけんめいに支えながら、彼は叫んだ。「早くこい。早くきてくれ。でないと、おれは汚染されてしまう。おれのきれいなからだが、汚い塵《ちり》を浴びてしまう。いや。いや。その前に」彼は氷の上にばったりと俯伏《うつぶ》せた。「凍死してしまう」

彼はすでに疲れきっていた。期待だけが、彼を南へ南へと進ませてきたからだ。ただ風の吹きすさぶだけの白い世界に、しばしの時が流れた。

「誰もこないんだ」やがて、ブライアン・ジョン・バラードは、そういってすすり泣いた。「人類は滅亡するのだ。おれがここで眠りこんでしまうと同時に、人類は消えて行くのだ。華やかなのだ。数十億年の偉大なる歴史を持つこの地球から、人類は消えて行くのだ。おれを最後のひとりとして、文明を作りあげた宇宙最高の生命形態である人類が亡びるのだ。おれを最後のひとりとして、この大宇宙から人間はその姿を消すのだ。存在することをやめるのだ」

眠りそうになる自分を眼醒《めざ》めさせようとして、彼は喋《しゃべ》り続けた。だが、その声は次第に弱くなりことばは間のびしはじめた。彼は氷の上によだれを垂らしながら、さらにぶつぶつと、何ごとか呟《つぶ》やき続けた。

最後に、彼はくわっと眼を見ひらいた。「何か言わなければならない。人類の最後のひとりとして、何か気のきいたことばを叫んで死ななければならない。それがおれの役目なのだ。最後に死んで行く人類としての、おれの使命なのだ。人類の終焉《しゅうえん》のことば。それは何だ。何か言わなければ。何か言わなければ」

だが、何も思いつかなかった。思いつくのはすべて過去、歴史上の大人物が言ったことのある終焉のことばだけだった。

〈わたしの図表に近よるな〉〈ブルータス、お前もか〉〈あの世はとてもきれいだ〉〈お母さん。お母さん〉〈いま死んじゃ困る〉〈私の仕事は終ったのだ〉〈心頭滅却すれば火おのずから涼し〉〈神と祖国〉〈話せばわかる〉〈よろしい〉〈遅すぎた。あまりに遅すぎた〉〈もっと光を〉〈やられた〉

ブライアン・ジョン・バラードはあせった。「何もない。たた、大変だたいへんだ。何もない。おれのいうことが何もない」彼はまた泣いた。

ひとしきり泣いてから、彼はぐったりして氷の上に顔を伏せた。終焉のことばを考えようとするのをやめた途端、いみじくも彼は本音を吐いた。それはまさに、彼の死を、人類の死を、そして地球上のあらゆる生物の死を、この上なく適切に表現していたのである。

「Nonsense……」

ことば通り、無意味以外の何ものでもない人類の最後のひとことを、ゆっくりと呟やいてから彼は眠りに落ちた。

眠りに落ちて数分ののち、彼の心臓は停止した。地球上に、霊長類はいなくなってしまった。

銀座四丁目

数度の雨に洗われ、銀座四丁目の空からは永久にスモッグが消え去り、午後の陽光は、まばゆく交叉点《こうさてん》を照らしていた。

交叉点は無人であった。行き交う車もなく、大東京の中心部は今、静寂に包まれていた。真昼の銀座四丁目がこのような静寂に包まれたのは百数十年ぶりのことであったろう。

交叉点を、風が吹き抜けていった。動くものは、路上すれすれに舞い踊る紙片以外、何もなかった。人類文化の遺産である多くの文字だけが、無人の繁華街に氾濫《はんらん》していた。店名、商品名、映画の題名、標識、宣伝文句、キャッチフレーズの内容が、その大どたばたを演じながら全滅した人類という生きものの、でたらめで複雑で、日和見的《ひよりみてき》で無節操で、軽薄でお人好《よ》しな性格を物語っていた。

「高級紳士服『バッキンガム』**大西紡**」「構想10年！ 製作費五百億！ 70mm『大惨殺』絶讃《ぜっさん》上映中！」「**ミエンヘン**」「レームユリ〈S〉ハネボウ新口紅」「新型活性ビタミン剤**ビオクタン**」「シネラマ『マッケンナのダイヤ』」「SBC／SOMY」「みんなで歩いている時も一人一人がよくちゅうい」「サッポロ銀座ビルディング**工事中**」「**リブトン・ティーバッグ**」「昨日の交通事故・死亡4名、負傷291名」「日代田生命」「**バニ**

ークーペ」「オスカー・ピーターリン・トリオ前売中」「悪魔のような男——からみあう手が女に告げた……異常な殺意！　ロードショウ」「地下鉄のりば銀座駅」「魅惑のフォーク・グループ五つの黄色い風船恋は風とともに話題集中！」「キソンビール・キソンレモン」「全日本ホテル・レストラン料理フェスティバル財団法人全日本司厨士《しちゅうし》協会設立15周年記念8階」「エナイト映画『想い出よさようなら』フェア三階シネマサロン」「スーパーラックス」「中華四川料理遠鉄大飯店」「プリジストンタイヤ」「沖縄の観光と物産めぐり地下三階」「GROWN FM-AM RADIO STEREO PHONO TAPERECORDER」「なぐる！　ける！　走る暴力！　ローラーゲームは慌楽園アイスパレスへ」「横断禁止」「キムテヤのパン」「アメリカ・グロバー社製月面走行車モデル展示中」「籐屋《とうや》」「銀座トラベルセンター大平洋観光ＫＫ」「唄《うた》・踊り・ミュージック銀座ビヤガーデン・シアター納涼屋上」「日木堂」「東ア・サファリラリーグルーバード優勝」「半期に一度、絶好のチャンス！　ピアノ・エレクトーンお買得セール」「飲みすぎ、食べすぎ・胃にはチャイナ」「MIKINOTO」

生命を持つものすべてが死に絶えたかに見えるこの交叉点に、ただひとつ、まだ自らの力で動くことのできるものがあらわれた。黒褐色の背中を陽光で油光りさせ、すずらん通りから晴海通りへ這《は》い出てきた、それは一匹のゴキブリであった。

彼は、いつもに似ぬのろいスピードで、歩道をよたよたと走り、交叉点にある交番に向かった。すでに彼も放射能障害を起しているのだろう、意志通りまっすぐに走ることは不可能な様子だった。

ゴキブリが交番の前をのろのろと通り過ぎた時、そこから数十メートルはなれたレコード店の中へ、一時的な、突風と呼ぶには少し弱い程度の風が舞いこんだ。その風は、スイッチを入れたままの電蓄の軽いピックアップを、ほんの少し押しあげた。ターンテーブルが33⅓回転でまわりはじめた。ダイナミック・バランス型のトーン・アームが動き、歌謡曲を吹きこんだLPのステレオ盤の上に落ちた。

その時、ゴキブリは歩道の端から車道へおりようとし、足をすべらせて仰向《あおむ》きにひっくりかえった。細い六肢を縮めたり、のばしたりした末、その直翅目《ちょくしもく》の昆虫はやっとアスファルトの上へ起きあがった。同時に、レコード店では、プレーヤーに接続されていたスピーカーが流行歌を歌いはじめた。艶歌《えんか》調の流行歌だった。前奏に続き、鼻にかかった男の歌手の歌ごえが、静かな銀座四丁目の交叉点いっぱいに流れはじめた。

〽馬鹿なやくざに
なるも馬鹿
やくざは馬鹿よと
いうも馬鹿
馬鹿を承知の
助《すけ》っ人《と》稼業
捨てた女房が

ちと気にかかる

三愛の前から三越の方向へ、彼――チャバネゴキブリは、その油脂状の光沢を持つ背面を直射日光の下にさらけ出し、交叉点を斜めに横断しはじめた。だが、その歩みはますますのろくなり、よろめきかたはますますはげしくなった。

古生代石炭紀――人類発生のはるか昔より現代に至るまで連綿と続いてきた、ただ一種類の昆虫である彼、ゴキブリ――そのたくましい生命力さえ、この空気中にたっぷりと含まれた放射能の前には、もろくも崩れ、消えて行こうとしていたのである。

直進できず、ふらりふらりと歩き続ける彼の背中に、陽光はさんさんとふりそそいでいた。そして流行歌は、死へ歩むゴキブリを慰める如《ごと》く、はげます如く、また、なだめる如く、銀座一帯に流れていった。

〽馬鹿な喧嘩《でいり》で
　死ぬも馬鹿
　死ぬのはいやよと
　逃げる馬鹿
　逃げてもいつかは
　死なきゃならぬ
　死ねば地獄か
　ちと恐ろしい

軽快な四分の二拍子の歌にはげまされ、ゴキブリは交叉点の中央部にまでやってきて、しばらくじっと佇《たたず》んだ。だらりと後部へ曲げた触角を、ほんの少しあげ、ひくひくと動かした。やがて、依然として空気中に大量の放射能が含まれていることを知り絶望したかのように、触角をおろした。あきらかにげっそりとした様子で、今度はやや投げやりに、前よりもはげしくよろめき、ふらつきながら歩きはじめた。

〽馬鹿なお前に
馬鹿なおれ
みんな馬鹿だよ
どうせ馬鹿
馬鹿を承知の
人間稼業
厭気《いやけ》さすのが
ちと早すぎた

車道に落ちている一枚のちらしの上を歩いていたゴキブリは、紙の中央でまた立ちどまった。それはまるで、ちらしの文句を読んでいるかのようだった。
『四十歳を過ぎますと、人間は●精力の衰え●性ホルモンの失調●陰萎《いんい》（インポテンツ）●性欲欠乏低下●勃起力《ぼっきりょく》減退●性感減退低下などを自覚するようになります。こういう時には井筒屋の**放射能まむし**をどうぞ。**放射能まむし**は放射能によって突然変異した超能力まむしの粉末に、各種天然漢方成分、およびビタミンA、B、C、D、E、Fなどを配合してあります。右記更年期症状、男女の区別なくよく利きます。お求めは有名デパート薬品部、その他有名薬局薬店で**一斉発売中！**　◎試供薬（ハガキで井筒屋へお申込次第無料送呈）東京・青山・**株式会社井筒屋**』

ゴキブリが、一瞬、肩をそびやかしたように見えた。それは人間の馬鹿さ加減を、鼻で笑ったかのようにも見えた。

彼――チャバネゴキブリはまた歩き出した。歌ごえは彼を追った。

〽馬鹿といわれて
死んだ馬鹿
馬鹿が地獄へ
行くものか
みんな馬鹿なら
みんなで死んで
あの世で利口に
ちとなりましょう

三越前にやってきたゴキブリは、車道から、一段高い歩道へはいあがろうとした。前脚をのばし最先端の跗節《ふせつ》でがりがりとコンクリートをひっかき、のびあがろうとした。だが前胸、中胸、後胸、そしてそれに続く腹などの環節が融合し、ほとんど一直線になっている直翅目の悲しさ、なめらかにのぼることは不可能だった。ゴキブリの力が尽きた。

彼は車道へ、仰向きに転倒した。彼はけんめいに、六本の肢《あし》の腿節《たいせつ》と脛節《けいせつ》を動かし、触角を振った。だが、そのいずれにも、もう寝がえりを打つだけの力は残っていなかった。彼の動きは次第に弱まり、やがて完全に停止した。

その時、歌ごえはやんだ。静寂が戻った。

ゴキブリはその後、一度だけ、片方の折り曲げていた後肢をゆっくりとのばした。それを最後に、銀座四丁目の交叉点《こうさてん》からは、自らの力で動くものが永遠にいなくなった。午後の太陽だけが、光や熱、その他多くのエネルギーを無為に発散させ続けていた。

解説

中原　涼

易者が自分の手相を見て絶句し、ぶるぶるふるえ出す。このばかばかしくて、ちょっとシャレた導入部から、読者は一気に物語の中へ引きこまれてしまう。

人類絶滅の予兆として、あえて手相見といういかがわしくもまた卑近な予言者を出してきたところがシャレているわけだが、実はこの予言者がキリストやマホメットのような預言者ではなかったというところに意外にも重大な意味がある。本書を最後まで読めば当然誰《だれ》にでもわかることなので、ここではそれについては触れないでおこう。ただ、単なるギャグだと思えるような小さなエピソードにも、作者の周到な計算が働いていることは知っておいてもらいたいのである。

いわゆる破滅テーマ、人類絶滅テーマの小説は、SFというジャンルの中でしか扱えないとは限らないはずなのだが、日本では「まともな文学」としては一度も書かれたことがなかった。これは自然主義リアリズムでは国家の枠を突破して世界を描ききるのが困難なためでもあるし（そうでなければ大江《おおえ》健三郎《けんざぶろう》等に終末を見すえた文学がないわけではない）、おおむね日本の文学者には破滅テーマそのものを扱い得る能力も思想もなかったという事情にもよるらしいのである。

破滅テーマを書くためには強い歴史認識が必要とされるが、残念なことに日本人にはこの能力がはなはだしく欠けている。良いとか悪いとかではなく、魚は木に登れないということを私は言いたいのだ。日本人は非歴史的であり、非論理的であり、非宗教的である。裏をかえせば刹那《せつな》的で、感性的で、生そのものが一個の芸術作品のような存在、それが寓意《ぐうい》的意味での日本人だということである。もっとも源氏物語《げんじものがたり》の世界にいい知れぬ郷愁を覚える現代の日本人はもはや日本人とはいいがたいし、あまり適切な比喩《ひゆ》ではないが現代の日本人は煙草の味を覚える前に禁煙してしまったようなところがあって妙に中途半端な存在なのだが、逆にその点がいかにも日本人らしいともいえる。

宗教と歴史を代表する民族がユダヤ人、論理性を代表する民族がギリシャ人だとすれば、世界にはユダヤ人とギリシャ人と日本人しかいないといえるかもしれない。このようなことを考えたり書いたりすることは、すでに日本人ではなくなることだから、黙示《もくし》文学を書き得るのも当然非日本人だけである。日本人は自分自身を定義することができない唯一《ゆいいつ》の民族であり、そのせいか日本人論が続々と出版されそれが飛ぶように売れる。しかもそのような傾向が続くと寓意的な意味での日本人が消えてしまうというのだからなおさらおもしろい。しかしそれはまた別の話だ。

筒井康隆や小松左京《こまつさきょう》や星新一《ほししんいち》をはじめとして多くのSF作家が必ずといっていいほど「破滅テーマ」を手がけているのは、彼らがSF作家だからではなく日本人ばなれした論理性と歴史性を持っているからである。歴史は何度でも繰り返し書かれなければならないはずなのだが、日本人だけがそれを怠《おこた》ってきた。

歴史は書かれることによって存在をはじめるようなもの、おそらく「書物」のようなものだろう。歴史が宗教と結びついているのはけして偶然ではない。はじめに聖書があったのであり、歴史はユダヤ人によって発明されたのだ。ユダヤ人にとって現世の苦悩は歴史的所産でなければならなかった。なぜなら、やがて神がこれを神の欲するような状態、つまりユダヤ人が救われるような状態へと克服するからである。歴史はそもそもユダヤ民族のためのものであった。この民族的な歴史が世界史へと普遍化されるためには、黙示文学的終末論によって現実世界が歴史化されなければならなかったのである。つまりユダヤ民族にとっては終末論的希望の対象であった「ヤーウェの日」が、彼らが期待するような栄光と幸福に輝く日ではなく、普遍的な基準で審判が行われる恐怖と暗黒の日に逆転する必要があったのである。終末論なき歴史はあり得ない。

ところが現代は反終末論的な時代である。神は死んでしまった。したがって終末論は根拠を失いバベルの塔のように地上に倒れざるを得ない。終末論の否定は極限の否定、つまり始源と終極の否定である。始点と終点があったからこそ直線が引けたのであり、それがなくなれば始まりもなければ終わりもない、浮遊する粒子の世界が現出するばかりだ。その自由粒子の勝手気ままな運動を記録したノートを「書物」と名付けたわけである。この書物はいかなる観点で書かれたにせよそこに観点がある以上われわれが現実と呼ぶものとはつねに異なり、製作されたとたんに破棄されねばならないような不安定な構造を持つ。しかし押し寄せ渦を巻く粒子の流れの中から、せめて首だけでも外へ出そうとするのが人間ならば、不可能な歴史はまさにそれが不可能であるゆえに何度でも書かれなければならないのだろう。

終末論の否定は存在論的には存在の絶対現前の否定である。あらゆる物がそれ自体とは異なり、それ自体がその物の存在と重なるべき終末の時はいつまで経っても来ない。したがって「書物」から観点を取り去ることに成功したとしても、その物はつねにそれ自体とは異なり、世界は世界の実相と異なる。世界の実相と異なる「世界」を書物と呼び換えることは可能だろう。こうして世界の中に歴史が含まれるか、それとも歴史の中に世界が含まれるかという世界と歴史の長い間の相剋《そうこく》は書物の名の下に統一されるのである。

世界も歴史も書物にすぎない事態の中で文学者に為《な》し得ることは、けしてつかみ出せない現実を虚構の上に幾重にも虚構を積み重ねることによって描き出すことだろう。「虚構の中にあって現実が模倣し得ぬほどの虚構性（超虚構性）を追求することによって現実への回帰を果たすこと」（筒井）。しかし虚構が自分の身を削るようにして虚構の否定を繰り返していけば、やがて言語や形式の問題に行きつかざるを得ない。

自然主義文学の極限に位置する私小説という形式では「人間が知ることができないのは何よりも自分自身である」という命題を先鋭化させ、形式そのものにも本質的な欠陥があることを浮きぼりにしたが、とりわけ形式の問題は今世紀の初め頃さまざまな矛盾を露呈させた近代数学が、形式化によってその危機を脱しようとした動きと呼応しているように見えて興味深いものがある。数学を基礎づけるためにヒルベルトは、数学の中になお残るあいまいさを除去しようと記号論理学を導入したわけだが、ヒルベルトのプログラムに従って数論の体系を形式化してみると、その体系の中に定理とも非定理とも判定できない命題が必ず出てきてしまう。このことを証明したのがゲーデルで、これはゲーデルの不完全性定理と呼ばれている。学問の中で最も厳密な学と考えられていた数学の内部で発生したこの爆発は、その後さまざまな領域に連鎖反応を起こしたが、この定理のアナロジーをとりあえず私小説に応用すると、いっさいの虚構を排し自己という閉じられた体系の中で自分自身を含む世界を記述しようとしたのが私小説の方法だから、現在小説を書きつつある自己、構成を考え的確な単語を探している自己の存在というものが、たとえば太宰治《だざいおさむ》の『逆行』に典型的にあらわれているように形式そのものを破壊せずにはおかないのである。自己を破壊しない私小説はその本来の目的から考えて中途半端な妥協の産物であり、本来的な私小説とはいいがたい。ここに中間小説の出現する素地があったのかもしれない。認識論では自己認識が知覚の知覚という回帰的な構造を持つことから、その境界において破綻《はたん》することが明白に示される。「主観は世界に属してはいない。それは世界の限界である」（ヴィトゲンシュタイン）。こうして私小説は方法論と認識論の両面に解決不能な矛盾をはらんで身動きがとれなくなったのである。

自然主義文学が直面したこの壁は実質的には還元論的なリアリズムが直面した壁であったため、自然主義文学を単に反転させただけの反自然主義文学ではこの壁を乗り越えることはできなかった。このような文学の閉塞《へいそく》状況を打破するものとして注目を集めたのが魔術的リアリズムと称される全体論的リアリズムを取り入れたラテンアメリカ文学だった。全体論的リアリズムはカフカにおいてすでに意識的に取り入れられているが、ラテンアメリカ文学には思想の物象化としての象徴性が欠けている、というよりむしろ意識的に象徴性を排除することによって現実と幻想を同一の文学空間に取り込み真の全体論的リアリズムを実現したのである。

こうした流れの他に反文学を目指してゲーデル的に自壊する多くの現代小説があるが、筒井康隆の独自性は反文学でも幻想でもなく反現実に着目した点にある。反現実は幻想に含まれるが、幻想は必ずしも反現実とは限らない。幻想とはもしかするとあり得るかもしれない想像可能な空想のことであり、反現実とは想像不可能な空想のことである。筒井自身の用語法に従ってこれを超虚構と呼び換えれば、たしかに超虚構性によって敷きつめられた道は自然主義文学が激突した壁の裏側にまで通じている。『虚航船団』の第三章では、この壁の向こう側とこちら側を自在に往復してみせてこの手法の有効性を見せつけたのである。

最終的に残存する壁は言語そのものが突き当たっている壁、「書く」という行為自体の中にすでに含まれている壁だが、現実世界が書物として立ちあらわれている以上それは存在論的な壁である。自殺することでしか証明できない実存や終末を予定しなければ書けない歴史、書かれることによって変わってしまう世界、このような逆説的な壁は壁というよりはむしろ蜃気楼《しんきろう》であり、そこにたどりついたと見えた瞬間にはすでにそこにはないような何物かである。蜃気楼は見渡す限り何もない広漠たる砂漠の彼方《かなた》に、しかし今にも手が届きそうなほど近くに見えている。旅人はそれを捉《とら》えようとし、不可能なこの旅を、背後に足跡だけを残して歩み続ける。彼自身ユダヤ人である詩人のエドモン・ジャベスは言う。「砂漠では、何一つ花が咲かない」。しかし咲かない花について記述せねばならなかった彼の苦悩は、現代の文学者が共有する苦悩である。「手にすくい上げた砂を見てごらん。そうすれば言葉の空しさがお前にもわかるだろう」（ジャベス）。意味から切り離された言葉が砂のように流れるだけ、そして人はただ砂の中をさまよい続ける。超虚構から脱虚構へ。書き続けることによって「書物」は書かれる。書き続けることが「書く」ことなのだ。

超虚構性を追求することがそのまま脱虚構へ通じていることを筒井康隆ほど意識している作家はいないだろう。反終末論的な終末を描いた本書にもそのことが明白にあらわれていて、特に最終章の、意味が剝脱《はくだつ》した記号と小さな昆虫とのたわむれには目をみはらされる。このように現代的な小説を二十年近くも前に書いていた筒井康隆という作家に改めて畏敬《いけい》の念を覚えずにはいられないのである。

むろん本書は傑作である。それは言うまでもないことだ。常日頃から私は「人類が絶滅するのは勝手だが、どうかおれを巻きぞえにするのだけはやめてくれ」と主張してきたのだが、このような物語の中でなら死んでもいいような気がしたほどである。もちろん銀座四丁目の誰もいない交差点で、ボブ・ディランの『第三次世界大戦を語るブルース』でも口ずさみながら。

本書は、一九八六年四月に刊行された角川文庫を底本としています。
本書中には、精神病患者《きちがい》、気ちがい、発狂、白痴、北鮮、支那、売女、女郎、酋長、土人、びっこ、いざり、アル中、群盲といった、現代では使うべきではない差別語、並びに今日の医療知識や人権擁護の見地に照らして不適切と思われる語句や表現がありますが、作品発表当時の人権意識、作品自体の文学性などを考え合わせ、底本のままといたしました。

（編集部）

霊長類《れいちようるい》 南《みなみ》へ

筒井康隆《つついやすたか》

昭和61年 4月10日 初版発行
平成30年 6月25日 改版初版発行
令和7年 2月10日 改版5版発行

発行者●山下直久

発行●株式会社KADOKAWA
〒102-8177 東京都千代田区富士見2-13-3
電話 0570-002-301(ナビダイヤル)

角川文庫 20996

印刷所●株式会社KADOKAWA
製本所●株式会社KADOKAWA

表紙画●和田三造

ISBN978-4-04-107140-3 C0193

◆◇◇

角川文庫発刊に際して

角川源義

第二次世界大戦の敗北は、軍事力の敗北であった以上に、私たちの若い文化力の敗退であった。私たちの文化が戦争に対して如何に無力であり、単なるあだ花に過ぎなかったかを、私たちは身を以て体験し痛感した。西洋近代文化の摂取にとって、明治以後八十年の歳月は決して短かすぎたとは言えない。にもかかわらず、近代文化の伝統を確立し、自由な批判と柔軟な良識に富む文化層として自らを形成することに私たちは失敗して来た。そしてこれは、各層への文化の普及滲透を任務とする出版人の責任でもあった。

一九四五年以来、私たちは再び振出しに戻り、第一歩から踏み出すことを余儀なくされた。これは大きな不幸ではあるが、反面、これまでの混沌・未熟・歪曲の中にあった我が国の文化に秩序と確たる基礎を齎らすためには絶好の機会でもある。角川書店は、このような祖国の文化的危機にあたり、微力をも顧みず再建の礎石たるべき抱負と決意とをもって出発したが、ここに創立以来の念願を果すべく角川文庫を発刊する。これまで刊行されたあらゆる全集叢書文庫類の長所と短所とを検討し、古今東西の不朽の典籍を、良心的編集のもとに、廉価に、そして書架にふさわしい美本として、多くのひとびとに提供しようとする。しかし私たちは徒らに百科全書的な知識のジレッタントを作ることを目的とせず、あくまで祖国の文化に秩序と再建への道を示し、この文庫を角川書店の栄ある事業として、今後永久に継続発展せしめ、学芸と教養との殿堂として大成せんことを期したい。多くの読書子の愛情ある忠言と支持とによって、この希望と抱負とを完遂せしめられんことを願う。

一九四九年五月三日

角川文庫ベストセラー

時をかける少女〈新装版〉
筒井康隆

放課後の実験室、壊れた試験管の液体からただよう甘い香り。このにおいを、わたしは知っている——思春期の少女が体験した不思議な世界と、あまく切ない想いを描く。時をこえて愛され続ける、永遠の物語！

日本以外全部沈没　パニック短篇集
筒井康隆

地球の大変動で日本列島を除くすべての陸地が水没！　日本に殺到した世界の政治家、ハリウッドスターなどが日本人に媚びて生き残ろうとするが。時代を超越した筒井康隆の「危険」が我々を襲う。

陰悩録　リビドー短篇集
筒井康隆

風呂の排水口に○○タマが吸い込まれたら、自慰行為のたびにテレポートしてしまったら、突然家にやってきた弁天さまにセックスを強要されたら。人間の過剰な「性」を描き、爆笑の後にもの哀しさが漂う悲喜劇。

夜を走る　トラブル短篇集
筒井康隆

アル中のタクシー運転手が体験する最悪の夜、三ヵ月以上便通のない男の大便の行き先、デモに参加した女子大生を匿う教授の選択……絶体絶命、不条理な状況に壊れていく人間たちの哀しくも笑える物語。

佇むひと　リリカル短篇集
筒井康隆

社会を批判したせいで土に植えられ樹木化してしまった妻との別れ。誰も関心を持たなくなったオリンピックで黙々と走る男。現代人の心の奥底に沈んでいた郷愁、感傷、抒情を解き放つ心地よい短篇集。

角川文庫ベストセラー

深泥丘《みどろがおか》奇談《きだん》・続《ぞく》　綾辻行人

激しい眩暈が古都に蠢くモノたちとの邂逅へ作家を誘う。廃神社に響く〝鈴〟、閏年に狂い咲く〝桜〟、神社で起きた〝死体切断事件〟。ミステリ作家の「私」が遭遇する怪異は、読む者の現実を揺さぶる――。

きみが住む星　池澤夏樹　写真／エルンスト・ハース

成層圏の空を見たとき、ぼくはこの星が好きだと思った。ここがきみが住む星だから。他の星にはきみがいない。鮮やかな異国の風景、出逢った愉快な人々、恋人に伝えたい想いを、絵はがきの形で。

アトミック・ボックス　池澤夏樹

父の死と同時に現れた公安。父からあるものを託された美汐は、殺人容疑で指名手配される。張り巡らされた国家権力の監視網、命懸けのチェイス。美汐は父が参加した国家プロジェクトの核心に迫るが。

D坂の殺人事件　江戸川乱歩

名探偵・明智小五郎が初登場した記念すべき表題作を始め、推理・探偵小説から選りすぐって収録。自らも数々の推理小説を書き、多くの推理作家の才をも発掘してきた大乱歩の傑作の数々をご堪能あれ。

夢違　恩田陸

「何かが教室に侵入してきた」。小学校で頻発する、集団白昼夢。夢が記録されデータ化される時代、「夢判断」を手がける浩章のもとに、夢の解析依頼が入る。子供たちの悪夢は現実化するのか？

角川文庫ベストセラー

雪月花黙示録　恩田　陸

私たちの住む悠久のミヤコを何者かが狙っている……！　謎×学園×ハイパーアクション。恩田陸の魅力全開、ゴシック・ジャパンで展開する『夢違』『夜のピクニック』以上の玉手箱!!

私の家では何も起こらない　恩田　陸

小さな丘の上に建つ二階建ての古い家。家に刻印された人々の記憶が奏でる不穏な物語の数々。キッチンで殺し合った姉妹、少女の傍らで自殺した殺人鬼の美少年……そして驚愕のラスト！

八月の六日間　北村　薫

40歳目前、雑誌の副編集長をしているわたし。仕事はハードで、私生活も不調気味。そんな時、山の魅力に出会った。山の美しさ、恐ろしさ、人との一期一会を経て、わたしは「日常」と柔らかく和解していく——。

幽談　京極夏彦

本当に怖いものを知るため、とある屋敷を訪れた男は、通された座敷で思案する。真実の〝こわいもの〟を知るという屋敷の老人が、男に示したものとは。「こわいもの」ほか、妖しく美しい、幽き物語を収録。

冥談　京極夏彦

僕は小山内君に頼まれて留守居をすることになった。襖を隔てた隣室に横たわっている、妹の佐弥子さんの死体とともに。「庭のある家」を含む8篇を収録。生と死のあわいをゆく、ほの暝（ぐら）い旅路。